Harry Potter
8

Harry Potter and
the Goblet of Fire

ハリー・ポッターと
炎のゴブレット

4-2

J.K.ローリング

松岡佑子＝訳

WIZARDING
WORLD

静山社

To Peter Rowling
in memory of Mr Ridley
and to Susan Sladden,
who helped Harry out of his cupboard

Original Title: HARRY POTTER AND THE GOBLET OF FIRE

First published in Great Britain in 2000
by Bloomsbury Publishing Plc, 50 Bedford Square, London WC1B 3DP

Japanese edition first published in 2002

This book is published in Japan by arrangement with
the author through The Blair Partnership

ハリー・ポッターと炎のゴブレット 4-2 目次

ハリー・ポッターと炎のゴブレット　4-1　目次

ハリー・ポッターと炎のゴブレット　4-3

第15章　ボーバトンとダームストラング

翌朝、早々《はやばや》と目を覚ましたハリーには、まるで眠っている間も脳みそが夜通しずっと考えていたかのように、完全な計画が頭の中にでき上がっていた。起き出して薄明かりの中で着替え、ロンを起こさないように寝室を出ると、だれもいない談話室に入った。まだ「占い学」の宿題が置きっぱなしになっているテーブルから、羊皮紙《ようひし》を一枚取り、ハリーは手紙を書いた。

シリウスおじさん
傷痕《きずあと》が痛んだというのは、僕の思いすごしでした。この前手紙を書いたときは半分寝呆《ねぼ》けていたようです。帰ってきてもむだです。こちらはなんの問題もありません。心配しないでください。僕の頭はまったく普通の状態ですから。
ハリーより

それから肖像画の穴を通り、静まり返った城の中を抜け(五階の廊下で、ピーブズが大きな花瓶《かびん》をひっくり返してぶつけようとしたことだけが、ちょっとした障害とはなったが)、ハリーは西塔のてっぺんにあるふくろう小屋にたどり着いた。

小屋は円筒形の石造りで、かなり寒く、隙間風が吹き込んでいた。窓にはガラスなどはまっていないせいだ。床は、藁《わら》やふくろうの糞《ふん》、ふくろうが吐《は》き出したハツカネズミやハタネズミの骨などで埋まっていた。塔のてっぺんまでびっしりと取りつけられた止まり木に、ありとあらゆる種類のふくろうが何百羽も止まっている。ほとんどが眠っていたが、ちらりほらりと琥珀色《こはくいろ》の丸い目が、片目だけを開けてハリーを睨《にら》んでいた。メンフクロウとモリフクロウの間にいるヘドウィグを見つけ、ハリーは、糞だらけの床で少し足を滑らせながらも、急いでそばに寄った。

ヘドウィグを起こしてハリーのほうを向かせるのに、ずいぶんてこずった。なにしろヘドウィグは、止まり木の上でゴソゴソ動き、ハリーに尾っぽを向け続けるばかり。昨夜、ハリーが感謝の礼を尽くさなかったことに、まだ腹を立てているようだ。しかたなくハリーが、ヘドウィグは疲れているだろうからロンに頼んでピッグウィジョンを貸してもらおうかなと仄《ほの》めかすと、ヘドウィグはやっと足を突き出し、ハリーに手紙をくくりつけることを許した。

「きっとシリウスを見つけておくれ、いいね？」

ハリーは、ヘドウィグを腕に乗せ、壁の穴まで運びながら、背中をなでて頼んだ。

「吸魂鬼《ディメンター》より先に」

ヘドウィグはハリーの指を甘噛《あまが》みした。どうやらいつもよりかなり強めの噛み方だったが、それでもおまかせくださいとばかりに、静かにホーと鳴いた。それから両の翼を広げ、ヘドウィグは朝日に向かって飛んだ。その姿が見えなくなるまで見送りながら、ハリーは、いつもの不安感がまた胃袋を襲うのを感じた。シリウスから返事がくれば、きっと不安は和らぐだろうと信じていたのに、かえってひどくなるとは。

「ハリー、それって、嘘でしょう」

朝食のとき、ハーマイオニーとロンに打ち明けると、ハーマイオニーは厳しく言った。

「傷痕《きずあと》が痛んだのは、勘違いじゃないわ。知ってるくせに」

「だからどうだって言うんだい？」ハリーが切り返した。「僕のせいでシリウスをアズカバンに逆戻りさせてなるもんか」

ハーマイオニーは、反論しようと口を開きかけた。

「やめろよ」ロンがぴしゃりと言い、ハーマイオニーも、このときばかりはロンの言うことを聞き、押し黙った。

それから数週間、ハリーは、シリウスのことを心配しないように努めた。もちろん、毎朝ふくろう郵便が着くたびに心配で、どうしてもふくろうたちを見回してしまい、夜遅く眠りに落ちる前に、シリウスがロンドンの暗い通りで吸魂鬼に追いつめられている恐ろしい光景が目に浮かぶのも、一度や二度ではなかった。しかし、それ以外の日常では、名付け親のことを考えないようにした。こんなときこそクィディッチができれば気晴らしになるのにな、とハリーは思った。心配事のある身には、激しい特訓ほどよく効く薬はない。一方、授業はますます難しく、苛酷《かこく》になってきた。とくに、「闇の魔術に対する防衛術」がそうだった。

驚いたことに、ムーディ先生は、「服従《ふくじゅう》の呪文」を生徒一人ひとりにかけて、呪文の力を示し、果たして生徒がその力に抵抗できるかどうかを試すと発表した。

ムーディは杖《つえ》を一振りして机を片づけ、教室の中央に広いスペースを作った。そのとき、ハーマイオニーが、どうしようかと迷いながら言った。

「でも――でも、先生、それは違法だとおっしゃいました。たしか――同類であるヒトにこれを使用することは――」

「ダンブルドアが、これがどういうものかを、体験的におまえたちに教えて欲しいというのだ」ムーディの「魔法の目」が、ぐるりと回ってハーマイオニーをとらえ、瞬きもせず、無気味なまなざしで凝視した。

「もっと厳しいやり方で学びたいというのであれば――いつかだれかがおまえにこの呪いをかけ、おまえを完全に支配するそのときに学べばよいというのであれば――わしはいっこうにかまわん。授業を免除する。出ていくがよい」

ムーディは、節くれだった指で出口を差した。ハーマイオニーは赤くなり、出ていきたいと思っているわけではありません、らしきことをボソボソと言った。ハリーとロンは、顔を見合わせてニヤッと笑った。二人にはよくわかっていた。ハーマイオニーは、こんな大事な授業を受けられないくらいなら、むしろ腫《は》れ草の膿《うみ》を飲むほうがましだと思っているだろう。

ムーディは生徒を一人ひとり呼び出して、「服従の呪文」をかけはじめた。呪いのせいで、クラスメイトが次々と世にもおかしなことをするのを、ハリーはじっと見ていた。ディーン・トーマスは国歌を歌いながら、片足ケンケン跳びで教室を三周した。ラベンダー・ブラウンはリスのまねをし、ネビルは普通だったらとうていできないような見事な体操演技を、立て続けにやってのけた。だれ一人として呪いに抵抗できた者はいない。ムーディが呪いを解いたとき、はじめて我に返るのだった。

「ポッター」ムーディ先生がうなるように呼んだ。「次だ」

ハリーは教室の中央、ムーディ先生が机を片づけて作ったスペースに進み出た。ムーディが杖《つえ》を上げてハリーに向け、唱えた。

「インペリオ！　服従せよ！」

最高にすばらしい気分だった。すべての思いも悩みもやさしく拭《ぬぐ》い去られ、つかみどころのない、漠然とした幸福感だけが頭に残り、ハリーはふわふわと浮かんでいるような心地がした。すっかり気分が緩み、まわりのみなが自分を見つめていることを、ただぼんやりと意識しながらその場に立っていた。

すると、マッド‐アイ・ムーディの声が、虚《うつ》ろな脳みそのどこか遠くの洞《ほこら》に響き渡るように聞こえてきた。机に飛び乗れ……机に飛び乗れ……。

ハリーは膝《ひざ》を曲げ、跳躍の準備をした。

机に飛び乗れ……。

待てよ。なぜ？

頭のどこかで、別の声が目覚めた。そんなこと、ばかげている。その声が言った。

机に飛び乗れ……。

いやだ。そんなこと、僕、気が進まない。もう一つの声が、前よりもややきっぱりと言った……いやだ。僕、そんなことしたくない……。

飛べ！　いますぐだ！

次の瞬間、ハリーはひどい痛みを感じた。飛び上がると同時に、飛び上がるのを自分で止めようとし――その結果、机にまともにぶつかり、机をひっくり返したのだ。両足の感覚からすると、膝小僧の皿が割れたようだ。

「よーし、それだ！　それでいい！」

ムーディのうなり声がして、突然ハリーは、頭の中の、虚ろな、こだまするような感覚が消えるのを感じた。自分になにが起こっていたかを、ハリーははっきり覚えていた。そして、膝の痛みが倍になったように思えた。

「おまえたち、見たか……ポッターが戦った！　戦って、そして、もう少しで打ち負かすところだった！　もう一度やるぞ、ポッター。あとの者はよく見ておけ――ポッターの目をよく見ろ。その目に鍵がある――いいぞ、ポッター。まっこと、いいぞ！　やつらは、おまえを支配するのにはてこずるだろう！」

「ムーディの言い方ときたら――」

一時間後、「闇の魔術に対する防衛術」の教室からふらふらになって出てきたハリーがつぶやいた（ムーディは、ハリーの力量を発揮させると言い張り、四回も続けて練習させ、ついにはハリーが完全に呪文を破るところまで続けさせた）。

「――まるで、僕たち全員が、いまにも襲われるんじゃないかと思っちゃうよね」

「うん、そのとおりだ」

ロンは一歩おきにスキップしていた。ムーディは昼食時までには呪文の効果は消えると請け合ったのだが、ロンはハリーに比べてずっと、呪いに弱いようだ。

「被害妄想だよな……」

ロンは不安げにちらりと後ろを振り返り、ムーディが声の届く範囲にいないことを確かめてから、話を続けた。

「魔法省が、ムーディがいなくなって喜んだのもむりないよ。ムーディがシェーマスに聞かせてた話を聞いたか？　エイプリルフールにあいつの後ろから『バーッ』って脅かした魔女に、ムーディがどういう仕打ちをしたか聞いたろう？　それに、こんなにいろいろやらなきゃいけないことがあるのに、その上『服従の呪文』への抵抗についてなにか読めだなんて、いつ読みゃいいんだ？」

四年生になって、この学年の間にやらなければならない宿題の量が、明らかに増えていた。マクゴナガル先生の授業で、先生が出した変身術の宿題の量にひときわ大きなうめき声が上がったとき、先生はなぜそうなのか説明した。

「みなさんはいま、魔法教育の中で最も大切な段階の一つにきています！」

先生の目が、四角いメガネの奥でキラリと危険な輝きを放った。

「『O・W・L』、一般に『ふくろう』と呼ばれる『普通魔法レベル試験』が近づいています――」

『O・W・L《ふくろう》』を受けるのは五年生になってからです！」ディーン・トーマスが憤慨した。

「たしかにそのとおりです、トーマス。しかし、いいですか。みなさんは十二分に準備をしないといけません！　このクラスでハリネズミをまともな針山に変えることができたのは、ミス・グレンジャーただ一人です。お忘れではないでしょうね、トーマス、あなたの針山は、何度やっても、だれかが針を持って近づくと、怖がって丸まってばかりいたでしょう！」

ハーマイオニーはまた頬を染め、あまり得意げに見えないよう努力しているようだった。

次の「占い学」の授業では、トレローニー先生がハリーとロンの宿題が最高点を取ったと発表したので、二人ともとても愉快《ゆかい》だった。先生は二人の予言を長々と読み上げ、待ち受ける恐怖の数々を、二人が怯《ひる》まずに受け入れたことを褒《ほ》め上げた――ところが、その次の一か月についても同じ宿題を出され、二人の愉快《ゆかい》な気持ちも萎《しぼ》んでしまった。悲劇のネタは、二人とももう切れていた。

一方、「魔法史」を教えるゴーストのビンズ先生は、十八世紀の「小鬼《ゴブリン》の反乱」についてのレポートを毎週提出させた。スネイプ先生は、解毒剤を研究課題に出し、クリスマスがくるまでにだれか生徒の一人に毒を飲ませて、みなが研究した解毒剤が効くかどうかを試すとスネイプが仄《ほの》めかしたので、全員が真剣に取り組んだ。フリットウィック先生は、「呼び寄せ呪文」の授業に備えて、三冊も余計に参考書を読むよう命じた。

ハグリッドまでが、生徒の仕事を増やしてくれた。「尻尾《しっぽ》爆発スクリュート」は、なにが好物かをまだだれも発見していないのに、すばらしいスピードで成長していた。ハグリッドは大喜びで、「プロジェクト」の一環として、生徒が一晩おきにハグリッドの小屋にきてスクリュートを観察し、その特殊な生態についての観察日記をつけることにしようと提案したのだ。ハグリッドは、まるでサンタクロースが袋から特大のおもちゃを取り出すような顔をした。

「僕はやらない」ドラコ・マルフォイがぴしゃりと言った。「こんな汚らしいもの、授業だけでたくさんだ。お断りだ」

ハグリッドの顔から笑いが消し飛んだ。

「言われたとおりにしろ」ハグリッドがうなった。「じゃねえと、ムーディ先生のしなさったことを、おれもやるぞ……おまえさん、なかなかいいケナガイタチになるっていうでねえか、マルフォイ」

グリフィンドール生が大爆笑した。マルフォイは怒りで真っ赤になったが、ムーディに仕置きされたときの痛みをまだ十分覚えているらしく、口応えはなかった。授業のあと、ハリー、ロン、ハーマイオニーは意気揚々と城に帰った。昨年、マルフォイがハグリッドをクビにしようとしてあの手この手を使ったことを思い出し、ハグリッドがマルフォイをやり込めたことで、ことさらいい気分になった。

玄関ホールに着くと、それ以上先に進めなくなった。大理石の階段の下に立てられた掲示板のまわりに、大勢の生徒が群れをなして右往左往していた。三人の中で一番のっぽのロンが爪先立ちして、前の生徒の頭越しに二人に掲示を読んで聞かせた。

三大魔法学校対抗試合

ボーバトンとダームストラングの代表団が、十月三十日金曜日、午後六時に到着する。授業は三十分早く終了し――

「いいぞ！」ハリーが声を上げた。「金曜の最後の授業は、『魔法薬学』だ。スネイプは、僕たち全員に毒を飲ませたりする時間がない！」

全校生徒は鞄と教科書を寮に置き、「歓迎会」の前に城の前に集合し、お客様を出迎えること。

「たった一週間後だ！」ハッフルパフのアーニー・マクミランが、目を輝かせて群れから出てきた。「セドリックのやつ、知ってるかな？　僕、知らせてやろう」

「セドリック？」アーニーが急いで立ち去るのを見送りながら、ロンが放心したように言った。

「ディゴリーだ」ハリーが言った。「きっと、対抗試合に名乗りを上げるんだ」

「あのウスノロが、ホグワーツの代表選手？」ペチャクチャと話に花を咲かせる一群をかき分けて階段のほうに進みながら、ロンが言った。

「あの人はウスノロじゃないわ。クィディッチでグリフィンドールを破ったものだから、あなたがあの人を嫌いなだけよ」ハーマイオニーが言った。

「あの人、とっても優秀な生徒だそうよ――その上、監督生《かんとくせい》です！」

ハーマイオニーは、これで決まりだ、という口調だった。

「君は、あいつがハンサムだから好きなだけだろ」ロンが痛烈に皮肉った。

「お言葉ですが、私、だれかがハンサムだというだけで好きになったりはいたしませんわ」ハーマイオニーは憤然とした。

ロンはコホンと大きな空咳《からぜき》をした。それがなぜか〝ロックハート！〟と聞こえた。

＊

玄関ホールの掲示板の出現は、城の住人たちにはっきりと影響を与えた。それから一週間は、どこへ行ってもたった一つの話題、「三校対抗試合」の話で持ち切りだった。生徒から生徒へと、まるで感染力の強い細菌のように噂《うわさ》が飛び交った。だれがホグワーツの代表選手に立候補するか、試合はどんな内容か、ボーバトンとダームストラングの生徒は自分たちとどうちがうのか、などなど。

城がことさら念入りに大掃除されていることにも、ハリーは気づいた。煤《すす》けた肖像画の何枚かが汚れ落としされた。描かれた本人たちはこれが気に入らず、額縁の中で背中を丸めて座り込み、ブツブツ文句を言っては赤むけになった顔を触ってぎくりとしていた。甲冑《かっちゅう》たちも突然ピカピカになり、動くときもギシギシ軋《きし》まなくなった。管理人のアーガス・フィルチは、生徒が靴の汚れを落とし忘れると凶暴きわまりない態度で脅したので、一年生の女子が二人、ヒステリー状態になってしまった。

ほかの先生方も、妙に緊張していた。

「ロングボトム、お願いですからダームストラングの生徒たちの前で、あなたが簡単な『取り替え呪文』さえ使えないなどと暴露しないように！」

授業の終わりにマクゴナガル先生がどなった。一段と難しい授業で、ネビルがうっかり自分の耳をサボテンに移植してしまったのだ。

十月三十日の朝、朝食に下りた大広間は、すでに前の晩に飾りつけがすべて完了し

＊第2巻「ハリー・ポッターと秘密の部屋」参照

ていた。壁には各寮を示す巨大な絹の垂れ幕がかけられている——グリフィンドールは赤地に金のライオン、レイブンクローは青にブロンズの鷲、ハッフルパフは黄色に黒い穴熊、スリザリンは緑にシルバーの蛇だ。教職員テーブルの背後には、一番大きな垂れ幕があり、ホグワーツ校の紋章が描かれていた。大きなHの文字のまわりに、ライオン、鷲、穴熊、蛇が団結している。

ハリー、ロン、ハーマイオニーは、フレッドとジョージがグリフィンドールのテーブルに着いているのを見つけた。今回もまためずらしいことに、ほかの生徒から離れて座り、小声でなにか話し合っている。ロンが三人の先頭に立って、双子のそばに行った。

「そいつは、たしかに当て外れさ」ジョージが憂鬱そうにフレッドに言った。「だけど、あいつが自分で直接おれたちに話す気がないなら、結局、おれたちが手紙を出すしかないだろう。じゃなきゃ、やつの手に押しつける。いつまでもおれたちを避けることはできないよ」

「だれが避けてるんだい？」ロンが二人の隣に腰掛けながら聞いた。

「おまえが避けてくれりゃいいのになぁ」邪魔が入って、いらっときたようにフレッドが言った。

「当て外れって、なにが？」ロンがジョージに聞いた。

「おまえみたいなお節介を弟に持つことがだよ」ジョージが言った。

「三校対抗試合って、どんなものか、なにかわかったの？」ハリーが聞いた。「エントリーするのに、なにか方法を考えた？」

「マクゴナガルに、代表選手をどうやって選ぶのか聞いたけど、教えてくれねぇんだ」ジョージが苦々しそうに言った。「あのおばさんったら、黙ってアライグマを変身させる練習をなさい、ときたもんだ」

「いったいどんな課題が出るのかなあ？」ロンが考え込んだ。「だってさ、ハリー、僕たちきっと課題をこなせるよ。これまでも危険なことをやってきたもの……」

「審査員の前では、やってないぞ」フレッドが言った。「マクゴナガルが言うには、代表選手が課題をいかにうまくこなすかによって、点数がつけられるそうだ」

「だれが審査員になるの？」ハリーが聞いた。

「そうね、参加校の校長は必ず審査員になるわね」

ハーマイオニーだ。みな、かなり驚いていっせいに振り向いた。

「一七九二年の試合で、選手が捕まえるはずだった怪物の『コカトリス』が大暴れして、校長が三人とも負傷してるもの」

みなの視線に気づいたハーマイオニーは、私の読んだ本を、ほかのだれも読んでないなんて……という、いつもの歯痒《はがゆ》そうな口調で続けた。

『ホグワーツの歴史』に全部書いてあるわよ。もっともこの本は完全には信用できないけど。『改訂ホグワーツの歴史』のほうがより正確ね。または、『偏見に満ちた、選択的ホグワーツの歴史——いやな部分を塗りつぶした歴史』もいいわ」

「なにが言いたいんだい？」ロンが聞いたが、ハリーにはもう答えがわかっていた。

「屋敷しもべ妖精！」ハーマイオニーが声を張り上げた。答えはハリーの予想どおりだった。「『ホグワーツの歴史』は千ページ以上あるのに、百人もの奴隷の圧制に、私たち全員が共謀してるなんて、一言も書いてない！」

ハリーはやれやれと首を振り、スクランブル・エッグを食べはじめた。ハリーもロンも冷淡だったのに、屋敷しもべ妖精の権利を追求するハーマイオニーの決意は露ほどもくじけなかった。たしかに、二人ともS・P・E・Wバッジに二シックルずつ出したが、それはハーマイオニーを黙らせるためのものだった。二人のシックルはどうやらむだだったらしい。かえってハーマイオニーの鼻息を荒くしてしまっている。それからというもの、ハーマイオニーは二人にしつこく迫った。まずは二人がバッジを着けること、それからほかの生徒にもそうするように説得すること。ハーマイオニー自身も、毎晩グリフィンドールの談話室を精力的に駆け回り、みなを追いつめては、その鼻先で寄付集めの空き缶を振った。

「ベッドのシーツを替え、暖炉の火を起こし、教室を掃除し、料理をしてくれる魔法生物たちが、無給で奴隷働きしているのを、みなさんご存知ですか？」ハーマイオニーは激しい口調でそう言い続けた。

ネビルなど何人かは、ハーマイオニーに睨《にら》みつけられるのがいやで二シックルを出した。何人かは、ハーマイオニーの言うことに少しは関心を持ったようだが、それ以上積極的に運動にかかわるほど乗り気でもなかった。生徒の多くは、むしろ冗談扱いにしていた。

ロンは、おやおやと天井に目を向けた。秋の陽光が、天井から降り注ぎ、みなを包んでいる。フレッドは急にベーコンを食べるのに夢中になった（双子は二人ともＳ・Ｐ・Ｅ・Ｗバッジを買うことを拒否していた）。一方、ジョージは、ハーマイオニーのほうに身を乗り出してこう言った。

「まあ、聞け、ハーマイオニー。君は厨房《ちゅうぼう》に下りていったことがあるか？」

「もちろん、ないわ」ハーマイオニーが素気なく答えた。「学生が行くべき場所とはとても考えられないし――」

「おれたちはあるぜ」ジョージはフレッドのほうを指さしながら言った。「何度もある。食べ物を失敬しに。そして、おれたちは連中に会ってるが、連中は幸せなんだ。世界一いい仕事を持ってると思ってる――」

「それは、あの人たちが教育も受けてないし、洗脳されているからだわ！」

ハーマイオニーは熱くなって話しはじめた。そのとき突然、頭上でふくろう便の到着を告げるサーッという音がして、ハーマイオニーのあとの言葉は羽音に飲み込まれてしまった。急いで見上げたハリーは、ヘドウィグがこちらに向かって飛んでくるのを見つけた。ハーマイオニーはパッと話をやめた。ヘドウィグがハリーの肩に舞い降り、羽をたたみ、疲れた様子で足を突き出すのを、ハーマイオニーもロンも心配そうに見つめた。

ハリーはシリウスの返事を引っ張るように外し、ヘドウィグにベーコンの外皮をやると、ヘドウィグはうれしそうにそれをついばんだ。フレッドとジョージが三校対抗試合の話に没頭していて安全なのを確かめ、ハリーはシリウスの手紙を、ロンとハーマイオニーにひそひそ声で読んで聞かせた。

むりするな、ハリー。

わたしはもう帰国して、ちゃんと隠れている。ホグワーツで起こっていることはすべて知らせて欲しい。ヘドウィグは使わないように。次々にちがうふくろうを使いなさい。わたしのことは心配せずに、自分のことだけを注意していなさい。君の傷痕《きずあと》についてわたしが言ったことを忘れないように。

シリウス

「どうしてふくろうを次々取り替えなきゃいけないのかなあ?」ロンが低い声で聞いた。

「ヘドウィグじゃ注意を引きすぎるからよ」ハーマイオニーがすぐに答えた。

「目立つもの。白ふくろうがシリウスの隠れ家に――どこだかは知らないけど――何度も何度も行ったりしてごらんなさい……だって、もともと白ふくろうはこの国の鳥じゃないでしょ?」

ハリーは手紙を丸め、ローブの中に滑り込ませた。心配事が増えたのか減ったのかわからなかった。とりあえずシリウスがなんとか捕まりもせずもどってきただけでも上出来とすべきなのだろう。それに、シリウスがずっと身近にいると思うと、心強いのも確かだった。少なくとも、手紙を書くたびに、あんなに長く返事を待つ必要はないだろう。

「ヘドウィグ、ありがとう」

ハリーはヘドウィグをなでてやった。ヘドウィグはホーと眠そうな声で鳴き、ハリーのオレンジジュースのコップにちょっと嘴《くちばし》を突っ込み、すぐまた飛び立った。ふくろう小屋でぐっすり眠りたくてしかたがないにちがいない。

その日は心地よい期待感があたりを満たしていた。夕方に到着するボーバトンとダームストラングからのお客のことに気を取られ、だれも授業に身が入らない。「魔法薬学」でさえ、いつもより三十分短いので、堪《こら》えやすかった。早めの終業ベルが鳴るとともに、ハリー、ロン、ハーマイオニーは急いでグリフィンドール塔にもどって、指示されていたとおり鞄と教科書を置き、マントを着て、また急いで階段を下り、玄関ホールに向かった。

各寮の寮監《りょうかん》が、生徒たちを整列させていた。

「ウィーズリー、帽子が曲がっています」マクゴナガル先生からロンに注意が飛んだ。

「ミス・パチル、髪についているばかげたものをお取りなさい」

パーバティは顔をしかめて、三編みの先につけた大きな蝶飾《ちょうかざ》りを取った。

「ついておいでなさい」マクゴナガル先生が命じた。「一年生が先頭です……押さないで……」

みな並んだまま正面の石段を下り、城の前に整列した。晴れた、寒い夕方だった。夕闇が迫り、禁じられた森の上に、青白く透き通るような月がもう輝きはじめていた。ハリーは前から四列目に並び、ロンとハーマイオニーに挟まれて立っていたが、一年生の中に、デニス・クリービーが期待で本当に震えているのが見えた。

「まもなく六時だ」

ロンは時計を眺め、正門に続く馬車道を、遠くのほうまでじっと見つめた。

「どうやってくると思う？　汽車かな？」

「ちがうと思う」ハーマイオニーが言った。

「じゃ、なんでくる？　箒《ほうき》かな？」ハリーが星の瞬《また》きはじめた空を見上げながら言った。

「ちがうわね……ずっと遠くからだし……」

「移動キー《ポート》か？」ロンが意見を述べた。「さもなきゃ、『姿現わし術』かも——どこだか知らないけど、あっちじゃ、十七歳未満でも使えるんじゃないか？」

「ホグワーツの校内では『姿現わし』はできません。何度言ったらわかるの？」ハーマイオニーはいらだった。

だれもが興奮して、次第に薄暗さを増す校庭を矯《た》めつ眇《すが》めつ眺めたが、なんの気配もない。すべてがいつもどおり、静かに、ひっそりとして、動かなかった。ハリーは次第に寒くなってきた。早くきてくれ……外国人学生はあっといわせる登場を考えてるのかも……ハリーは、ウィーズリーおじさんがクィディッチ・ワールドカップの始まる前、あのキャンプ場で言ったことを思い出していた——「毎度のことだ。大勢集まると、どうしても見栄を張りたくなるらしい……」

そのとき、ダンブルドアが、先生方の並んだ最後列から声を上げた。

「ほっほー！　わしの目に狂いがなければ、ボーバトンの代表団が近づいてくるぞ！」

「どこ？　どこ？」

生徒たちがてんでんばらばらな方向を見ながら熱い声を上げた。

「あそこだ！」六年生の一人が、森の上空を指さしてさけんだ。

なにか大きなもの、箒《ほうき》よりずっと大きなものだ――いや、箒百本分より大きいなにかが――濃紺の空をぐんぐん大きくなりながら、城に向かって疾走してくる。

「ドラゴンだ！」すっかり気が動転した一年生の一人が、金切り声を上げた。

「ばか言うなよ……あれは空飛ぶ家だ！」デニス・クリービーが言った。

デニスの推測のほうが近かった……巨大な黒い影が禁じられた森の梢《こずえ》をかすめたとき、城の窓明かりがその影をとらえた。巨大な、パステル・ブルーの馬車が姿を現した。大きな館ほどの馬車が、十二頭の天馬に引かれて、こちらに飛んでくる。天馬は金銀に輝くパロミノ種で、それぞれが象ほども大きい。

馬車がぐんぐん高度を下げ、猛烈なスピードで着陸態勢に入ったのを見て、前三列の生徒が後ろに下がった――すると、ドーンという衝撃音とともに（ネビルが後ろに吹っ飛んで、スリザリンの五年生の足を踏んづけた）――ディナー用の大皿より大きな天馬の蹄《ひづめ》が、地を蹴った。その直後に馬車も着陸した。巨大な車輪がバウンドし、金色の天馬は、太い首をぐいっともたげ、火のように赤く燃える大きな目をぐりぐりさせた。

馬車の戸が開くまでのほんの短い時間に、ハリーはその戸に描かれた紋章を見た。金色の杖《つえ》が交差し、それぞれの杖から三個の星が飛んでいる。

淡い水色のローブを着た少年が馬車から飛び降り、前屈みになって馬車の底をゴソゴソいじっていたと思うと、すぐに金色の踏み台を引っ張り出した。少年が恭《うやうや》しく飛び退《の》くと、馬車の中からピカピカの黒いハイヒールが片方現れた——子供用のソリほどもある靴だ——続いて、ほとんど同時に現れた女性は、ハリーが見たこともないほどの大きさだった。馬車の大きさも天馬の大きさも、たちまち納得がいった。何人かがあっと息を呑《の》んだ。

この女性ほど大きい人を、ハリーはこれまでたった一人しか見たことがない。ハグリッドだ。背丈も、三センチとちがわないのではないかと思った。しかし、なぜか——たぶん、ハリーがハグリッドに慣れてしまったせいだろう——この女性は（踏み台の下に立ち、目をみはって待ち受ける生徒たちを見回しているが）ハグリッドよりも、とてつもなく大きく見えた。玄関ホールからあふれる光の中にその女性が足を踏み入れたとき、顔が見えた。小麦色の滑らかな肌にきりっとした顔つき、大きな黒い潤んだ瞳、鼻はつんと尖《とが》っている。髪は引っ詰め、低い位置につやつやした髷《まげ》を結っている。頭から爪先まで、黒繻子《くろじゅす》をまとい、何個もの見事なオパールが襟元《えりもと》と太い指で光を放っていた。

ダンブルドアが拍手をした。それにつられて、生徒もいっせいに拍手した。この女性をもっとよく見たくて、背伸びしている生徒が多数いた。

女性は表情を和らげ、優雅にほほえんだ。そしてダンブルドアに近づき、きらめく片手を差し出した。ダンブルドアも背は高かったが、手に接吻するのに、ほとんど体を曲げる必要がなかった。

「これはこれは、マダム・マクシーム」ダンブルドアが挨拶した。「ようこそホグワーツへ」

「ダンブリー・ドール」マダム・マクシームが、深いアルトで答えた。「おかわりーありませーんか？」

「お陰さまで、上々じゃ」ダンブルドアが答えた。

「わたーしのせいとです」

マダム・マクシームは巨大な手の片方を無造作に後ろに回して、ひらひら振った。

マダム・マクシームにばかり気を取られていたハリーは、十数人もの男女生徒が――顔つきからすると、みな十七、八歳以上に見えたが――馬車を降りてマダム・マクシームの背後に立っているのに、はじめて気づいた。みな震えている。むりもない。着ているローブは薄物の絹のようで、マントを着ている者は一人もいない。何人かはスカーフをかぶったりショールを巻いたりしていた。顔はほんのわずかしか見えなかったが（全員、マダム・マクシームの巨大な影の中に立っていたので）、ハリーは、みなが不安そうな表情でホグワーツを見つめているのを見て取った。

「カルカロフはまだきーませんか？」マダム・マクシームが聞いた。

「もうすぐくるじゃろう」ダンブルドアが答えた。

「外でお待ちになってお出迎えなさるかな？　それとも城の中に入られて、ちと暖を取られますかな？」

「あたたまりたーいです。でも、ウーマは——」

「こちらの『魔法生物飼育学』の先生が喜んでお世話するじゃろう」ダンブルドアが言った。「別の、あー——仕事で、少し面倒があってのう。片づき次第すぐに」

「スクリュートだ」ロンがニヤッとしてハリーにささやいた。

「わたーしのウーマたちのせわは——あー——ちからいりまーす」マダム・マクシームはホグワーツの「魔法生物飼育学」の先生にそんな仕事ができるかどうか疑っているような顔だった。

「ウーマたちは、とてもつよーいです……」

「ハグリッドなら大丈夫。やり遂げましょう。わしが請け合いますぞ」ダンブルドアがほほえんだ。

「それはどーも」マダム・マクシームは軽く頭を下げた。「どうぞ、そのアグリッド《ハ》に、ウーマはシングルモルト・ウィスキーしかのまなーいと、おつたえくーださいますか？」

「畏《かしこ》まりました」ダンブルドアもお辞儀した。

「おいで」

マダム・マクシームは威厳たっぷりに生徒を呼んだ。ホグワーツ生の列が割れ、マダムと生徒が石段を上れるよう、道を空けた。

「ダームストラングの馬はどのくらい大きいと思う？」シェーマス・フィネガンが、ラベンダーとパーバティの向こうから、ハリーとロンのほうに身を乗り出して話しかけた。

「うーん、この馬より大きいんなら、ハグリッドでも扱えないだろうな」ハリーが言った。「それも、ハグリッドがスクリュートに襲われていなかったらの話だけど。いったいなにが起こったんだろう？」

「もしかして、スクリュートが逃げたかも」ロンはそうだといいのに、という言い方だ。

「ああ、そんなこと言わないで」ハーマイオニーが身震いした。「あんな連中が校庭をうろうろしてたら……」

ダームストラング一行を待ちながら、みな少し震えて立っていた。生徒の多くは、期待を込めて空を見つめていた。数分の間、静寂を破るのはマダム・マクシームを連れてきた巨大な馬の鼻息と、地を蹴る蹄《ひづめ》の音だけだった。だが――。

「なにか聞こえないか？」突然ロンが言った。

ハリーは耳を澄ませた。闇の中からこちらに向かって、大きな、言いようのない不気味な音が伝わってきた。まるで巨大な掃除機が川底を浚《さら》うような、くぐもったゴロゴロという音、吸い込む音……。

「湖だ！」リー・ジョーダンが指をさしてさけんだ。「湖を見ろよ！」

そこは、芝生の一番上の校庭を見下ろす位置だったので、湖の黒く滑らかな水面がはっきり見えた――その水面が突然乱れ、中心の深いところでなにかがざわめいている。ボコボコと大きな泡が表面にわき出し、波が岸の泥を洗った――そして、湖の真ん中が渦巻いた、まるで湖底の巨大な栓が抜かれたかのように……。

渦の中心から、長い、黒い竿《さお》のようなものが、ゆっくりと迫《せ》り上がってきた……そして、ハリーの目に、帆桁《けげた》が……。

「あれは帆柱だ！」ハリーがロンとハーマイオニーに向かって言った。

ゆっくりと、堂々と、月明かりを受けて船は水面に浮上した。まるで引き上げられた難破船のような、どこか骸骨《がいこつ》のような感じのする船だ。丸い船窓からちらちら見える仄暗《ほのぐら》い霞んだ灯《あか》りが、幽霊の目のように見えた。ついに、ザバーッと大きな音を立てて、船全体が姿を現し、水面を波立たせて船体を揺すり、岸に向かって滑り出した。数分後、浅瀬に錨《いかり》を投げ入れる水音が聞こえ、タラップを岸に下ろすドスッという音がした。

乗員が下船してきた。船窓の灯《あか》りをよぎるシルエットが見えた。ハリーは、全員が、クラッブ、ゴイル並の体つきをしているように思った……しかし、次第に近づいてきて、芝生を登り切り、玄関ホールから流れ出る明かりの中に入ったときに、大きな体に見えたのは、実はもこもことした分厚い毛皮のマントを着ているせいだとわかった。城まで全員を率いてきた男だけは、ちがう物を着ている。男の髪と同じく、滑らかで銀色の毛皮だ。

「ダンブルドア！」坂道を登りながら、男が朗らかに声をかけた。「やあやあ。しばらく。元気かね」

「元気一杯じゃよ。カルカロフ校長」ダンブルドアが挨拶を返した。

カルカロフの声は、耳に心地よく、上《うわ》っ滑《すべ》りに愛想がよかった。城の正面扉からあふれ出る明かりの中に歩み入ったとき、ダンブルドアと同じくやせた、背の高い姿が見えた。しかし、銀髪は短く、先の縮れた山羊《やぎ》ひげは、貧相な顎《あご》を隠し切れていなかった。カルカロフはダンブルドアに近づき、両手で握手した。

「懐かしのホグワーツ城」

カルカロフは城を見上げてほほえんだ。歯が黄ばんでいる。それに、ハリーは目が笑っていないことに気づいた。冷たい、抜け目のない目のままだ。

「ここにこれたのはうれしい。実にうれしい……ビクトール、こっちへ。暖かいところへくるがいい……ダンブルドア、かまわないかね？　ビクトールは風邪気味なので……」

カルカロフは生徒の一人を差し招いた。その青年が通り過ぎたとき、ハリーはちらりと顔を見た。曲がった目立つ鼻、濃い黒い眉《まゆ》。ロンから腕にパンチを食わされるまでもない。耳元でささやかれる必要もない。まぎれもない横顔だ。

「ハリー――クラムだ！」

第16章　炎のゴブレット

「まさか！」ロンが呆然《ぼうぜん》として言った。ダームストラング一行のあとについて、ホグワーツの学生が、整列して石段を上る途中だった。

「クラムだぜ、ハリー！　ビクトール・クラム！」

「ロン、落ち着きなさいよ。たかがクィディッチの選手じゃない」ハーマイオニーが言った。

「たかがクィディッチの選手？」ロンは耳を疑うという顔でハーマイオニーを見た。「ハーマイオニー──クラムは世界最高のシーカーの一人だぜ！　まだ学生だなんて、考えてもみなかった！」

ホグワーツの生徒に交じり、ふたたび玄関ホールを横切って大広間に向かう途中、リー・ジョーダンなどはクラムの頭の後ろだけでもよく見ようと、爪先立ちでぴょんぴょん跳び上がっていた。六年生の女子学生が数人、歩きながら夢中でポケットを探っている――「あぁ、どうしたのかしら。わたし、羽根ペンを一本も持ってないわ――」「ねえ、あの人、帽子に口紅でサインしてくれると思う？」

「まったく、もう」今度は口紅のことでおたおたしている女の子たちを追い越しながら、ハーマイオニーがつんと言い放った。

「サインもらえるなら、僕が、もらうぞ」ロンが言った。「ハリー、羽根ペン持ってないか？　ん？」

「ない。寮のカバンの中だ」ハリーが答えた。

三人はグリフィンドールのテーブルまで歩き、腰掛けた。ロンはわざわざ入口の見えるほうに座った。クラムやダームストラングのほかの生徒たちが、どこに座ってよいかわからないらしく、まだ入口付近に塊《かたまり》になっていたからだ。ボーバトンの生徒たちは、レイブンクローのテーブルを選んで座っていた。みなむっつりした表情で、大広間を見回している。中の三人は、いまも頭にスカーフやショールを巻きつけ、しっかり押さえていた。

「そこまで寒いわけないでしょ」観察していたハーマイオニーが、言い捨てた。「あの人たち、どうしてマントを持ってこなかったのかしら？」

「こっち！　こっちにきて座って！」ロンが歯を食いしばるように言った。「こっちだ！　ハーマイオニー、そこどいて。席を空けてよ――」

「どうしたの？」

「遅かった」ロンが悔しそうに言った。

ビクトール・クラムとダームストラングの生徒たちが、スリザリンのテーブルに着いていた。マルフォイ、クラッブ、ゴイルのいやに得意げな顔を、ハリーは見た。マルフォイがクラムのほうに乗り出すようにして話しかけている。

「おうおう、やってくれ。マルフォイ。おべんちゃらべたべた」ロンが毒づいた。「だけど、クラムは、あいつなんかすぐお見通しだ……きっといつも、みんながじゃれついてくるんだから……。あの人たち、どこに泊まると思う？　僕たちの寝室に空きを作ったらどうかな、ハリー……僕のベッドをクラムにあげたっていい。僕は折りたたみベッドで寝るから」

ハーマイオニーがフンと鼻を鳴らした。

「あの人たち、ボーバトンの生徒よりずっと楽しそうだ」ハリーが言った。

ダームストラング生は分厚い毛皮を脱ぎ、興味津々で星の瞬《またた》く黒い天井を眺めていた。何人かは金の皿やゴブレットを持ち上げては、感心したように眺め回している。

教職員テーブルに、管理人のフィルチが椅子を追加していた。晴れの席にふさわしく、古ぼけたかび臭い燕尾服《えんびふく》を着込んでいる。ダンブルドアの両脇に二席ずつ、四脚も椅子を置いたので、ハリーは驚いた。

「だけど、二人増えるだけなのに――」ハリーが言った。「どうしてフィルチは椅子を四つも出したのかな？　あとはだれがくるんだろう？」

「はぁ？」ロンは曖昧に答えた。まだクラムに熱い視線を向けている。

全校生徒が大広間に入ってそれぞれの寮のテーブルに着くと、教職員が入場し一列になって上座のテーブルに進み、着席した。列の最後はダンブルドア、カルカロフ校長、マダム・マクシームだ。ボーバトン生は、マダムが入場するといっせいに起立した。ホグワーツ生の何人かが笑ったが、ボーバトン生は平然としてマダム・マクシームがダンブルドアの左手に着席するまで座らなかった。ダンブルドアのほうは、立ったままだ。大広間が水を打ったようになった。

「こんばんは。紳士淑女、そしてゴーストの皆さん。そしてまた――今夜はとくに――客人のみなさん」ダンブルドアは外国からの学生全員に向かって、にっこりほほえんだ。

「ホグワーツへのおいでを、心から歓迎いたしますぞ。本校での滞在が、快適で楽しいものになることを、わしは希望し、また確信しておる」

ボーバトンの女子学生で、まだしっかりとマフラーを頭に巻きつけたままの子が、まちがいなく嘲笑《ちょうしょう》と取れる笑い声を上げた。

「あなたなんか、だれも引き止めやしないわよ！」ハーマイオニーが、その学生を睨《ね》めつけながらつぶやいた。

「三校対抗試合は、この宴が終わると正式に開始される」ダンブルドアが続けた。「さあ、それでは、大いに飲み、食し、かつ寛《くつろ》いでくだされ！」

ダンブルドアが着席した。ハリーが見ていると、カルカロフ校長がすぐに身を乗り出して、ダンブルドアと話しはじめた。

目の前の皿が、いつものように満たされた。厨房《ちゅうぼう》の屋敷しもべ妖精が、今夜は無制限の大盤振舞いにしたらしい。目の前に、ハリーがこれまで見たこともないほどのいろいろな料理が並び、はっきり外国料理とわかるものもいくつかあった。

「あれ、なんだい？」ロンが指さしたのは、大きなステーキ・キドニー・パイの横にある、貝類のシチューのようなものだった。

「ブイヤベース」ハーマイオニーが答えた。

「いま、くしゃみした？」ロンが聞いた。

「フランス語よ」ハーマイオニーが言った。「一昨年の夏休み、フランスでこの料理を食べたの。とってもおいしいわ」

「ああ、信じましょう」ロンが、ブラッド・ソーセージをよそいながら言った。

たかだか二十人生徒が増えただけなのに、大広間はなぜかいつもよりずっと込み合っているように見えた。たぶん、ホグワーツの黒いローブの中で、ちがう色の制服がパッと目に入るせいだろう。毛皮のコートを脱いだダームストラング生は、その下に血のような深紅のローブを着ていた。

歓迎会が始まってから二十分ほど経ったころ、ハグリッドが、教職員テーブルの後ろのドアから横滑りで入ってきた。テーブルの端の席にそっと座ると、ハグリッドはハリー、ロン、ハーマイオニーに手を振った。包帯でぐるぐる巻きの手だ。

「ハグリッド、スクリュートは大丈夫なの？」ハリーが呼びかけた。

「ぐんぐん育っちょる」ハグリッドがうれしそうに声を返した。

「ああ、そうだろうと思った」ロンが小声で言った。「あいつら、ついに好みの食べ物を見つけたらしいな。ほら、ハグリッドの指さ」

そのとき、だれかの声がした。

「あのでーすね、ブイヤベース食べなーいのでーすか？」

ダンブルドアの挨拶のときに笑った、あのボーバトンの女子生徒だ。やっとマフラーを取っていた。長いシルバーブロンドの髪が、さらりと腰まで流れている。大きな深いブルーの瞳、真っ白できれいな歯並び。

ロンは真っ赤になった。美少女の顔をじっと見つめ、口を開いたものの、わずかにゼイゼイと喘《あえ》ぐ音が出てくるだけだった。

「ああ、どうぞ」ハリーが美少女のほうに皿を押しやった。

「もう食べ終わりましたでーすか？」

「ええ」ロンが息も絶え絶えに答えた。「ええ、おいしかったです」

美少女は皿を持ち上げ、こぼさないようにレイブンクローのテーブルに運んでいった。ロンは、これまで女の子を見たことがないかのように、穴のあくほど美少女を見つめ続けていた。ハリーが笑い出した。その声でロンははっと我に返ったようだった。

「あの女《ひと》、ヴィーラだ！」ロンはかすれた声でハリーに言った。

「いいえ、ちがいます！」ハーマイオニーがバシッと言った。「まぬけ顔で、ぽかんと口を開けて見とれてる人は、ほかにだれもいません！」

しかし、ハーマイオニーの見方は必ずしも当たってはいなかった。美少女が大広間を横切る間、たくさんの男子が振り向いたし、何人かは、ロンと同じように一時的に口がきけなくなったようだった。

「まちがいない！　あれは普通の女の子じゃない！」ロンは体を横に倒して、美少女をよく見ようとした。「ホグワーツじゃ、ああいう女の子は作れない！」

「ホグワーツだって、女の子はちゃんと作れるよ」ハリーは反射的にそう言った。シルバーブロンド美少女から数席離れたところに、たまたまチョウ・チャンが座っていた。

「お二人さん、お目々がおもどりになりましたら――」ハーマイオニーがきびきびと言った。「たったいまだれが到着したか、見えますわよ」

ハーマイオニーは教職員テーブルを指さしていた。空いていた二席が塞がっている。ルード・バグマンがカルカロフ校長の隣に、パーシーの上司のクラウチ氏がマダム・マクシームの隣に座っていた。

「いったいなにしにきたのかな？」ハリーは驚いた。

「三校対抗試合を組織したのは、あの二人じゃない？」ハーマイオニーが言った。「始まるのを見たかったんだと思うわ」

次のコースが皿に現れた。なじみのないデザートがたくさんある。ロンはなんだか得体の知れない淡い色のブラマンジェをしげしげ眺め、それをそろそろと数センチくらい自分の右側に移動させて、レイブンクローのテーブルからよく見えるようにした。しかし、ヴィーラらしき美少女は、もう十分食べたという感じで、ブラマンジェを取りにこようとはしなかった。

金の皿がふたたびピカピカになると、ダンブルドアがあらためて立ち上がった。心地よい緊張感が、いましも大広間を満たしている。なにが起こるかと、ハリーは興奮でぞくぞくした。ハリーの席から数席向こうでフレッドとジョージが身を乗り出し、全神経を集中してダンブルドアを見つめている。

「時はきた」ダンブルドアが、いっせいに自分を見上げている顔、顔、顔に笑いかけた。

「三大魔法学校対抗試合はまさに始まろうとしておる。『箱』を持ってこさせる前に、二言、三言説明しておこうかの――」

「箱って？」ハリーがつぶやいた。ロンが「知らない」とばかり肩をすくめた。

「――今年はどんな手順で進めるのかを明らかにしておくためじゃが。その前に、まだこちらのお二人を知らない者のためにご紹介しよう。国際魔法協力部部長、バーテミウス・クラウチ氏」――儀礼的な拍手がパラパラと起こった――「そして、魔法ゲーム・スポーツ部部長、ルード・バグマン氏じゃ」

クラウチのときよりもはるかに大きな拍手があった。ビーターとして有名だったからかもしれないし、ずっと人好きのする容貌《ようぼう》のせいかもしれなかった。バグマンは、陽気に手を振って拍手に応えた。バーテミウス・クラウチはといえば、紹介されてもにこりともせず手を振りもしなかった。クィディッチ・ワールドカップでのスマートなスーツ姿を覚えているハリーにとって、魔法使いのローブがクラウチ氏とはちぐはぐな感じがした。チョビひげもぴっちり分けた髪も、ダンブルドアの長い白髪と顎《あご》ひげの隣では、際だって滑稽《こっけい》に見えた。

「バグマン氏とクラウチ氏は、この数か月というもの、三校対抗試合の準備に骨身を惜しまず尽力されてきた」ダンブルドアの話は続いた。「そして、おふた方は、カルカロフ校長、マダム・マクシーム、それにこのわしとともに、代表選手の健闘ぶりを評価する審査委員会に加わってくださる」

「代表選手」の言葉が出たとたん、熱心に聞いていた生徒たちの耳が一段と研ぎ澄まされた。ダンブルドアは、生徒が急にしんとなったのに気づいたのか、にっこりしながらこう言った。

「それでは、フィルチさん、箱をこれへ」

大広間の隅に、だれにも気づかれず身をひそめていたフィルチが、いまや遅しと、宝石をちりばめた大きな木箱を捧げ、ダンブルドアのほうに進み出た。かなり古いものらしい。見つめる生徒たちから、いったいなんだろうと、興奮のざわめきが起こった。デニス・クリービーはよく見ようと椅子の上に立ち上がったが、それでもあまりの小柄に、みなの頭よりちょっぴり上に出ただけだった。

「代表選手たちが今年取り組むべき課題の内容は、すでにクラウチ氏とバグマン氏が検討し終えておる」ダンブルドアが言った。

フィルチが、木箱を恭《うやうや》しくダンブルドアの前のテーブルに置いた。

「さらに、おふた方は、それぞれの課題に必要な手配もしてくださった。課題は三つあり、今学年を通して間《ま》を置いて行われ、代表選手はあらゆる角度から試される

――魔力の卓越性――果敢な勇気――論理・推理力――そして、言うまでもなく、危険に対処する能力などじゃ」この最後の言葉で、大広間が完璧に沈黙した。息する者さえいないかのようだった。

「みなも知ってのとおり、試合で競うのは三人の代表選手じゃ」ダンブルドアは静かに言葉を続けた。「参加三校から各一人ずつ。選手は課題の一つひとつをどのように巧みにこなすかで採点され、三つの課題の総合点が最も高い者が、優勝杯を獲得する。代表選手を選ぶのは、公正なる選者……『炎のゴブレット』じゃ」

ここでダンブルドアは杖《つえ》を取り出し、木箱のふたを三度軽くたたいた。ふたは軋《きし》みながらゆっくりと開いた。ダンブルドアは手を差し入れ、中から大きな荒削りの木のゴブレットを取り出した。一見まるで見栄えのしない杯だったが、ただ、その縁からはあふれんばかりに青白い炎が踊っている。ダンブルドアは木箱のふたを閉め、その上にそっとゴブレットを置き、大広間の全員によく見えるようにした。

「代表選手に名乗りを上げたい者は、羊皮紙《ようひし》に名前と所属校名をはっきりと書き、このゴブレットの中に入れなければならぬ。立候補の志ある者は、これから二十四時間の内に、その名を提出するがよい。明日、ハロウィーンの夜に、ゴブレットは、各校を代表するに最もふさわしいと判断された三人の名前を返してよこすであろう。このゴブレットは、今夜、玄関ホールに置かれる。われと思わん者は、自由に近づくがよい」

「年齢に満たない生徒が誘惑に駆られることのないよう」ダンブルドアが続けた。『炎のゴブレット』が玄関ホールに置かれたなら、その周囲にわしが『年齢線』を引くことにする。十七歳に満たない者は、何人《なんぴと》もその線を越えることはできぬ」

「最後に、この試合で競おうとする者に、はっきり言うておこう。軽々しく名乗りを挙げぬことじゃ。『炎のゴブレット』がいったん代表選手と選んだ者は、最後まで試合を戦い抜く義務がある。ゴブレットに名前を入れるということは、魔法契約によって拘束されることを意味する。代表選手になったからには、途中で気が変わるということは許されぬ。じゃから、心底、競技する用意があるのかどうか確信を持った上で、ゴブレットに名前を入れるのじゃぞ――」

「――さて、もう寝る時間じゃ。みな、おやすみ」

『年齢線』か！」みなと一緒に大広間を横切り、玄関ホールに出るドアへと進みながら、フレッド・ウィーズリーが目をキラキラさせた。

「うーん。それなら『老《ふ》け薬《ぐすり》』でごまかせるな？　いったん名前をゴブレットに入れてしまえば、もうこっちのもんさ――十七歳かどうかなんて、ゴブレットにはわかりゃしないさ！」

「でも、十七歳未満じゃ、だれも戦いおおせる可能性はないと思う」ハーマイオニーが言った。「まだ勉強が足りないもの……」

「君はそうでも、おれはちがうぞ」ジョージがぶっきらぼうに言った。「ハリー、君はやるな？　立候補するんだろ？」

十七歳に満たないものは立候補するべからず、というダンブルドアの強い言葉を、ハリーは一瞬思い出した。しかし、自分が三校対抗試合に優勝する晴れがましい姿が、またしても胸一杯に広がった……十七歳未満のだれかが、「年齢線」を破る方法を本当に見つけてしまったら、ダンブルドアはどのくらい怒るだろうか……。

「どこへ行っちゃったのかな？」このやりとりをまったく聞いていなかったロンが言った。クラムはどうしたかと、人込みの中を窺《うかが》っていたのだ。「ダンブルドアは、ダームストラング生がどこに泊まるか、言ってなかったよな？」

しかし、その答えはすぐにわかった。ちょうどそのとき、ハリーたちはスリザリンのテーブルまで進んできていたのだが、カルカロフが生徒を急き立てている最中だった。

「それでは、船にもどれ」カルカロフがそう言っているのが聞こえた。「ビクトール、気分はどうだ？　十分に食べたか？　厨房《ちゅうぼう》から卵酒でも持ってこさせようか？」

クラムがまた毛皮を着ながら首を横に振ったのを、ハリーは見た。

に言った。

「校長先生、僕、ヴァインが欲しい」ダームストラングの生徒が一人、物欲しそうに言った。

「おまえに言ったわけではない。ポリアコフ」カルカロフが噛《か》みつくように言った。やさしい父親のような雰囲気は一瞬にして消えていた。「おまえは、また食べ物をぼろぼろこぼしてローブを汚したな。しょうのないやつだ――」

カルカロフはドアへと向きを変え、生徒を先導した。ドアのところでちょうどハリー、ロン、ハーマイオニーとかち合い、三人が先を譲った。

「ありがとう」カルカロフは何気なくそう言って、ハリーをちらと見た。

とたんにカルカロフが凍りついた。カルカロフはハリーを振り向き、我が目を疑うという表情でハリーをまじまじと見た。校長の後ろについていたダームストラング生も急に立ち止まった。カルカロフの視線が、ゆっくりとハリーの顔を移動し、傷痕《きずあと》の上に釘づけになった。ダームストラング生も不思議そうにハリーを見つめた。そのうち何人かがはっと気づいた表情になったのを、ハリーは目の片隅で感じた。ローブの胸が食べこぼしで一杯の男子が、隣の女子を突つき、おおっぴらにハリーの額《ひたい》を指さした。

「そうだ。ハリー・ポッターだ」後ろから、声が轟《とどろ》いた。

カルカロフ校長がくるりと振り向いた。マッド-アイ・ムーディが立っている。ステッキに体を預け、「魔法の目」が瞬きもせず、ダームストラングの校長をギラギラと見据えていた。ハリーの目の前で、カルカロフの顔からさっと血の気が引き、怒りと恐れの入り交じったすさまじい表情に変わった。

「おまえは！」カルカロフは、亡霊でも見るような目つきでムーディを見つめた。

「わしだ」凄《すご》みのある声だった。「ポッターになにも言うことがないなら、カルカロフ、退《ど》くがよかろう。出口を塞いでいるぞ」

たしかにそうだった。大広間の生徒の半分がその後ろで待たされ、なにが邪魔しているのだろうと、あちこちから首を突き出して前を覗いていた。

一言も発せず、カルカロフ校長は、自分の生徒をかき集めるようにして連れ去った。ムーディはその姿が見えなくなるまで、「魔法の目」でその背中をじっと見ていた――傷だらけの歪《ゆが》んだ顔に激しい嫌悪感を浮かべながら。

翌日は土曜日で、普段なら遅い朝食をとる生徒が多い。しかし、ハリー、ロン、ハーマイオニーは、いつもよりずっと早く起きた。早起きはハリーたちだけではなかった。三人が玄関ホールに下りていくと、もう二十人ほどの生徒がうろうろしていた。トーストをかじりながらの生徒もいて、みなが「炎のゴブレット」を眺め回していた。ゴブレットはホールの真ん中で、いつもは「組分け帽子」を載せる丸椅子の上に置かれている。ゴブレットのまわりの床には、細い金色の線で半径三メートルほどの円が描かれていた。

「もうだれか名前を入れた？」ロンがうずうずしながら三年生の女の子に聞いた。

「ダームストラングが全員。だけど、ホグワーツの人は、わたしはだれも見てないわ」

「昨日の夜のうちに、みんなが寝てしまってから入れた人もいると思うよ」ハリーが言った。「僕だったら、そうしたと思う……。みんなに見られたくないもの。ゴブレットが、名前を入れたとたんに吐き出してきたりしたらいやだろ？」

ハリーの背後でだれかが笑った。振り返ると、フレッド、ジョージ、リー・ジョーダンが急いで階段を下りてくるところだった。三人ともひどく興奮しているようだ。

「やったぜ」フレッドが勝ち誇ったようにハリー、ロン、ハーマイオニーに耳打ちした。「いま飲んできた」

「なにを？」ロンが聞いた。

「『老《ふ》け薬《ぐすり》』だよ。鈍いぞ」フレッドが言った。

「一人一滴だ」有頂天で両手をこすり合わせながら、ジョージが言った。「おれたちはほんの数か月分、年を取ればいいだけだからな」

「三人のうちのだれかが優勝したら、一千ガリオンは山分けにするんだ」リーもニヤーッと歯を見せた。

「でも、そんなにうまくいくとは思えないけど」ハーマイオニーが警告するように言った。「ダンブルドアはきっとそんなこと考えてあるはずよ」

フレッド、ジョージ、リーは、聞き流した。

「いいか？」武者震いしながら、フレッドがあとの二人に呼びかけた。「それじゃ、いくぞ──おれが一番乗りだ──」

フレッドが「フレッド・ウィーズリー──ホグワーツ」と書いた羊皮紙《ようひし》メモをポケットから取り出すのを、ハリーはどきどきしながら見守った。フレッドはまっすぐに線の際まで行ってそこで立ち止まり、十五メートルの高みから飛び込みをするダイバーのように、爪先立って前後に体を揺すった。そして、玄関ホールのすべての目が見守る中、フレッドは大きく息を吸い、線の中に足を踏み入れた。

一瞬、ハリーは、うまくいったと思った──ジョージもきっとそう思ったのだろう。やった、というさけび声とともに、フレッドのあとを追って飛び込んだのだ──が、次の瞬間、ジュッという大きな音とともに双子は二人とも金色の円の外に放り出された。見えない砲丸投げ選手が、二人を押し出したかのようだった。二人は、三メートルほども吹き飛び、冷たい石の床にたたきつけられた。泣きっ面に蜂ならぬ恥。ポンという大きな音とともに、二人にまったく同じ白い長い顎《あご》ひげが生えてきた。玄関ホールが大爆笑に沸いた。フレッドとジョージでさえ、立ち上がって互いのひげを眺めたとたん、笑い出した。

「忠告したはずじゃ」深みのある声がした。おもしろがっているような調子だ。みながが振り向くと、大広間からダンブルドア校長が出てくるところだった。目をキラキラさせてフレッドとジョージを観賞しながら、ダンブルドアが言った。

「二人とも、マダム・ポンフリーのところへ行くがよい。すでに、レイブンクローのミス・フォーセット、ハッフルパフのミスター・サマーズもお世話になっておる。二人とも少しばかり年を取る決心をしたのでな。もっとも、あの二人のひげは、君たちほど見事ではないがの」

ゲラゲラ笑っているリーに付き添われてフレッドとジョージは医務室に向かい、ハリー、ロン、ハーマイオニーも、くすくす笑いながら朝食に向かった。

大広間の飾りつけが、今朝はすっかり変わっていた。ハロウィーンなので、生きたコウモリが群がって、魔法のかかった天井のまわりを飛び回っていたし、何百というくり抜きかぼちゃが、あちこちの隅でニターッと笑っていた。ハリーが先に立って、ディーンとシェーマスのそばに行くと、二人は、十七歳以上の生徒でだれがホグワーツから立候補しただろうかと話しているところだった。

「噂《うわさ》だけどさ、ワリントンが早起きして名前を入れたって」ディーンがハリーに話した。

「あのスリザリンの、でっかいナマケモノみたいなやつがさ」クィディッチでワリントンと対戦したことがあるハリーは、むかついて首を振った。

「スリザリンから代表選手を出すわけにはいかないよ！」

「ハッフルパフじゃ、みんなディゴリーのことを話してる」シェーマスが軽蔑したように言った。「だけど、あいつ、ハンサムなお顔を危険にさらしたくはないんじゃないでしょうかね」

「ちょっと、ほら、見て！」ハーマイオニーが急に口を挟んだ。

玄関ホールのほうで、歓声が上がった。椅子に座ったまま振り向くと、アンジェリーナ・ジョンソンが少しはにかんだように笑いながら、大広間に入ってくるところだった。グリフィンドールのチェイサーの一人、背の高い黒人のアンジェリーナは、ハリーたちのところへやってきて、腰掛けるなり言った。

「そう、わたし、やったわ！　いま、名前を入れてきた！」

「ほんとかよ！」ロンは感心したように言った。

「それじゃ、君、十七歳なの？」ハリーが聞いた。

「そりゃ、もち、そうさ。ひげがないだろ？」ロンが言った。

「先週が誕生日だったの」アンジェリーナが言った。

「うわぁ、私、グリフィンドールからだれか立候補してくれて、うれしいわ」ハーマイオニーが言った。『あなたが選ばれるといいな、アンジェリーナ！』

「ありがとう、ハーマイオニー」アンジェリーナがハーマイオニーにほほえみかけた。

「ああ、かわいこちゃんのディゴリーより、君のほうがいい」シェーマスの言葉を、テーブルのそばを通りがかった数人のハッフルパフ生が聞きつけて、恐い顔でシェーマスを睨《にら》んだ。

「じゃ、今日はなにをして遊ぼうか？」

朝食が終わって大広間を出るとき、ロンがハリーとハーマイオニーに聞いた。

「まだハグリッドのところに行ってないね」ハリーが言った。

「オッケー。スクリュートに僕たちの指を二、三本寄付しろって言わないんなら、行こう」ロンが言った。

ハーマイオニーの顔が、興奮でパッと輝いた。

「いま気づいたけど――私、まだハグリッドにS・P・E・W《しもべ妖精福祉振興協会》に入会するように頼んでなかったわ！」ハーマイオニーの声がはずんだ。「待っててくれる？　ちょっと上まで行って、バッジを取ってくるから」

「あいつ、いったい、どうなってるんだ？」ハーマイオニーが大理石の階段を駆け上がっていくのを、ロンは呆《あき》れ顔で見送った。

「おい、ロン」ハリーが突然声をかけた。「君のオトモダチ……」

ボーバトン生が、校庭から正面の扉を通ってホールに入ってくるところだった。その中に、あのヴィーラ美少女がいた。「炎のゴブレット」を取り巻いていた生徒たちが、一行を食い入るように見つめながら、道をあけた。

マダム・マクシームが生徒のあとからホールに入り、みなを一列に並ばせた。ボーバトン生は一人ずつ「年齢線」をまたぎ、青白い炎の中に羊皮紙《ようひし》のメモを投じた。名前が入るごとに、炎は一瞬赤くなり、火花を散らした。

「選ばれなかった生徒はどうなると思う？」ヴィーラ美少女が羊皮紙を「炎のゴブレット」に投じたとき、ロンがハリーにささやいた。「学校に帰っちゃうと思う？それとも残って試合を見るのかな？」

「わかんないな。残るんじゃないかな……マダム・マクシームは残って審査するんだろ？」

ボーバトン生が全員名前を入れ終えると、マダム・マクシームはふたたび生徒をホールから連れ出し、校庭へともどっていった。

「あの人たちは、どこに泊まってるのかな？」あとを追って扉のほうへ行き、一行をじっと見送りながらロンが言った。

背後でガチャガチャと鳴る大きな音は、ハーマイオニーがS・P・E・Wバッジの箱を持ってもどってきた証《あかし》だ。

「おっ、いいぞ。急ごう」ロンが石段を飛び降りた。その目は、マダム・マクシームと一緒に芝生の中ほどを歩いているヴィーラ美少女の背中に、ぴったりと張りついていた。

禁じられた森の端《はた》にあるハグリッドの小屋に近づくと、ボーバトン生がどこに泊まっているかの謎が解けた。乗ってきた巨大なパステル・ブルーの馬車が、ハグリッドの小屋の入口から二百メートルほど向こうに置かれ、生徒たちはその中へと登っていくところだった。馬車を引いてきた象ほどもある天馬は、いまは、その横に設《しつら》えられた急ごしらえのパドックで、草を食《は》んでいる。

ハリーがハグリッドの戸をノックすると、すぐにファングの低く響く吠え声がした。

「よう、久しぶりだな！」ハグリッドが勢いよくドアを開け、ハリーたちを見つけて言った。「おれの住んどるところを忘れっちまったかと思ったぞ！」

「私たち、とっても忙しかったのよ、ハグ――」ハーマイオニーは、そう言いかけてハグリッドを見上げたとたん、ぴたっと口を閉じた。言葉を失ったようだった。

　ハグリッドは、一張羅《いっちょうら》の（しかも、悪趣味の）毛がもこもこの茶色い背広を着込み、これでもかとばかりの黄色とだいだい色の格子縞《こうしじま》ネクタイを締めていた。きわめつきは、髪をなんとかなでつけようとしたらしく、車軸用のグリースかと思われる油をこってりと塗りたくっていたことだ。髪はいまや、二束にくくられて垂れ下がっている――たぶん、ビルと同じようなポニーテールにしようとしたのだろうが、髪が多すぎて一つにまとまらなかったのだろう。どう見てもハグリッドには似合わなかった。一瞬、ハーマイオニーは目を白黒させてハグリッドを見ていたが、結局なにも意見を言わないことに決めたらしく、こう言った。

「えぇと――スクリュートはどこ？」

「外のかぼちゃ畑の横だ」ハグリッドがうれしそうに答えた。「でっかくなったぞ。もう一メートル近いな。ただな、困ったことに、お互いに殺し合いを始めてなぁ」

「まあ、困ったわね」ハーマイオニーはそう言うと、ハグリッドのキテレツな髪型をまじまじ見てなにか言いたそうに口を開いたロンに、すばやく「だめよ」と目配せした。

「そうなんだ」ハグリッドは悲しそうに言った。「ンでも、大丈夫だ。もう別々の箱に分けたからな。まーだ、二十匹は残っちょる」

「うわ、そりゃ、おめでたい」ロンの皮肉が、ハグリッドには通じなかった。

ハグリッドの小屋は一部屋しかなく、その一角に、パッチワークのカバーをかけた巨大なベッドが置いてある。暖炉の前には、これも同じく巨大な木のテーブルと椅子があり、その上の天井から、燻製《くんせい》ハムや鳥の死骸《しがい》がたくさんぶら下がっていた。ハグリッドが茶の準備を始めたので、三人はテーブルに着き、すぐにまた三校対抗試合の話題に夢中になった。ハグリッドも同じように興奮しているようだった。

「見ちょれ」ハグリッドがにこにこした。「待っちょれよ。見たこともねえもンが見られるぞ。いっち番目の課題は……おっと、言っちゃいけねえんだ」

「言ってよ！　ハグリッド！」ハリー、ロン、ハーマイオニーが促したが、ハグリッドは笑って首を横に振るばかりだった。

「おまえさんたちの楽しみを台無しにはしたくねえ」ハグリッドが言った。「だがな、すごいぞ。それだけは言っとく。代表選手はな、課題をやり遂げるのは大変だ。生きてるうちに三校対抗試合の復活を見られるとは、思わんかったぞ！」

結局三人は、ハグリッドと昼食を食べたが、あまりたくさんは食べなかった――ハグリッドはビーフシチューだと言って出したが、ハーマイオニーが中から大きな鉤爪《かぎづめ》を発見してしまったあとは、三人ともがっくりと食欲が落ちてしまった。それでも、試合の種目がなんなのかをあの手この手でハグリッドに言わせようとしたり、立候補者の中で代表選手に選ばれるのはだれだろうと予想を立てたり、フレッドとジョージのひげはもう取れただろうかなどと話したりして、三人は楽しく過ごした。昼過ぎから小雨になった。暖炉のそばに座り、パラパラと窓を打つ雨の音を聞きながら、ハグリッドが靴下を繕《つくろ》うかたわら、ハーマイオニーとしもべ妖精論議をするのを横で見物するのは、のんびりした気分だった――ハーマイオニーがS・P・E・Wバッジを見せたとき、ハグリッドはきっぱり入会を断ったのだ。

「そいつは、ハーマイオニー、かえってあいつらのためにならねえ」ハグリッドは、骨製の巨大な縫い針に、太い黄色の糸を通しながら、重々しく言った。

「ヒトの世話をするのは、連中の本能だ。それが好きなんだ。ええか？　仕事を取り上げっちまったら、連中を不幸にするばっかしだし、給料を払うなんちゅうのは、侮辱もええとこだ」

「だけど、ハリーはドビーを自由にしたし、ドビーは有頂天《うちょうてん》だったじゃない！」ハーマイオニーが言い返した。「それに、ドビーは、いまではお給料を要求してるって、聞いたわ！」

「そりゃな、お調子モンはどこにでもいる。おれはなんも、自由を受け入れる変わりモンのしもべ妖精がいねえとは言っちょらん。だが、連中の大多数は、けっしてそんな説得は聞かねえぞ――うんにゃ、骨折り損だ。ハーマイオニー」

ハーマイオニーはひどく機嫌をそこねた様子で、バッジの箱をマントのポケットにしまった。

五時半になると暗くなりはじめた。ロン、ハリー、ハーマイオニーには、ハロウィーンの晩餐会《ばんさんかい》のために城にもどる時間だ――それに、もっと大切な、各校の代表選手の発表があるはずだ。

「おれも一緒に行こう」ハグリッドが繕い物を片づけながら言った。「ちょっくら待ってくれ」

ハグリッドは立ち上がり、ベッド脇の箪笥《たんす》のところまで行き、なにかを探しはじめた。三人は気にも止めなかったが、とびきりひどい臭いが鼻を突いてはじめて、ハグリッドに注目した。

「ハグリッド、それ、なに？」ロンが咳《せ》き込みながら聞いた。

「はあ？」ハグリッドが巨大な瓶《びん》を片手に、こちらを振り返った。「気に入らんか？」

「ひげ剃《そ》りローションなの？」ハーマイオニーも喉《のど》が詰まったような声だ。

「あー――オー・デ・コロンだ」ハグリッドがもごもご言った。赤くなっている。「ちとやりすぎたかな」ぶっきらぼうにそう言うと「落としてくる。待っちょれ……」ハグリッドはドスドスと小屋を出ていった。窓の外にある桶《おけ》で、ハグリッドが乱暴にゴシゴシ体を洗っているのが見えた。

「オー・デ・コロン？」ハーマイオニーが目を丸くした。「ハグリッドが？」

「それに、あの髪と背広はなんだい？」ハリーも声を低めて言った。

「見て！」ロンが突然窓の外を指さした。

ちょうど、ハグリッドが体を起こして振り返ったところだった。さっき赤くなったのも確かだが、いまの赤さに比べればなんということもない。三人がハグリッドに気づかれないようそっと立ち上がって窓から覗くと、マダム・マクシームとボーバトン生が馬車から出てくるところだった。晩餐会《ばんさんかい》に行くにちがいない。ハグリッドがなんと言っているかは聞こえなかったが、マダム・マクシームに話しかけているハグリッドの表情は、うっとりと目が潤んでいる。ハリーは、ハグリッドがそんな顔をするのをたった一度しか見たことがなかった――赤ん坊ドラゴンのノーバートを見るときの、あの顔だった。

「ハグリッドったら、あの人と一緒にお城に行くわ！」ハーマイオニーが憤慨した。「私たちのことを待たせているんじゃなかったの？」

小屋を振り返りもせず、ハグリッドはマダム・マクシームと一緒に校庭をてくてく歩きはじめた。二人が大股で過ぎ去ったあとを、ボーバトン生がほとんど駆け足で追っていく。

「ハグリッド、あの人に気があるんだ！」ロンは信じられないという声だ。「まあ、二人に子でもできたら、世界記録だぜ――あの二人の赤ん坊なら、きっと重さ一トンはあるな」

三人は小屋を出て戸を閉めた。外は驚くほど暗かった。マントをしっかり巻きつけて、三人は芝生の斜面を登りはじめた。

「ちょっと見て！　あの人たちよ！」ハーマイオニーがささやいた。

ダームストラングの一行が湖から城に向かって歩いていくところだった。ビクトール・クラムはカルカロフと並び、あとのダームストラング生は、その後ろからバラバラと歩いていた。ロンはわくわくしながらクラムを見つめたが、クラムのほうは、ハーマイオニー、ロン、ハリーより少し先に正面扉に到着し、周囲には目もくれずに中に入った。

三人が中に入ると、蠟燭《ろうそく》の灯《あか》りに照らされた大広間は、ほぼ満員だった。「炎のゴブレット」は、いまは教職員テーブルの、まだ空席のままのダンブルドアの椅子の正面に移されていた。フレッドとジョージが――ひげもすっかりなくなり――失望を乗り越えて調子を取りもどしたようだった。

「アンジェリーナだといいな」ハリー、ロン、ハーマイオニーが座ると、フレッドが声をかけた。

「私もそう思う！」ハーマイオニーも声をはずませた。「さあ、もうすぐはっきりするわ！」

ハロウィーン・パーティはいつもより長く感じられた。二日続けての宴会だったせいかもしれないが、ハリーも、準備された豪華な食事にいつもほど心を奪われなかった。大広間のだれもかれもが首を伸ばし、待ち切れないという顔をし、「ダンブルドアはまだ食べ終わらないのか」とそわそわしたり、立ち上がったりしている。ハリーもみなと同じ気持ちで、早く皿の中身が片づけられて、だれが代表選手に選ばれたのかを聞けるといいと思っていた。

ついに金の皿がきれいさっぱりと元のまっさらな状態になり、いよいよの期待に大きくなった大広間のざわめきも、ダンブルドアが立ち上がると一瞬にして静まり返った。ダンブルドアの両脇に座っているカルカロフ校長とマダム・マクシームも、みなと同じように緊張と期待感に満ちた顔だった。ルード・バグマンは、生徒のだれにともなく笑いかけ、ウィンクしている。しかしクラウチ氏は、まったく無関心な、ほとんどうんざりした表情だった。

「さて、ゴブレットは、ほぼ決定したようじゃ」ダンブルドアが言った。「わしの見込みでは、あと一分ほどじゃの。さて、代表選手の名前が呼ばれたら、その者たちは、大広間の一番前にくるがよい。そして、教職員テーブルに沿って進み、隣の部屋に入るよう――」ダンブルドアは教職員テーブルの後ろの扉を示した。「――そこで、最初の指示が与えられるであろう」

ダンブルドアは杖《つえ》を取り、大きく一振りした。とたんに、くり抜きかぼちゃを残してあとの蠟燭《ろうそく》がすべて消え、部屋はほとんど真っ暗になった。「炎のゴブレット」は、いまや大広間の中でひときわ明々と輝き、キラキラした青白い炎は目に痛いほどだ。すべての目がゴブレットを見つめ、待った……何人かが、ちらちら腕時計を見ている……。

「くるぞ」ハリーから二つ離れた席の、リー・ジョーダンがつぶやいた。

ゴブレットの炎が、突然また赤くなり、火花が飛び散りはじめた。次の瞬間、炎がめらめらと宙をなめるように燃え上がり、炎の舌先から焦《こ》げた羊皮紙《ようひし》が一枚、はらりと落ちてきた――全員が固唾《かたず》を飲んだ。

ダンブルドアはその羊皮紙を捕らえ、ふたたび青白くなった炎の明かりで読もうと、腕の高さに差し上げた。

「ダームストラングの代表選手は」力強い、はっきりした声で、ダンブルドアが読み上げた。

「ビクトール・クラム」

「そうこなくっちゃ！」ロンが声を張り上げた。

大広間中が拍手の嵐、歓声の渦だ。ビクトール・クラムがスリザリンのテーブルから立ち上がり、前屈みにダンブルドアに向かって歩いていくのを、ハリーは見ていた。右に曲がり、教職員テーブルに沿って歩き、その後ろの扉からクラムは隣の部屋へと消えた。

「ブラボー、ビクトール！」カルカロフの声が轟《とどろ》いた。拍手の音にもかかわらず、全員に聞き取れるほどの大声だった。「わかっていたぞ。君がこうなるのは！」

拍手と話し声が収まった。いまや全員の関心は、数秒後にふたたび赤く燃え上がったゴブレットに集まっていた。炎に巻き上げられるように、二枚目の羊皮紙《ようひし》が中から飛び出した。

「ボーバトンの代表選手は」ダンブルドアが読み上げた。「フラー・デラクール！」

「ロン、あの女《ひと》だ！」ハリーがさけんだ。

ヴィーラに似た美少女が優雅に立ち上がり、シルバーブロンドの豊かな髪をさっと振って後ろに流し、レイブンクローとハッフルパフのテーブルの間を滑るように進んだ。

「まあ、見てよ。みんながっかりしてるわ」残されたボーバトン生のほうを顎《あご》で指し、騒音を縫ってハーマイオニーが言った。「がっかり」では言い足りない、とハリーは思った。選ばれなかった女の子が二人、ワッと泣き出し、腕に顔を埋《うず》めてしゃくり上げていた。

フラー・デラクールも隣の部屋に消えると、また沈黙が訪れた。今度は興奮で張りつめた沈黙が、びしびしと痛いほどに肌に食い込むようだった。次はホグワーツの代表選手だ……。

そして三度《みたび》、「炎のゴブレット」が赤く燃えた。あふれるように火花が飛び散った。炎が空をなめて高く燃え上がり、その舌先から、ダンブルドアが三枚目の羊皮紙を取り出した。

「ホグワーツの代表選手は」ダンブルドアが読み上げた。「セドリック・ディゴリー！」

「だめ！」ロンが大声を出したが、ハリーのほかにはだれにも聞こえなかった。隣のテーブルからの大歓声がものすごかったからだ。ハッフルパフ生が総立ちになり、絶叫し、足を踏み鳴らした。セドリックがにっこり笑いながら、その中を通り抜け、教職員テーブルの後ろの部屋へと向かった。セドリックへの拍手があまりに長々と続いたので、ダンブルドアがふたたび話し出すまでにしばらく間を置かなければならないほどだった。

「結構、結構！」大歓声がやっと収まり、ダンブルドアがうれしそうに呼びかけた。「さて、これで三人の代表選手が決まった。選ばれなかったボーバトン生も、ダームストラング生も含め、みな打ち揃って、あらんかぎりの力を振りしぼり、代表選手たちを応援してくれることと信じておる。選手に声援を送ることで、みなが本当の意味で貢献でき――」

ダンブルドアが突然言葉を切った。なにが気を逸《そ》らせたのか、だれの目にも明らかだった。

「炎のゴブレット」が四度《よたび》赤く燃えはじめたのだ。火花がほとばしった。空中に炎が伸び上がり、その舌先にまたしても羊皮紙《ようひし》を載せている。

ダンブルドアが反射的に――と見えたが――長い手を伸ばし、羊皮紙を捕らえた。ダンブルドアはそれを掲げ、書かれた名前をじっと見た。両手で持った羊皮紙を、ダンブルドアはそれからしばらく眺めていた。長い沈黙――大広間中の目がダンブルドアに集まっていた。

やがてダンブルドアが咳《せき》ばらいし、そして読み上げた――。

「ハリー・ポッター」

第17章　四人の代表選手

大広間のすべての目がいっせいに自分に向けられるのを感じながら、ハリーはただ座っていた。驚いたなんてものじゃない。痺《しび》れて感覚がない。夢を見ているにちがいない。きっと聞きまちがえたのだ。

だれも拍手しない。怒った蜂の群れのように、ワンワンという音が大広間に広がりはじめた。凍りついたように座ったままのハリーを、立ち上がってよく見ようとする生徒もいる。

上座のテーブルでは、マクゴナガル先生が立ち上がり、ルード・バグマンとカルカロフ校長の後ろをさっと通り、切羽詰まったように何事かダンブルドアにささやいた。ダンブルドアはかすかに眉《まゆ》を寄せ、マクゴナガル先生のほうに体を傾けながら耳を寄せていた。

ハリーはロンとハーマイオニーを振り向いた。その向こうでは、長いテーブルの端から端まで、グリフィンドール生全員が口をあんぐり開けてハリーを見つめていた。

「僕、名前を入れてない」ハリーが放心したように言った。「僕が入れてないこと、知ってるだろう」

二人も、放心したようにハリーを見つめ返した。

上座のテーブルでダンブルドア校長がマクゴナガル先生に向かってうなずき、体を起こした。

「ハリー・ポッター！」ダンブルドアがまた名前を呼んだ。

「ハリー！　ここへ、きなさい！」

「行くのよ」ハーマイオニーが、ハリーを少し押すようにしてささやいた。

ハリーは立ち上がりざま、ローブの裾《すそ》を踏んでよろめいた。グリフィンドールとハッフルパフのテーブルの間を、ハリーは進んだ。とてつもなく長い道程《みちのり》に思えた。上座のテーブルが、全然近寄ってこないように感じた。そして、何百という目が、まるでサーチライトのようにいっせいにハリーに注がれるのを感じていた。ワンワンという音が次第に大きくなる。まるで一時間も経ったのではないかと思われたとき、ハリーはダンブルドアの真ん前にいた。先生方の目が揃って自分に向けられている。

「さあ……あの扉から。ハリー」ダンブルドアはほほえんでいなかった。

ハリーは教職員テーブルに沿って歩いた。ハグリッドが一番端に座っていた。ハリーにウィンクもせず、手も振らず、いつもの挨拶の合図をなにも送ってはこない。ハリーがそばを通っても、ほかのみなと同じように、驚き切った顔でハリーを見つめるだけだった。ハリーは大広間から出る扉を開け、魔女や魔法使いの肖像画がずらりと並ぶ小さな部屋に入った。暖炉の火が轟々《ごうごう》と燃え盛っていた。部屋に入っていくと、肖像画の目がいっせいにハリーを見た。しわしわの魔女が自分の額を飛び出し、セイウチのような口ひげの魔法使いが描かれた隣の額に入るのが見えた。しわしわ魔女は、隣の魔法使いに耳打ちをしている。

ビクトール・クラム、セドリック・ディゴリー、フラー・デラクールは、暖炉のまわりに集まっていた。炎を背にした三人のシルエットは、不思議に感動的だった。クラムは、ほかの二人から少し離れて背中を丸め、暖炉に寄りかかってなにかを考えていた。セドリックは背中で手を組み、じっと炎を見つめている。フラー・デラクールは、ハリーが入っていくと振り向いて、長いシルバーブロンドの髪をサッと後ろに振った。

「どうしまーしたか？」フラーが聞いた。「わたーしたちに、広間にもどりなさーいということでーすか？」

ハリーが伝言を伝えにきたと思ったらしい。何事が起こったのか、どう説明してよいのか、ハリーにはわからなかった。ハリーは三人の代表選手を見つめて、突っ立ったままだった。三人ともずいぶんと背が高いことに、ハリーははじめて気づいた。

ハリーの背後でせかせかした足音がし、ルード・バグマンが部屋に入ってきた。バグマンはハリーの腕をつかむと、みなの前に引き出した。

「すごい！」バグマンがハリーの腕をぎゅっと押さえてつぶやいた。「いや、まったくすごい！　紳士諸君……淑女もお一人」

バグマンは暖炉に近づき、三人に呼びかけた。

「ご紹介しよう——信じがたいことかもしれんが——三校対抗代表選手だ。四人目の」

ビクトール・クラムがぴんと身を起こした。むっつりした顔が、ハリーを眺め回しながら暗い表情になった。セドリックは途方に暮れた顔だ。バグマンを見て、ハリーに目を移し、またバグマンを見た。バグマンの言ったことを、自分の聞きちがいだと信じているかのようだった。しかし、フラー・デラクールは、髪をパッと後ろになびかせ、にっこりと言った。

「おう、とてーも、おもしろーいジョークです。ミースター・バーグマン」

「ジョーク？」バグマンが驚いて繰り返した。「いやいや、とんでもない！　ハリーの名前が、たったいま『炎のゴブレット』から出てきたのだ！」

クラムの太い眉《まゆ》が、かすかに歪《ゆが》んだ。セドリックは礼儀正しく、しかしまだ当惑している。

フラーが顔をしかめた。

「でも、なにかーのまちがいにちがいありませーん」軽蔑したようにバグマンに言った。「このいとは、競技できませーん。このいと、若すぎまーす」

「さよう……驚くべきことだ」

バグマンはひげのない顎《あご》をなでながら、ハリーを見下ろし笑顔になった。

「しかし知ってのとおり、年齢制限は、今年にかぎり特別安全措置として設けられたものだ。そして、ゴブレットからハリーの名前が出た……つまり、この段階で逃げ隠れはできないだろう……これは規則であり、従う義務がある……ハリーは、とにかくベストを尽くすほかあるまいと――」

背後の扉がふたたび開き、大勢が入ってきた。ダンブルドア校長を先頭に、すぐ後ろからクラウチ氏、カルカロフ校長、マダム・マクシーム、マクゴナガル先生、スネイプ先生だ。マクゴナガル先生が扉を閉める前に、壁の向こう側で、何百人という生徒のワーワー騒ぐ声が聞こえた。

「マダム・マクシーム！」フラーがマクシーム校長を見つけ、つかつかと歩み寄った。「この小さーい男の子も競技に出ると、みんな言っていまーす！」

信じられない思いで、痺《しび》れた感覚のどこかで怒りが体を貫くのを、ハリーは感じた。小さい男の子？

マダム・マクシームは、背筋を伸ばし、全身の大きさを十二分に見せつけた。きりっとした頭のてっぺんが、蠟燭《ろうそく》の立ち並んだシャンデリアをこすり、黒繻子《くろじゅす》のドレスの下で、巨大な胸がふくれ上がった。

「ダンブリー・ドール、これは、どういうこーとですか？」威圧的な声だった。

「わたしもぜひ、知りたいものですな、ダンブルドア」カルカロフ校長も言った。冷徹な笑いを浮かべ、ブルーの目が氷のかけらのようだった。「ホグワーツの代表選手が二人とは？　開催校は二人の代表選手を出してもよいとは、だれからも伺ってはいないのだが――それとも、わたしの規則の読み方が浅かったのですかな？」

カルカロフ校長は、短く、意地悪な笑い声を上げた。

「セ・タァンポシーブル《ありえません》」マダム・マクシームは豪華なオパールに飾られた巨大な手を、フラーの肩に載せて言った。「オグワーツがふたりも代表選手を出すことはできませーん。そんなことは、とーても正しくなーいです」

「我々としては、あなたの『年齢線』が、年少の立候補者を締め出すだろうと思っていたわけですがね。ダンブルドア」冷たい笑いはそのままに、カルカロフの目はますます冷ややかさを増していた。「そうでなければ、当然ながらわが校からも、もっと多くの候補者を連れてきてもよかった」

「だれの咎《とが》でもない。ポッターのせいだ。カルカロフ」スネイプが低い声で言った。暗い目が底意地悪く光っている。「ポッターが、規則は破るものと決めてかかっているのを、ダンブルドアの責任にすることはない。ポッターは本校にきて以来、決められた線を越えてばかりいるのだ――」

「もうよい、セブルス」ダンブルドアがきっぱりと言った。スネイプは黙って引き下がったが、その目は、脂《あぶら》っこい黒い髪のカーテンの奥で、毒々しく光っていた。

ダンブルドア校長は、今度はハリーを見下ろした。ハリーはまっすぐにその目を見返し、半月メガネの奥にある表情を読み取ろうとした。

「ハリー、君は『炎のゴブレット』に名前を入れたのかね？」ダンブルドアが静かに聞いた。

「いいえ」ハリーが言った。全員がハリーをしっかり見つめているのを十分意識していた。スネイプは、薄暗がりの中で、「信じるものか」とばかり、いらだちの低い音を立てた。

「上級生に頼んで、『炎のゴブレット』に君の名前を入れたのかね？」スネイプを無視して、ダンブルドア校長がたずねた。

「いいえ」ハリーが激しい口調で答えた。

「ああ、でもこのいとは嘘ついてまーす」マダム・マクシームがさけんだ。スネイプは口元に薄ら笑いを浮かべ、今度は首を横に振って、不信感をあからさまに示していた。

「この子が『年齢線』を越えることはできなかったはずです」マクゴナガル先生がぴしっと言った。「そのことについては、みなさん、異論はないと——」

「ダンブリー・ドールが『線』をまちがーえたのでしょう」マダム・マクシームが肩をすくめた。

「もちろん、それはありうることじゃ」ダンブルドアは、礼儀正しく答えた。

「ダンブルドア、まちがいなどないことは、あなたが一番よくご存知でしょう！」マクゴナガル先生が怒ったように言った。「まったくばかばかしい！　ハリー自身が『年齢線』を越えるはずはありません。また、上級生を説得して代わりに名を入れさせるようなこともハリーはしていないと、ダンブルドア校長は信じていらっしゃいます。それだけで、みなさんには十分だと存じますが！」

マクゴナガル先生は怒ったような目で、スネイプ先生をきっと見た。

「クラウチさん……バグマンさん」カルカロフの声が、へつらい声にもどった。

「おふた方は、我々の——えー——中立の審査員でいらっしゃる。こんなことは異例だと思われますでしょうな？」

バグマンは少年のような丸顔をハンカチで拭《ふ》き、クラウチ氏を見た。暖炉の灯《あか》りの輪の外で、クラウチ氏は影の中に顔を半分隠して立っていた。なにか不気味で、半分暗がりの中にある顔は年より老けて見え、ほとんど骸骨《がいこつ》のようだった。しかし、話し出すと、いつものきびきびした声だ。

「規則に従うべきです。そして、ルールは明白です。『炎のゴブレット』から名前が出てきた者は、試合で競う義務がある」

「いやぁ、バーティは規則集を隅から隅まで知り尽くしている」バグマンはにっこり笑い、これでけりがついたという顔で、カルカロフとマダム・マクシームを見た。

「わたしのほかの生徒に、もう一度名前を入れさせるように主張する」カルカロフが言った。ねっとりしたへつらい声も、笑みも、いまやかなぐり捨てていた。まさに醜悪な形相だった。「『炎のゴブレット』をもう一度設置していただこう。そして各校二名の代表選手になるまで、名前を入れ続けるのだ。それが公平というものだ。ダンブルドア」

「しかし、カルカロフ、そういう具合にはいかない」バグマンが言った。「『炎のゴブレット』は、たったいま火が消えた――次の試合まではもう、火が点《つ》くことはない――」

「――次の試合に、ダームストラングが参加することはけっしてない！」カルカロフが怒りを爆発させた。「あれだけ会議や交渉を重ね、妥協したのに、このようなことが起こるとは、思いもよらなかった！　いますぐにでも帰りたい気分だ！」

「はったりだな。カルカロフ」扉の近くでうなるような声がした。「代表選手を置いて帰ることはできまい。選手は競わなければならん。選ばれたものは全員、競わなければならんのだ。ダンブルドアも言ったように、魔法契約の拘束力だ。都合のいいことにな。え？」

ムーディが部屋に入ってきたところだった。足を引きずって暖炉に近づき、右足を踏み出すごとに、コツッと大きな音を立てた。

「都合がいい？」カルカロフが聞き返した。「なんのことかわかりませんな。ムーディ」

カルカロフは、ムーディの言うことなど聞くに値しないとでもいうように、わざと軽蔑した言い方をしていると、ハリーは思った。カルカロフの手が、言葉とは裏腹に、固く拳《こぶし》をにぎりしめていた。

「わからん？」ムーディが低い声で言った。「カルカロフ、簡単なことだ。ゴブレットから名前が出てくればポッターが戦わなければならぬと知っていて、だれかがポッターの名前をゴブレットに入れた」

「もちろーん、だれか、オ《ホ》グワーツにリンゴを二口もかじらせよーうとしたのでーす！」

「おっしゃるとおりです。マダム・マクシーム」カルカロフがマダムに頭を下げた。「わたしは抗議しますぞ。魔法省と、それから国際連盟――」

「文句を言う理由があるのは、まずポッターだろう」ムーディがうなった。「しかし……おかしなことよ……ポッターは、一言もなにも言わん……」

「なんで文句言いまーすか？」フラー・デラクールが地団駄《じだんだ》を踏みながら言った。「このいと《ひ》、戦うチャンスありまーす。わたしたちみんな、何週間も何週間も、選ばれたーいと願っていました！　学校の名誉かけて！　賞金の一千ガリオンかけて――みんな死ぬおどおしい《ほほ》チャンスでーす！」

「ポッターが死ぬことを欲した者がいるとしたら」ムーディの低い声は、いつものうなり声とは様子がちがっていた。

息苦しい沈黙が流れた。

ルード・バグマンは、ひどく困った顔で、いらだたしげに体を上下に揺すりながら、「おいおい、ムーディ……なにを言い出すんだ！」と言った。

「みなさんご存知のように、ムーディ先生は、朝から昼食までの間に、ご自分を殺そうとする企てを少なくとも六件は暴かないと気がすまない方だ」カルカロフが声を張り上げた。「先生はいま、生徒たちにも、暗殺を恐れよとお教えになっているようだ。『闇の魔術に対する防衛術』の先生としては奇妙な資質だが、あなたには、ダンブルドア、あなたなりの理由がおありになったのでしょう」

「わしの妄想だとでも？」ムーディがうなった。「ありもしないものを見るとでも？え？　あのゴブレットにこの子の名前を入れられるような魔法使いは、腕のいいやつだ……」

「おお、どんな証拠があるというのでーすか？」マダム・マクシームが、ばかなことを言わないでとばかり、巨大な両手をパッと開いた。

「なぜなら、強力な魔力を持つゴブレットの目をくらませたのだからな！」ムーディが言った。「あのゴブレットを欺《あざむ》き、試合には三校しか参加しないということを忘れさせるには、並外れて強力な『錯乱《さくらん》の呪文』をかける必要があったはずだ……わしの想像では、ポッターの名前を、四校目の候補者として入れ、四校目はポッター一人しかいないようにしたのだろう……」

「この件には随分とお考えを巡らされたようですな、ムーディ」カルカロフが冷たく言った。「それに、実に独創的な説ですな――しかし、聞き及ぶところでは、最近あなたは、誕生祝いのプレゼントの中にバジリスクの卵が巧妙に仕込まれていると思い込み、粉々に砕いたとか。ところがそれは馬車用の置時計だと判明したとか。これでは、我々があなたの言うことを真に受けないのも、ご理解いただけるかと……」

「何気ない機会をとらえて悪用する輩《やから》はいるものだ」ムーディが威嚇《いかく》するような声

で切り返した。「闇の魔法使いの考えそうなことを考えるのがわしの役目だ――カルカロフ、君なら身に覚えがあるだろうが……」

「アラスター！」ダンブルドアが警告するように呼びかけた。

ハリーは一瞬、だれに呼びかけたのかわからなかった。しかし、すぐに「マッド－アイ」がムーディの実名であるはずがないと気がついた。ムーディは口をつぐんだが、それでも、カルカロフの様子を楽しむように眺めていた――カルカロフの顔は燃えるように赤かった。

「どのような経緯《いきさつ》でこのような事態になったのか、わしにはわからぬ」ダンブルドアは部屋に集まった全員に話しかけた。「しかしじゃ、結果を受け入れるほかあるまい。セドリックもハリーも試合で競うように選ばれた。したがって、試合にはこの二名の者が……」

「おお、でもダンブリー・ドール――」

「まあ、まあ、マダム・マクシーム。なにかほかにお考えがおありなら、喜んで伺いますがの」

ダンブルドアは答えを待ったが、マダム・マクシームはなにも言わず、ただ睨《にら》むばかりだった。マダム・マクシームだけではない。スネイプは憤怒《ふんぬ》の形相を崩さず、カルカロフは青筋を立てていた。しかし、バグマンは、むしろうきうきしているようだった。

「さあ、それでは、開始といきますかな？」バグマンはにこにこ顔で揉《も》み手しながら、部屋を見回した。「代表選手に指示を与えないといけませんな？　バーティ、主催者としてのこの役目を務めてくれるか？」

なにかを考え込んでいたクラウチ氏は、急に我に返ったような顔をした。

「ふむ」クラウチ氏が言った「指示ですな。よろしい……最初の課題は……」

クラウチ氏は暖炉の灯《あか》りの中に進み出た。近くでクラウチ氏を見たハリーは、病気ではないか、と訝《いぶか》った。目の下に黒い隈《くま》、薄っぺらな紙のようなしわしわの皮膚、こんな様子は、クィディッチ・ワールドカップのときには見られなかった。

「最初の課題は、君たちの勇気を試すものだ」クラウチ氏は、ハリー、セドリック、フラー、クラムに向かって話した。「ここでは、どういう内容なのかは教えないことにする。未知のものに遭遇したときの勇気は、魔法使いにとって非常に重要な資質である……非常に重要だ……」

「最初の競技は、十一月二十四日、全生徒、ならびに審査員の前で行われる」

「選手は、競技の課題を完遂するにあたり、どのような形であれ、先生方からの援助を頼むことも受けることも許されない。選手は、杖《つえ》だけを武器として、最初の課題に立ち向かう。第一の課題が終了の後、第二の課題についての情報が与えられる。試合は過酷で、また時間のかかるものであるため、選手たちは期末テストを免除される」

クラウチ氏はダンブルドアを見て言った。

「アルバス。これで全部だと思うが？」

「わしもそう思う」ダンブルドアは、クラウチ氏をやや気遣わしげに見ながら言った。「バーティ、さっきも言うたが、今夜はホグワーツに泊まっていったほうがよいのではないかの？」

「いや、ダンブルドア、私は役所にもどらなければならない」クラウチ氏が答えた。「いまは、非常に忙しいし、きわめて難しいときで……若手のウェーザビーにまかせて出てきたのだが……非常に熱心で……実を言えば、その熱心すぎるところがどうも……」

「せめて軽く一杯でも飲んでから出かけることにしたらどうじゃ？」ダンブルドアが言った。

「さ、そうしろよ。バーティ。わたしは泊まるんだ！」バグマンが陽気に言った。「いまや、すべてのことがホグワーツで起こっているんだぞ。役所よりこっちのほうがどんなにおもしろいか！」

「いや、ルード」クラウチ氏は本来のいらいら振りをちらりと見せた。

「カルカロフ校長、マダム・マクシーム——寝る前の一杯はいかがかな？」ダンブルドアが誘った。

しかし、マダム・マクシームはもうフラーの肩を抱き、すばやく部屋から連れ出すところだった。ハリーは、二人が大広間に向かいながら早口のフランス語で話しているのを聞いた。カルカロフはクラムに合図し、こちらは黙りこくって、やはり部屋を出ていった。

「ハリー、セドリック。二人とも寮にもどって寝るがよい」ダンブルドアがほほえみながら言った。「グリフィンドールもハッフルパフも、君たちと一緒に祝いたくて待っておるじゃろう。せっかくお祭り騒ぎをする恰好《かっこう》の口実があるのに、だめにしてはもったいないじゃろう」

ハリーはセドリックをちらりと見た。セドリックがうなずき、二人は一緒に部屋を出た。

大広間にはもうだれもいなかった。蠟燭《ろうそく》が燃えて短くなり、くり抜きかぼちゃのニッと笑ったギザギザの歯を、不気味にちろちろと光らせていた。

「それじゃ」セドリックがちょっとほほえみながら言った。「僕たち、またお互いに戦うわけだ！」

「そうだね」ハリーはほかになんと言っていいのか思いつかなかった。だれかに頭の中を引っかき回されたかのように、ごちゃごちゃしていた。

「じゃ……教えてくれよ……」玄関ホールに出たとき、セドリックが言った。

「炎のゴブレット」が取り去られたあとのホールを、松明《たいまつ》の明かりだけが照らしていた。

「いったい、どうやって、名前を入れたんだい？」

「入れてない」ハリーはセドリックを見上げた。「僕、入れてないんだ。僕、本当のことを言ってるんだよ」

「ふーん……そうか」ハリーにはセドリックが信じていないことがわかった。

「それじゃ……またな」とセドリックが言った。

大理石の階段を上らず、セドリックは右側のドアに向かった。ハリーはその場に立ち尽くし、セドリックがドアの向こうの石段を下りる音を聞いてから、そろそろと大理石の階段を上りはじめた。

ロンとハーマイオニーは別として、ほかにだれがハリーの言うことを信じてくれるだろうか？　それとも、みな、ハリーが自分で試合に立候補したと思うだろうか？　しかし、どうしてみな、そんなふうに考えられるんだろう？　ほかの選手はだれもがハリーより三年も多く魔法教育を受けているのだ——取り組む課題は非常に危険そうだし、しかも何百人という目が見ている中でやり遂げなければならないというのに？

そう、ハリーは競技することを頭では考えた……いろいろ想像して夢を見た……しかし、そんな夢は、冗談だし、かなわぬむだな夢だ……本当に、真剣に立候補しようなどとは、ハリーは一度も考えなかった……。

それなのに、だれかがそれを考えた……だれかほかの者が、ハリーを試合に出したかった。そしてハリーがまちがいなく競技に参加するように計らった。なぜなんだ？　褒美《ほうび》でもくれるつもりだったのか？　そうじゃない。ハリーにはなぜだかそれがわかる……。

ハリーのぶざまな姿を見るために？　そう、それなら、望みはかなう可能性がある。

しかし、ハリーを殺すためだって？　ムーディのいつもの被害妄想にすぎないのだろうか？　ほんの冗談で、だれかがゴブレットにハリーの名前を入れたということはないのだろうか？　ハリーが死ぬことを、だれかが本気で願っているのだろうか？

答えはすぐに出た。そう、だれかがハリーの死を願っている。ハリーが一歳のときからずっとそれを願っているだれかが……ヴォルデモート卿《きょう》だ。しかし、どうやってハリーの名前をまんまと「炎のゴブレット」に忍び込ませるように仕組んだのだろう？　ヴォルデモートはどこか遠いところに、遠い国に、一人で潜んでいるはずなのに……弱り果て、力尽きて……。

しかし、あの夢、傷痕《きずあと》が疼《うず》いて目が覚める直前のあの夢の中では、ヴォルデモートは一人ではなかった……ワームテールに話していた……ハリーを殺す計画を……。

急に目の前に「太った婦人《レディ》」が現れて、ハリーはびっくりした。自分の足が体をどこに運んでいるのか、ほとんど気づかなかった。額の中の婦人が一人ではなかったのにも驚かされた。ほかの代表選手と一緒だったあの部屋で、さっと隣の額に入り込んだあのしわしわの魔女が、いまは「太った婦人《レディ》」のそばにちゃっかり腰を落ち着けている。七つもの階段に沿って掛けられている絵という絵の中を疾走して、ハリーより先にここに着いたにちがいない。「しわしわ魔女」も「太った婦人《レディ》」も、興味津々でハリーを見下ろしていた。

「まあ、まあ、まあ」「太った婦人《レディ》」が言った。「バイオレットがいましがた全部話してくれたわ。学校代表に選ばれたのは、さあ、どなたさんですか？」

「ボールダーダッシュ」ハリーは気のない声で言った。

「絶対戯言《たわごと》じゃないわさ！」顔色の悪いしわしわ魔女が怒ったように言った。

「ううん、バイ、これ、合言葉なのよ」「太った婦人《レディ》」はなだめるようにそう言うと、額の蝶番《ちょうつがい》をパッと開いて、ハリーを談話室の入口へと通した。

肖像画が開いたとたんに大音響がハリーの耳を直撃し、ハリーは仰向けにひっくり返りそうになった。次の瞬間、十人余りの手が伸び、ハリーをがっちり捕まえて談話室に引っ張り込んだ。気がつくとハリーは、拍手喝采《かっさい》、大歓声、ピーピー口笛を吹き鳴らしているグリフィンドール生全員の前に立たされていた。

「名前を入れたなら、教えてくれりゃいいのに！」半ば当惑し、半ば感心した顔で、フレッドが声を張り上げた。

「ひげもはやさずに、どうやってやった？　すっげえなあ！」ジョージが大声でさけんだ。

「僕、やってない」ハリーが言った。「わけがわからないんだ。どうしてこんなことに――」

しかし、今度はアンジェリーナがハリーに覆いかぶさるように抱きついた。

「ああ、わたしが出られなくても、少なくともグリフィンドールが出るんだわ――」

「ハリー、ディゴリーに、この前のクィディッチ戦のお返しができるわ！」グリフィンドールのもう一人のチェイサー、ケイティ・ベルがかん高い声を上げた。

「ご馳走があるわ。ハリー、きて。なにか食べて――」

「お腹空いてないよ。宴会で十分食べたし――」

しかし、ハリーが空腹でないなど、だれも聞こうとはしなかった。ゴブレットに名前を入れなかったなど、だれも聞こうとはしなかった。ハリーが祝う気分になれないことなど、だれ一人気づく者はいないようだ……リー・ジョーダンはグリフィンドール寮旗《りょうき》をどこからか持ち出してきて、ハリーにそれをマントのように巻きつけると言ってきかなかった。ハリーは逃げられなかった。寝室に上る階段のほうにそっとにじり寄ろうとするたびに、人垣がまわりを固め、やれバタービールを飲めとむりやり勧め、やれポテトチップを食え、ピーナッツを食えとハリーの手に押しつけた……だれもが、ハリーがどうやったのかを知りたがった。どうやってダンブルドアの「年齢線」を出し抜き、名前をゴブレットに入れたのかを……。

「僕、やってない」ハリーは何度も何度も繰り返した。「どうしてこんなことになったのか、わからないんだ」

しかし、どうせだれも聞く耳を持たない以上、ハリーはなにも答えていないも同様だった。

「僕、疲れた！」三十分も経ったころ、ハリーはついにどなった。「だめだ。ほんとに。ジョージ――僕、もう寝るよ――」

ハリーはなによりもロンとハーマイオニーに会いたかった。少しでも正気にもどりたかった。しかし、二人とも談話室にはいないようだ。ハリーはどうしても寝ると言い張り、階段の下で小柄なクリービー兄弟がハリーを待ち受けているのを、ほとんど踏みつぶしそうになりながら、やっとのことでみなを振り切り、寝室への階段をできるだけ急いで上った。

だれもいない寝室に、ロンがまだ服を着たまま一人でベッドに横になっているのを見つけ、ハリーはほっとした。ハリーがドアをバタンと閉めると、ロンがこっちを見た。

「どこにいたんだい?」ハリーが聞いた。

「ああ、やあ」ロンが答えた。

ロンはにっこりしていたが、なにか不自然で、むりに笑っているようだ。ハリーは、リーに巻きつけられた真紅のグリフィンドール寮旗《りょうき》がまだそのままだったことに気づき急いで取ろうとしたが、旗は固く結びつけてあった。ロンはハリーが旗を取ろうともがいているのを、ベッドに横になったまま身動きもせずに見つめていた。

「それに――」ハリーがやっと旗を取り、隅のほうに放り投げると、ロンが言った。「おめでとう」

「おめでとうって、どういう意味だい?」ハリーはロンを見つめた。ロンの笑い方は絶対に変だ。しかめ面と言ったほうがいい。

「ああ……ほかにだれも『年齢線』を越えた者はいないんだ」ロンが言った。「フレッドやジョージだって。君、なにを使ったんだ?――透明マントか?」

「透明マントじゃ、僕は線を越えられないはずだ」ハリーがゆっくり言った。

「ああ、そうだな」ロンが言った。「透明マントだったら、君は僕にも話してくれただろうと思うよ……だって、あれなら二人でも入れるだろ？　だけど、君は別の方法を見つけたんだ。そうだろう？」

「ロン」ハリーが言った。「いいか。僕はゴブレットに名前を入れてない。ほかのだれかがやったにちがいない」

ロンは眉《まゆ》を吊り上げた。

「なんのためにやるんだ？」

「知らない」ハリーが言った。〝僕を殺すために〟などと言えば、俗なメロドラマめいて聞こえるだろうと思ったのだ。

ロンは眉をさらにぎゅっと吊り上げた。あまりに吊り上げたので、髪に隠れて見えなくなるほどだった。

「大丈夫だから、な、僕にだけは本当のことを話しても」ロンが言った。「ほかのだれかに知られたくないって言うなら、それでいい。だけど、どうして嘘をつく必要があるんだい？　名前を入れたからって、別に面倒なことになったわけじゃないんだろう？　あの『太った婦人《レディ》』の友達のバイオレットが、もう僕たち全員にしゃべっちゃったんだぞ。ダンブルドアが君を出場させるようにしたってことも。賞金一千ガリオンだろ？　それに、期末テストを受ける必要もないんだ……」

「僕はゴブレットに名前を入れてない！」ハリーは怒りが込み上げてきた。

「ふーん。オッケー」ロンの言い方は、セドリックのとまったく同じ。信じていない口調だ。「今朝、自分で言ってたじゃないか。自分なら昨日の夜のうちに、だれも見ていないときに入れたろうって……。僕だってばかじゃないぞ」

「ばかのまねがうまいよ」ハリーはバシッと言った。

「そうかい?」作り笑いだろうがなんだろうが、ロンの顔にはもう笑いのひとかけらもない。

「君は早く寝たほうがいいよ、ハリー。明日は写真撮影とかなんとか、きっと早く起きる必要があるんだろうよ」

ロンは四本柱のベッドのカーテンをぐいっと閉めた。取り残されたハリーは、ドアのそばで突っ立ったまま、深紅のビロードのカーテンを見つめていた。いま、そのカーテンは、まちがいなく自分を信じてくれるだろうと思っていた数少ない一人の友を、覆い隠していた。

第18章　杖調べ

日曜の朝、目覚めたハリーは、どうしてこんなにも惨《みじ》めで不安な気持ちになっているのか、思い出すまでにしばらく時間がかかった。やがて、昨夜の記憶が一気に蘇《よみがえ》ってきた。ハリーは起き上がり、四本柱のベッドのカーテンを破るように開けた。ロンに話をし、どうしても信じさせたかった――しかし、ロンのベッドはもぬけの殻だった。もう朝食に下りていったにちがいない。

ハリーは着替えて螺旋《らせん》階段を談話室へと下りた。ハリーの姿を見つけるなり、すでに朝食を終えてそこにいた寮生たちが、またもやいっせいに拍手した。大広間に下りていけば、ほかのグリフィンドール生と顔を合わせることになる。みながハリーを英雄扱いするだろうと思うと、気が進まなかった。しかし、それを選ぶか、それともここで必死にハリーを招き寄せようとしているクリービー兄弟に捕まるか、どちらかしかない。ハリーは意を決して肖像画の穴に向かい、出口を押し開け、外に出た。そのとたん、ばったりハーマイオニーに出会った。

「おはよう」ハーマイオニーは、ナプキンに包んだトースト数枚を持ち上げて見せた。「これ、持ってきてあげたわ……ちょっと散歩しない？」

「いいね」ハリーはとてもありがたかった。

階段を下り、大広間には目もくれずにすばやく玄関ホールを通り抜け、二人は湖に向かって急ぎ足で芝生を横切っていった。肌寒い朝だった。湖には、つながれたダームストラングの船が水面に黒い影を落としていた。二人はトーストを頬張りながら歩き続け、ハリーは、昨夜グリフィンドールのテーブルを離れてからなにが起こったか、ありのままをハーマイオニーに話した。ハーマイオニーがなんの疑問も差し挟まずに話を受け入れてくれたことに、ハリーは心からほっとした。

「ええ、あなたが自分で入れたんじゃないって、もちろん、わかっていたわ」大広間の裏の部屋での様子を聞き終えて、ハーマイオニーが言った。「ダンブルドアが名前を読み上げたときのあなたの顔ったら！　でも、問題は、いったいだれが名前を入れたかだわ！　だって、ムーディが正しいのよ、ハリー……生徒なんかにできやしない……ゴブレットをだますことも、ダンブルドアを出し抜くことも――」

「ロンを見かけた？」ハリーが話の腰を折った。

ハーマイオニーは口ごもった。

「え……ええ……朝食にきてたわ」

「僕が自分で名前を入れたと、まだそう思ってる？」

「そうね……ううん。そうじゃないと思う……そういうことじゃなくって」ハーマイオニーは歯切れが悪い。

「『そういうことじゃない』って、それ、どういう意味？」

「ねえ、ハリー、わからない？」ハーマイオニーは、捨《す》て鉢《ばち》な言い方をした。「嫉妬してるのよ！」

「嫉妬？」ハリーはまさか、と思った。「なにに嫉妬するんだ？　全校生の前で笑いものになることにかい？」

「あのね」ハーマイオニーが辛抱強く言った。「注目を浴びるのは、いつだってあなただわ。わかってるわよね。そりゃ、あなたの責任じゃないわ」

ハリーが怒って口を開きかけたのを見て、ハーマイオニーは急いで言葉をつけ加えた。

「なにもあなたが頼んだわけじゃない……でも――うーん――あのね、ロンは、家でもお兄さんたちと比較されてばっかりだし、あなたはロンの一番の親友なんだけど、とっても有名だし――みんながあなたを見るとき、ロンはいつでも添え物扱いだわ。でも、それに耐えてきた。一度もそんなことを口にしないで。でも、たぶん今度という今度は、限界だったんでしょうね……」

「そりゃ、傑作だ」ハリーは苦々しげに言った。「ほんとに大傑作だ。ロンに僕からの伝言だって、伝えてくれ。いつでもお好きなときに入れ替わってやるって。僕がいつでもどうぞって言ってたって、伝えておいて……どこに行っても、みんなが僕の額《ひたい》をじろじろ見るんだ……」

「私はなんにも言わないわ」ハーマイオニーがきっぱり言った。「自分でロンに言いなさい。それしか解決の道はないわ」

「僕、ロンのあとを追いかけ回して、あいつがおとなになる手助けをするなんて真っ平だ！」

ハリーがあまりに大きな声を出したので、近くの木に止まっていたふくろうが数羽、驚いて飛び立った。

「僕が首根っこでもへし折られれば、楽しんでたわけじゃないってことを、ロンも信じるだろう――」

「ばかなこと言わないで」ハーマイオニーが静かに言った。「そんなこと、冗談にも言うもんじゃないわ」とても心配そうな顔だった。

「ハリー、私、ずっと考えてたんだけど――私たちがなにをしなきゃならないか、わかってるわね？　すぐによ。城にもどったらすぐに、ね？」

「ああ、ロンを思いっ切り蹴っ飛ばして――」

「シリウスに手紙を書くの。なにが起こったのか、シリウスに話さなくちゃ。ホグワーツで起こっていることは全部知らせるようにって、シリウスが言ってたわね……まるで、こんなことが起こるのを予想していたみたい。私、羊皮紙《ようひし》と羽根ペン、ここに持ってきてるの――」

「やめてくれ」

ハリーはだれかに聞かれていないかと、周囲に目を走らせたが、校庭にはまったく人影がなかった。

「シリウスは、僕の傷痕《きずあと》が少しちくちくしたというだけで、こっちにもどってきたんだ。だれかが『三校対抗試合』に僕の名前を入れたなんて言ったら、それこそ城に乗り込んできちゃう――」

「あなたが知らせることを、シリウスは望んでいます」ハーマイオニーが厳しい口調で言った。「どうせシリウスにはわかることよ――」

「どうやって？」

「ハリー、これは秘密にしておけるようなことじゃないわ」ハーマイオニーは真剣そのものだった。「この試合は有名だし、あなたも有名。『日刊予言者新聞《にっかんよげんしゃしんぶん》』に、あなたが試合に出場することがまったく載らなかったら、かえっておかしいじゃない……あなたのことは、『例のあの人』について書かれた本の半分に、すでに載ってるのよ……どうせ耳に入るものなら、シリウスはあなたの口から聞きたいはずだわ。絶対そうに決まってる」

「わかった、わかった。書くよ」

ハリーはトーストの最後の一枚を湖に放り投げた。トーストは一瞬ぷかぷか浮いていたが、すぐに吸盤つきの太い足が一本水中から伸びてきて、トーストをさっとすくって水中に消えた。それから二人は城に引き返した。

「だれのふくろうを使おうか?」階段を上りながらハリーが聞いた。「シリウスがヘドウィグを二度と使うなって言うし」

「ロンに頼んでみなさいよ。貸してって――」

「僕、ロンにはなにも頼まない」ハリーはきっぱりと言った。

「そう。それじゃ、学校のふくろうをどれか借りることね。だれでも使えるから」

二人はふくろう小屋に出かけた。ハーマイオニーはハリーに羊皮紙《ようひし》、羽根ペン、インクを渡すと、止まり木にずらりと並んだありとあらゆるふくろうを見て回った。ハリーは壁にもたれて座り込み、手紙を書いた。

シリウスおじさん

ホグワーツで起こっていることはなんでも知らせるようにとおっしゃいましたね。それで、お知らせします――もうお耳に入ったかもしれませんが、今年は「三大魔法学校対抗試合」があって、土曜日の夜、僕が四人目の代表選手に選ばれました。だれが僕の名前を「炎のゴブレット」に入れたのかはわかりません。だって、僕じゃないんです。もう一人のホグワーツ代表はハッフルパフのセドリック・ディゴリーです。

おじさんもバックビークも、どうぞお元気で

ハリーより

ハリーはここでちょっと考え込んだ。昨晩からずっしりと胸にのしかかって離れない不安な気持ちを、伝えたい思いが突き上げてきた。しかし、どう言葉にしていいのかわからない。そこで、羽根ペンをインク瓶《びん》に浸し、ただこう書いた。

「書いた」ハリーは立ち上がり、ローブについた藁《わら》を払い落としながら、ハーマイオニーに言った。それを合図に、ヘドウィグがバタバタとハリーの肩に舞い降り、足

を突き出した。

「おまえを使うわけにはいかないんだよ」ハリーは学校のふくろうを見回しながらヘドウィグに話しかけた。「学校のどれかを使わないといけないんだ……」

ヘドウィグは一声ホーッと大きく鳴き、パッと飛び立った。あまりの勢いに、爪がハリーの肩に食い込んだ。ハリーが大きなメンフクロウの足に手紙をくくりつけている間中、ヘドウィグはハリーに背を向けたままだった。メンフクロウが飛び去った後、ハリーは手を伸ばしてヘドウィグをなでようとしたが、ヘドウィグは激しく嘴《くちばし》をカチカチ鳴らし、ハリーの手の届かない天井の垂木《たるき》へと舞い上がった。

「最初はロン、次はおまえもか」ハリーは腹立たしかった。「僕が悪いんじゃないのに」

ハリーが代表選手になったことに目新しさがなくなれば、少しは状況がましになるだろうとハリーは考えていた。しかし次の日にはもう、ハリーは自分の読みの甘さに気づかされた。授業が始まると、学校中の生徒の目を避けるわけにはいかなくなった――学校中の生徒が、グリフィンドール生と同じように、ハリーが自分で試合に名乗りを上げたと思っていた。しかしグリフィンドール生とちがって、ほかの寮《りょう》の生徒たちはそれを快くは思っていないようだった。

いつもならグリフィンドールとてもうまくいっていたハッフルパフは、グリフィンドール生全員に対してはっきり冷たい態度に変わった。たった一度の「薬草学」の授業で、それが十分にわかった。自分たちの代表選手の栄光をハリーが横取りしたと思っているのは明らかだ。ハッフルパフはめったに脚光を浴びることがなかったので、ますます感情を悪化させたのだろう。セドリックは、一度クィディッチでグリフィンドールを打ち負かし、ハッフルパフに栄光をもたらした貴重な人物だ。アーニー・マクミランとジャスティン・フィンチ‐フレッチリーは、普段はハリーとうまくいっているのに、同じ台で「ピョンピョン球根」の植え替え作業をしているときも、ハリーと口をきかなかった――「ピョンピョン球根」が一個ハリーの手から飛び出し、思いっ切りハリーの顔にぶつかったときに笑いはしたが、不愉快な笑い方だった。ロンもハリーと口をきかない。ハーマイオニーが二人の間に座って、なんとか会話を成り立たせようとしたが、二人ともハーマイオニーにはいつもどおりの受け答えをしながらも、互いに目を合わさないようにしていた。ハリーは、スプラウト先生までよそよそしいように感じた――もっとも、スプラウト先生はハッフルパフの寮監《りょうかん》だ。

普段なら、ハグリッドに会うのは楽しみだったが、「魔法生物飼育学」に出るということはスリザリンと顔を合わせるということでもあった――代表選手になってからはじめてスリザリン生と顔をつき合わせることになるのだ。

思ったとおり、マルフォイはいつものせせら笑いをしっかり顔に刻んで、ハグリッドの小屋に現れた。

「おい、ほら、見ろよ。代表選手だ」ハリーに声が聞こえるところまでくるとすぐに、マルフォイがクラッブとゴイルに話しかけた。「サイン帳の用意はいいか？　いまのうちにもらっておけよ。もうあまり長くはないんだから……対抗戦の選手は半数が死んでいる……君はどのくらい持ちこたえるつもりだい？　ポッター？　僕は、最初の課題が始まって十分だと賭けるね」

クラッブとゴイルがおべっか使いのばか笑いをした。しかし、マルフォイはそれ以上は続けられなかった。ぐらぐらと山のように積み上げた木箱を抱え、バランスを取りながらハグリッドが小屋の後ろから現れたからだ。木箱の一つひとつに、でっかい「尻尾《しっぽ》爆発スクリュート」が入っている。それからのハグリッドの説明は、クラス中をぞっとさせた。スクリュートが互いに殺し合うのは、エネルギーを発散し切れていないからで、解決するには生徒が一人ひとりスクリュートに引き綱をつけて、ちょっと散歩させてやるのがいいと言うのだ。ハグリッドの提案のお陰で、完全にマルフォイの気が逸《そ》れてしまったのが、唯一の慰めだった。

「こいつに散歩？」マルフォイは箱の一つを覗き込み、うんざりしたようにハグリッドの言葉を繰り返した。「それに、いったいどこに引き綱を結べばいいんだ？　毒針にかい？　それとも爆発尻尾とか吸盤にかい？」

「真ん中あたりだ」ハグリッドが手本を見せた。「あー――ドラゴン革の手袋をしたほうがええな。なに、まあ、用心のためだ。ハリー――こっちきて、このおっきいやつを手伝ってくれ……」

ハグリッドの本意は、みなから離れたところでハリーと話をすることにあった。ハグリッドはみながスクリュートを連れて散歩に出るのを待って、ハリーに向きなおり、真剣な顔つきで言った。

「そんじゃ――ハリー、試合に出るんだな。対抗試合に。代表選手で」

「選手の一人だよ」ハリーが訂正した。

ボサボサ眉《まゆ》の下で、黄金虫《こがねむし》のようなハグリッドの目が、ひどく心配そうだった。

「ハリー、おまえの名前を入れたのがだれなのか、わかんねえのか？」

「それじゃ、僕が入れたんじゃないって、信じてるんだね？」

ハグリッドへの感謝の気持ちが込み上げてくるのを、顔に出さないようにするのは難しかった。

「もちろんだ」ハグリッドがうなるように言った。「おまえさんが自分じゃねえって言うんだ。おれはおまえを信じる――ダンブルドアもきっとおまえを信じちょる」

「いったいだれなのか、僕が知りたいよ」ハリーは苦々しそうに言った。

二人は芝生を見渡した。生徒たちはあっちこっちに散らばり、みなさんざん苦労していた。スクリュートは、いまや体長一メートルを超え、猛烈に強くなっていた。もはや殻《から》なし色なしのスクリュートではなく、分厚い、灰色に輝く鎧《よろい》のようなものに覆われている。巨大なサソリと、引き伸ばしたカニを掛け合わせたような代物《しろもの》だ――しかも、どこが頭やら、目なのやら、いまだにわからない。とてつもなく強くなり、とても制御できない。

「見ろや。みんな楽しそうだ。な？」ハグリッドはうれしそうに言った。〝みんな〟とは、きっとスクリュートのことを指しているのだろう。クラスメートのことでないのは確かだ。

スクリュートのどっちが頭か尻尾《しっぽ》かわからない先端が、ときどきバンと、びっくりするような音を立てて爆発した。そうするとスクリュートは数メートル前方に飛んだ。腹這《ば》いになって引きずられていく生徒、なんとか立ち上がろうともがく生徒は一人や二人ではなかった。

「なあ、ハリー、いってえどういうことなのかなぁ」

ハグリッドは急にため息をつき、心配そうな顔でハリーを見下ろした。

「代表選手か……おまえは、いろんな目にあうなぁ、え？」

ハリーはなにも言わなかった。そう。本当に僕にはいろいろなことが起こるみたいだ……湖のまわりを散歩しながらハーマイオニーが言ってたのも、だいたいそういうことだった。ハーマイオニーによれば、それが原因で、ロンが僕に口をきかないんだという。

それからの数日は、ハリーにとってホグワーツ入学以来最低の日々だった。二年生のときにも、学校の生徒の大半がハリーがほかの生徒を襲っていると疑っていた数か月の間、これに近い気持ちを味わった。しかし、そのときはロンが味方だった。ロンがもどってくれさえしたら、学校中がどんな仕打ちをしようとも堪《た》えられる、とハリーは思った。しかし、ロンが自分からそうしようと思わないかぎり、ハリーのほうからロンに口をきいてくれと説得するつもりはなかった。そうは言っても、四方八方から冷たい視線を浴びせかけられるのは、やはり孤独なものだった。

ハッフルパフの態度は、ハリーにとっていやなものではあったが、それなりに理解できた。自分たちの寮代表を応援するのは当然だ。スリザリンからは、どうしたって性質《たち》の悪い侮辱を受けるだろうと、ハリーは予想していた——いまにかぎらずこれまでもずっと、ハリーはスリザリンの嫌われ者だ。クィディッチでも寮対抗杯でも、ハリーの活躍で何度もグリフィンドールがスリザリンを打ち負かしたからだ。しかし、レイブンクロー生なら、セドリックもハリーも同じように応援するくらいの寛容さはあるだろうと期待していた。見込みちがいだった。レイブンクロー生のほとんどは、ハリーがさらに有名になろうと躍起になりゴブレットをだまして自分の名前を入れた、と思っているようだった。

その上、セドリックはハリーよりもずっと、代表選手にぴったりのはまり役だというのも事実だった。鼻筋がすっと通り、黒い髪にグレーの瞳というずば抜けたハンサムで、このごろではセドリックとクラムのどちらが憧れの的か、いい勝負だった。実際、クラムのサインをもらおうと大騒ぎしていたあの六年生の女子生徒たちが、ある日の昼食時、自分の鞄にサインをしてくれとセドリックにねだっているのを、ハリーは目撃している。

一方、シリウスからはなんの返事もこない上に、ヘドウィグもハリーのそばにくることを拒んでいた。トレローニー先生はこれまでより自信たっぷりに、ハリーの死を予言し続け、その上フリットウィック先生の授業でハリーは「呼び寄せ呪文」の出来が悪く、特別に宿題を出されてしまった——宿題を出されたのはハリー一人だけだった。ネビルは別として。

「そんなに難しくないのよ、ハリー」

フリットウィック先生の教室を出るとき、ハーマイオニーが励ました——授業中ずっと、ハーマイオニーは、まるで変な万能磁石になったかのように、黒板消し、紙くず籠《かご》、月球儀《げっきゅうぎ》などをブンブン自分のほうに引き寄せていた。

「あなたは、ちゃんと意識を集中してなかっただけなのよ――」

「なぜそうなんだろうね？」ハリーは暗い声を出した。

ちょうど、セドリック・ディゴリーが大勢の追っかけ女子生徒に取り囲まれ、ハリーのそばを通り過ぎるところだった。取り巻き全員が、まるで特大の「尻尾《しっぽ》爆発スクリュート」でも見るような目でハリーを見た。

「これでも――気にするなってことかな。午後から二時限続きの『魔法薬学』の授業がある。お楽しみだ……」

二時限続きの「魔法薬学」の授業ではいつもいやな経験をしていたが、いまではまさに拷問だった。学校の代表選手になろうなどと大それたことをしたハリーを、ぎりぎり懲《こ》らしめてやろうと待ちかまえているスネイプやスリザリン生と一緒に地下牢教室に一時間半も閉じ込められるなんて、どう考えてもハリーにとっては地獄だった。すでに先週の金曜日に、ハリーはその苦痛を一回分味わっていた。ハーマイオニーが隣に座り、声を殺して「がまん、がまん、がまん」とお経のように唱えていた。今日も状況がましになっているとは思えない。

昼食の後、ハリーとハーマイオニーが地下牢のスネイプの教室に着くと、スリザリン生が外で待っていた。一人残らず、ローブの胸に大きなバッジをつけている。一瞬、面食らったハリーは、「S・P・E・W《しもべ妖精福祉振興協会》」バッジをつけているのかと思った――よく見ると、どれにもみな同じ文字が書いてある。薄暗い地下の廊下で、赤い蛍光色の文字が燃えるように輝いていた。

セドリック・ディゴリーを応援しよう――
ホグワーツの真のチャンピオンを！

「気に入ったかい？　ポッター？」ハリーが近づくと、マルフォイが大声で言った。「それに、これだけじゃないんだ――ほら！」

マルフォイがバッジを胸に押しつけると、赤文字が消え、緑に光る別な文字が浮かび出た。

汚いぞ、ポッター

スリザリン生がどっと笑った。全員が胸のバッジを押し、「汚いぞ、ポッター」の文字がハリーをぐるりと取り囲んでギラギラ光った。ハリーは、首から顔にかけてカッカと火照《ほて》ってくるのを感じた。

「あら、とってもおもしろいじゃない」ハーマイオニーが、パンジー・パーキンソンとその仲間の女子生徒に向かって皮肉たっぷりに言った。このグループがひときわ派手に笑っていたのだ。「ほんとにお洒落だわ」

ロンはディーンやシェーマスと一緒に、壁にもたれて立っていた。笑ってはいなかったが、ハリーのために突っ張ろうともしなかった。

「一つあげようか？　グレンジャー？」マルフォイがハーマイオニーにバッジを差し出した。「たくさんあるんだ。だけど、僕の手にいま触らないでくれ。手を洗ったばかりなんだ。『穢《けが》れた血《ち》』でべっとりにされたくないんだよ」

何日も何日も溜まっていた怒りの一端が、ハリーの胸の中で堰《せき》を切ったように噴き出した。ハリーは無意識のうちに杖《つえ》に手をやっていた。まわりの生徒たちが、あわてその場を離れ、廊下で遠巻きにした。

「ハリー！」ハーマイオニーが引き止めようとした。

「やれよ、ポッター」マルフォイも杖を引っ張り出しながら、落ち着きはらった声で言った。「ここには、庇《かば》ってくれるムーディもいないぞ――やれるものならやってみろ――」

一瞬、二人の目に火花が散った。それからまったく同時に、二人が動いた。

「ファーナンキュラス！　鼻呪い！」ハリーがさけんだ。

「デンソージオ！　歯呪い！」マルフォイもさけんだ。

二人の杖《つえ》から飛び出した光が、空中でぶつかり、折れ曲がって撥《は》ね返った——ハリーの光線はゴイルの顔を直撃し、マルフォイのはハーマイオニーに命中した。ゴイルは両手で鼻を覆ってわめいた。醜い大きな腫物《はれもの》が、鼻にボツボツ盛り上がりつつあった——ハーマイオニーはぴったり口を押さえて、おろおろ声を上げていた。

「ハーマイオニー！」いったいどうしたのかと、ロンが心配して飛び出してきた。

ハリーが振り返ると、ロンがハーマイオニーの手を引っ張って、顔から離したところだった。見たくない光景だった。ハーマイオニーの前歯が——もともと平均より大きかったが——いまや驚くほどの勢いで成長していた。歯が伸びるにつれて、ハーマイオニーはビーバーそっくりになってきた。下唇より長くなり、下顎《したあご》に迫り——ハーマイオニーはあわてふためいて歯を触り、驚いてさけび声を上げた。

「この騒ぎは何事だ？」低い、冷え冷えとした声がした。スネイプの到着だ。スリザリン生が口々に説明し出した。スネイプは長い黄色い指をマルフォイに向けて言った。「説明したまえ」

「先生、ポッターが僕を襲ったんです——」

「僕たち同時にお互いを攻撃したんです！」ハリーがさけんだ。

「――ポッターがゴイルをやったんです――見てください――」

スネイプはゴイルの顔を調べた。いまや、毒キノコの本に載ったらぴったりするだろうと思うような顔になっていた。

「医務室へ。ゴイル」スネイプが落ち着きはらって言った。

「マルフォイがハーマイオニーをやったんです！」ロンが言った。「見てください！」

歯を見せるようにと、ロンがむりやりハーマイオニーをスネイプのほうに向かせた――ハーマイオニーは両手で歯を隠そうと懸命になっていたが、もう喉元《のどもと》を過ぎるほど伸びて、隠すのは難しかった。パンジー・パーキンソンも仲間の女子たちも、スネイプの陰に隠れてハーマイオニーを指さし、身をよじってくすくす笑いの声が漏《も》れないようにしていた。

スネイプはハーマイオニーに冷たい目を向けて言った。

「いつもと変わりない」

ハーマイオニーは泣き声を漏《も》らした。そして目に涙をいっぱい浮かべ、くるりと背を向けて走り出した。廊下の向こう端まで駆け抜け、ハーマイオニーは姿を消した。

ハリーとロンが同時にスネイプに向かってさけんだ。同時だったのが、たぶん幸運だった。二人の声が石の廊下に大きくこだましたのも幸運だった。ガンガンという騒音で、二人がスネイプを何呼ばわりしたのか、はっきり聞き取れなかったはずだ。それでも、スネイプにはだいたいの意味がわかったらしい。

「さよう」スネイプが最高の猫なで声で言った。「グリフィンドール、五〇点減点。ポッターとウィーズリーはそれぞれ居残り罰だ。さあ、教室に入りたまえ。さもないと一週間居残り罰を与えるぞ」

ハリーはじんじん耳鳴りがした。あまりの理不尽さに、スネイプに呪いをかけてべとべとの千切りにしてやりたかった。スネイプの横を通り抜け、ハリーはロンと一緒に地下牢教室の一番後ろに行き、鞄をバンと机にたたきつけた。ロンも怒りでわなわな震えていた――一瞬、二人の仲がすべて元通りになったように感じられた。しかし、ロンはぷいとそっぽを向き、ハリー一人をその机に残して、ディーンやシェーマスのいる机に移った。地下牢教室の向こう側で、マルフォイがスネイプに背中を向け、にやにやしながら胸のバッジを押した。

「汚いぞ、ポッター」の文字が、ふたたび教室の向こうで点滅した。

授業が始まると、ハリーは、スネイプを恐ろしい目にあわせることを想像しながら、じっとスネイプを睨《にら》みつけていた……「磔《はりつけ》の呪文」が使えさえしたらなあ……あのクモのように、スネイプを仰向けにひっくり返し、七転八倒させてやるのに……。

「解毒剤！」スネイプがクラス全員を見渡した。黒く冷たい目が、不快げに光っている。「材料の準備はもう全員できているはずだな。それを注意深く煎《せん》じるのだ。それから、だれか実験台になる者を選ぶ……」

スネイプの目がハリーの目をとらえた。ハリーには先が読めた。スネイプは僕に毒を飲ませるつもりだ。頭の中でハリーは想像した――自分の鍋《なべ》を抱え上げ、猛スピードで教室の一番前まで走っていき、スネイプのギトギト頭をガツンと打つ――。

するとそのとき、ハリーの想像の中に、地下牢教室のドアをノックする音が飛び込んできた。コリン・クリービーだった。ハリーに笑いかけながらそろそろと教室に入ってきたコリンは、前にあるスネイプの机まで歩いていった。

「なんだ？」スネイプがぶっきらぼうに言った。

「先生、僕、ハリー・ポッターを上に連れてくるように言われました」

スネイプは鉤鼻《かぎばな》の上からずいっとコリンを見下ろした。使命に燃えたコリンの顔から笑みが吹き飛んだ。

「ポッターにはあと一時間魔法薬の授業がある」スネイプが冷たく言い放った。「ポッターは授業が終わってから上に行く」

コリンの顔が上気した。

「先生――でも、バグマンさんが呼んでます」コリンはおずおずと言った。「代表選手は全員行かないといけないんです。写真を撮るんだと思います……」

「写真を撮る」という言葉をコリンに言わせずにすむのだったら、ハリーはどんな宝でも差し出しただろう。宝でも差し出しただろう。ハリーはちらりとロンを見た。ロンは頑《かたく》なに天井を見つめていた。

「よかろう」スネイプがばしりと言った。「ポッター、持ち物を置いていけ。もどってから自分の作った解毒剤を試してもらおう」

「すみませんが、先生——持ち物を持っていかないといけません」コリンがかん高い声で言った。「代表選手はみんな——」

「よかろう！　ポッター——鞄を持って、とっとと我輩《わがはい》の目の前から消えろ！」

ハリーは鞄を放り上げるようにして肩にかけ、席を立ってドアに向かった。スリザリン生の座っているところを通り過ぎるとき、「汚いぞ、ポッター」の光が四方八方からハリーに向かって飛んできた。

「すごいよね、ハリー？」ハリーが地下牢教室のドアを閉めるやいなや、コリンがしゃべり出した。「ね、だって、そうじゃない？　君が代表選手だってこと、ね？」

「ああ、ほんとにすごいよ」玄関ホールへの階段に向かいながら、ハリーは重苦しい声で言った。「コリン、なんのために写真を撮るんだい？」

「『日刊予言者新聞《にっかんよげんしゃしんぶん》』、だと思う！」

「そりゃいいや」ハリーはうんざりした。「僕にとっちゃ、まさにお誂《あつら》え向きだよ。

大宣伝がね」

二人は指定された部屋に着き、コリンが「がんばって！」と言った。

ハリーはドアをノックして中に入った。

そこはかなり狭い教室だった。机は大部分が部屋の隅に押しやられて、真ん中に大きな空間ができている。ただし、黒板の前に机が三卓だけ横につなげて置いてあり、たっぷりとした長さのビロードのカバーがかけられている。その机の向こうに、椅子が五脚並び、その一つにルード・バグマンが座って、濃い赤紫色のローブを着た魔女と話をしていた。ハリーには見覚えのない魔女だ。

ビクトール・クラムはいつものようにむっつりとだれとも話をせず、部屋の隅に立っていた。セドリックとフラーはなにか話していた。フラーはいままで一番幸せそうに見える、とハリーは思った。フラーは、始終頭をのけ反らせ、長いシルバーブロンドの髪が光を受けるようにしていた。かすかに煙の残る、黒い大きなカメラを持った中年肥りの男が、横目でフラーを見つめていた。

バグマンが突然ハリーに気づき、急いで立ち上がってはずむように近づいてきた。

「ああ、きたな！　代表選手の四番目！　さあ、お入り、ハリー。さあ……なにも心配することはない。ほんの『杖調べ《つえしら》』の儀式なんだから。ほかの審査員も追っつけくるはずだ――」

「杖調《つえしら》べ？」ハリーが心配そうに聞き返した。

「君たちの杖が、万全の機能を備えているかどうか調べないといかんのでね。つまり、問題がないように、ということだ。これからの課題には最も重要な道具なんでね」バグマンが言った。「専門家がいま、上でダンブルドアと話している。それから、ちょっと写真を撮ることになる。こちらはリータ・スキーターさんだ」

赤紫のローブを着た魔女を指しながら、バグマンが言った。

「この方が、試合について、『日刊予言者新聞《にっかんよげんしゃしんぶん》』に短い記事を書く……」

「ルード、そんなに短くはないかもね」リータ・スキーターの目はハリーに注がれていた。

スキーター女史の髪は念入りにセットされ、奇妙にかっちりしたカールが角張った顎《あご》の顔つきとは絶妙にちぐはぐだった。宝石で縁が飾られたメガネをかけている。ワニ革ハンドバッグをがっちりにぎった太い指の先は、真っ赤に染めた五センチもの爪が光っている。

「儀式が始まる前に、ハリーとちょっとお話していいかしら？」

女史はハリーをじっと見つめたままでバグマンに聞いた。

「だって、最年少の代表選手ざんしょ……ちょっと味つけにね？」

「いいとも！」バグマンがさけんだ。「いや――ハリーさえよければだが？」

「あの――」ハリーが言った。

「すてきざんすわ」言うが早く、リータ・スキーターの真っ赤な長い爪が、ハリーの腕を驚くほどの力でがっちりにぎり、ハリーをまた部屋の外へと促し、手近の部屋のドアを開けた。

「あんなガヤガヤしたところにはいたくないざんしょ」女史が言った。

「さてと……あ、いいわね、ここなら落ち着けるわ」

そこは、箒《ほうき》置き場だった。ハリーは目を丸くして女史を見た。

「さ、おいで――そう、そう――すてきざんすわ」

リータ・スキーターは、「すてきざんすわ」を連発しながら、逆さに置いてあるバケツに危なっかしげに腰掛けた。ハリーを段ボール箱にむりやり座らせ、ドアを閉めると、二人は真っ暗闇の中だった。

「さて、それじゃ……」

女史はワニ革ハンドバッグをパチンと開け、蠟燭《ろうそく》をひとにぎり取り出し、杖を一振りして火を灯《とも》すと宙に浮かせ、手元が見えるようにした。

「ハリー、自動速記羽根ペンQQQを使っていいざんしょ？　そのほうが君と自然におしゃべりできるし……」

「えっ？」ハリーが聞き返した。

リータ・スキーターの口元が、ますますニーッと笑った。ハリーは、金歯を三本まで数えた。女史はまたワニ革バッグに手を伸ばし、黄緑色の長い羽根ペンと羊皮紙《ようひし》一巻を取り出して、それから「ミセス・ゴシゴシの魔法万能汚れ落とし」の木箱を挟んでハリーと向かい合い、箱の上に羊皮紙を広げた。黄緑の羽根ペンの先を口に含むと、女史は、見るからにうまそうにちょっと吸い、それから羊皮紙の上にそれを垂直に立てた。羽根ペンはかすかに震えながらも、ペン先でバランスを取って立った。

「テスト、テスト……あたくしはリータ・スキーター、『日刊予言者新聞《にっかんよげんしゃしんぶん》』の記者」

ハリーは急いで羽根ペンを見た。リータ・スキーターが話しはじめたとたん、黄緑の羽根ペンは、羊皮紙の上を滑るように、走り書きを始めた。

魅惑のブロンド、リータ・スキーター、四十三歳。その仮借《かしゃく》なきペンは多くのでっち上げの名声をペシャンコにした。

「すてきざんすわ」またしてもそう言いながら、女史は羊皮紙の一番上を破り、丸めてハンドバッグに押し込んだ。次に、ハリーのほうにかがみ込んで女史が話しかけた。

「じゃ、ハリー……君、どうして三校対抗試合に参加しようと決心したのかな？」

「えーと――」そう言いかけて、ハリーは羽根ペンに気を取られた。なにも言っていないのに、ペンは羊皮紙の上を疾走し、その跡に新しい文章が読み取れた。

悲劇の過去の置き土産、醜い傷跡《きずあと》が、ハリー・ポッターのせっかくのかわいい顔を台無しにしている。その目は――。


「ハリー、羽根ペンのことは気にしないことざんすよ」リータ・スキーターがきつく言った。気が進まないままに、ハリーはペンから女史へと目を移した。

「さあ――どうして三校対抗試合に参加しようと決心したの？　ハリー？」

「僕、していません」ハリーが答えた。「どうして僕の名前が『炎のゴブレット』に入ったのか、わかりません。僕は入れていないんです」

リータ・スキーターは、眉《まゆ》ペンで濃く描いた片方の眉を吊り上げた。

「大丈夫、ハリー。叱られるんじゃないかなんて、心配する必要はないざんすよ。君が本来は参加するべき人じゃないってことはわかってるざんす。だけど、心配ご無用。読者は反逆者が好きなんざんすから」

「だって、僕、入れてないんです」ハリーは繰り返した。「僕は知らない。いったいだれが――」

「これから出る課題をどう思う？」リータ・スキーターが聞いた。「わくわく？　怖い？」

「僕、あんまり考えてない……うん。怖い、たぶん」そう言いながら、ハリーはなんだか気まずい思いに、胸がのたうつようだ。

「過去に、代表選手が死んだことがあるわよね？」リータ・スキーターがずけずけ言った。「そのことをぜんぜん考えなかったのかな？」

「えーと……今年はずっと安全だって、みんながそう言ってます」ハリーが答えた。

羽根ペンは二人の間で、羊皮紙《ようひし》の上をスケートするかのように、ヒュンヒュン音を立てて往《い》ったり来たりしていた。

「もちろん、君は、死に直面したことがあるわよね？」リータ・スキーターが、ハリーをじっと見た。「それが、君にどういう影響を与えたと思う？」

「えーと」ハリーはまた「えーと」を繰り返した。

「過去のトラウマが、君を自分の力を示したいという気持ちにさせてると思う？　名前に恥じないように？　もしかしたらそういうことかな――三校対抗試合に名前を入れたいという誘惑に駆られた理由は――」

「僕、名前を入れてないんです」ハリーはいらだってきた。

「君、ご両親のこと、少しは覚えてるのかな？」ハリーの言葉を遮《さえぎ》るようにリータ・スキーターが言った。

「いいえ」ハリーが答えた。

「君が三校対抗試合で競技すると聞いたら、ご両親はどう思うかな？ 自慢？ 心配する？ 怒る？」

ハリーはいいかげんうんざりしてきた。両親が生きていたらどう思うかなんて、僕にわかるわけがないじゃないか？ リータ・スキーターがハリーを食い入るように見つめているのを、ハリーは意識していた。ハリーは顔をしかめて女史の視線を外し、下を向いて羽根ペンが書いている文字を見た。


自分ではほとんど覚えていない両親のことに話題が移ると、驚くほど深い緑の目に涙があふれた。


「僕、目に涙なんかない！」ハリーは大声を出した。

リータ・スキーターがなにか言う前に、箒置《ほうき》き場のドアが外側から開いた。まぶしい光に目を瞬《しばた》きながら、ハリーはドアを振り返った。アルバス・ダンブルドアが、物置で窮屈そうにしている二人を見下ろして、そこに立っていた。

「ダンブルドア！」リータ・スキーターはいかにもうれしそうにさけんだ――しか

し、羽根ペンも羊皮紙《ようひし》も、「魔法万能汚れ落とし」の箱の上から忽然《こつぜん》と姿を消し、女史の鉤爪《かぎづめ》指がワニ革バッグの留め金をあわててパチンと閉めるのを、ハリーは見逃さなかった。

「お元気ざんすか？」

女史は立ち上がって、大きな男っぽい手をダンブルドアに差し出して、握手を求めた。

「この夏にあたくしが書いた、『国際魔法使い連盟会議』の記事をお読みいただけたざんしょか？」

「魅力的な毒舌じゃった」ダンブルドアは目をキラキラさせた。「とくに、わしのことを『時代遅れの遺物《いぶつ》』と表現なさったあたりがのう」

リータ・スキーターは一向に恥じる様子もなく、しゃあしゃあと言った。

「あなたのお考えが、ダンブルドア、少し古臭いという点を指摘したかっただけざんす。それに巷《ちまた》の魔法使いの多くは――」

「慇懃無礼《いんぎんぶれい》の理由については、リータ、またぜひお聞かせ願いましょうぞ」ダンブルドアはほほえみながら、丁寧に一礼した。「しかし、残念ながら、その話は後日に譲らねばならん。『杖調べ《つえしらべ》』の儀式がまもなく始まるのじゃ。代表選手の一人が、箒《ほうき》置き場に隠されていたのでは、儀式ができんのでのう」

リータ・スキーターから離れられるのがうれしくて、ハリーは急いで元の部屋にもどった。ほかの代表選手はすでにドア近くの椅子に腰掛けていた。ハリーは急いでセドリックの隣に座り、ビロードカバーのかかった机を見た。そこにはもう、五人中四人の審査員が座っていた――カルカロフ校長、マダム・マクシーム、クラウチ氏、ルード・バグマンだ。リータ・スキーターは、隅に陣取った。ハリーが見ていると、女史はまたバッグから羊皮紙をするりと取り出して膝《ひざ》の上に広げ、自動速記羽根ペンＱＱの先を吸い、ふたたび羊皮紙の上にそれを置いた。

「オリバンダーさんをご紹介しましょうかの？」ダンブルドアも審査員席に着き、代表選手に話しかけた。「試合に先立ち、みなの杖がよい状態かどうかを調べ、確認してくださるのじゃ」

ハリーは部屋を見回し、窓際にひっそりと立っている大きな淡い目をした老魔法使いを見つけてどきりとした。オリバンダー老人には、以前に会ったことがある――杖職人で、三年前、ハリーもダイアゴン横丁にあるその人の店で杖を買い求めた。

「マドモアゼル・デラクール。まずあなたから、こちらにきてくださらんか？」オリバンダー翁《おう》は、部屋の中央の空間に進み出てそう言った。

フラー・デラクールは軽やかにオリバンダー翁のそばに行き、杖を渡した。

「ふぅーむ……」オリバンダー翁が長い指に挟んだ杖を、バトンのようにくるくる回すと、杖《つえ》はピンクとゴールドの火花をいくつか散らした。それから翁《おう》は杖を目元に近づけ、仔細《しさい》に調べた。

「そうじゃな」翁は静かに言った。「二十四センチ……しなりにくい……紫檀《したん》……芯には……おお、なんと……」

「ヴィーラの髪の毛でーす」フラーが言った。「わたーしのおばーさまのものでーす」

それじゃ、フラーにはやっぱりヴィーラが混じってるんだ、ロンに話してやろうと、ハリーは思った……そして、ロンがハリーに口をきかなくなっていることを思い出した。

「そうじゃな」オリバンダー翁が言った。「そうじゃ。むろん、わし自身は、ヴィーラの髪を使用したことはないが――わしの見るところ、少々気まぐれな杖になるようじゃ……しかし、人それぞれじゃし、あなたに合っておるなら……」

オリバンダー翁は杖に指を走らせた。傷や凸凹を調べているようだった。それから

「オーキデウス！　花よ！」とつぶやくと、杖先にワッと花が咲いた。

「よーし、よし。上々の状態じゃ」オリバンダー翁は花を摘《つ》み採《と》り、杖と一緒にフラーに手渡しながら言った。

「ディゴリーさん。次はあなたじゃ」

フラーはふわりと席にもどり、セドリックとすれちがう際にほほえみかけた。

「さてと。この杖は、わしの作ったものじゃな？」セドリックが杖を渡すと、オリバンダー翁の言葉に熱がこもった。「そうじゃ、よく覚えておる。際立って美しいオスの一角獣《ユニコーン》の尻尾《しっぽ》の毛が一本入っておる……身の丈一六〇センチはあった。尻尾の毛を引き抜いたとき、危うく角で突き刺されるところじゃった。三十センチ……トネリコ材……心地よくしなる。上々の状態じゃ……始終手入れしているのかね？」

「昨夜磨きました」セドリックがにっこりした。

ハリーは自分の杖を見下ろした。あちこち手垢《てあか》だらけだ。ローブの膝《ひざ》のあたりをつかんで、こっそり杖をこすってきれいにしようとした。杖先から金色の火花がパラパラと数個飛び散った。フラー・デラクールが、やっぱり子供ね、という顔でハリーを見たので、拭《ふ》くのをやめた。

オリバンダー翁は、セドリックの杖先から銀色の煙の輪を次々と部屋に放ち、結構じゃと宣言した。それから「クラムさん、よろしいかな」と呼んだ。

ビクトール・クラムが立ち上がり、前屈みで背中を丸め、外股でオリバンダー翁の許《もと》へ歩いていった。クラムは杖をぐいと突き出し、ローブのポケットに両手を突っ込み、しかめ面で突っ立っていた。

「ふーむ」オリバンダー翁が調べはじめた。

「グレゴロビッチの作と見たが。わしの目に狂いがなければじゃが？　優れた杖《つえ》職人じゃ。ただ製作様式は、わしとしては必ずしも……それはそれとして……」

オリバンダー翁《おう》は杖を掲げ、目の高さで何度もひっくり返し、念入りに調べた。

「そうじゃな……クマシデにドラゴンの心臓の琴線《きんせん》かな？」翁がクラムに問いかけると、クラムはうなずいた。「あまり例のない太さじゃ……かなり頑丈……二十六センチ……エイビス！　鳥よ！」

銃を撃つような音とともに、クマシデ杖の杖先から小鳥が数羽、さえずりながら飛び出し、開いていた窓から淡々《あわあわ》とした陽光の中へと飛び去った。

「よろしい」オリバンダー翁は杖をクラムに返した。

「残るは……ポッターさん」

ハリーは立ち上がって、クラムと入れちがいにオリバンダー翁に近づき、杖を渡した。

「おぉぉぉー、そうじゃ」オリバンダー翁の淡い目が急に輝いた。「そう、そう、そう。よーく覚えておる」

ハリーもよく覚えていた。まるで昨日のことのようにありありと……。

三年前の夏、十一歳の誕生日に、ハグリッドと一緒に杖を買いにオリバンダーの店に入った。オリバンダー老人は、ハリーの寸法を採り、それから、次々と杖を渡して試させた。店中のすべての杖を試し振りしたのではないかと思ったころ、ついにハリーに合う杖が見つかった――この杖だ。柊《ひいらぎ》、二十八センチ、不死鳥の尾羽根が一枚入っている。オリバンダー老人は、ハリーがこの杖とあまりにも相性がよいことに驚いていた。「不思議じゃ」と、あのとき老人はつぶやいた。「……不思議じゃ」と。ハリーが、なぜ不思議なのかと問うと、オリバンダー老人は、はじめて教えてくれた。ハリーの杖に入っている不死鳥の尾羽根も、ヴォルデモート卿《きょう》の杖芯《つえしん》に使われている尾羽根も、まさに同じ不死鳥のものだと。

ハリーはこのことをだれにも話したことがなかった。この杖がとても気に入っていたし、杖がヴォルデモートとつながりがあるのは、杖自身にはどうしようもないことだ――ちょうど、ハリーがペチュニアおばさんとつながりがあるのをどうしようもないのと同じように。しかし、ハリーは、オリバンダー翁がそのことを、この部屋のみなに言わないで欲しいと、真剣にそう願った。そんなことを漏《も》らせば、リータ・スキーターの自動速記羽根ペンが、興奮で爆発するかもしれないと、ハリーは変な予感がした。

オリバンダー翁は、ほかの杖よりずっと長い時間をかけてハリーの杖を調べた。最後に、杖からワインをほとばしらせ、杖はいまも完璧な状態を保っていると告げて、ハリーに返した。

「みな、ごくろうじゃった」審査員のテーブルで、ダンブルドアが立ち上がった。「授業にもどってよろしい——いや、まっすぐ夕食の席に下りてゆくほうが手っ取り早いかもしれん。そろそろ授業が終わるしの——」

今日一日の中で、やっと一つだけ順調に終わった、と思いながらハリーが行きかけると、黒いカメラを持った男が飛び出してきて咳《せき》ばらいをした。

「写真。ダンブルドア。写真ですよ！」バグマンが興奮してさけんだ。「審査員と代表選手全員。リータ、どうかね？」

「え——まあ、まずそれからいきますか」そう言いながら、リータ・スキーターの目は、またハリーに注がれていた。「それから、個人写真を何枚か」

写真撮影は長くかかった。マダム・マクシームがどこに立ってもみなその影に入ってしまうし、カメラマンがマダムを枠の中に入れようとして後ろに下がったが、下がり切れなかった。ついにマダムが座り、みながそのまわりに立つことになった。カルカロフは山羊《やぎ》ひげをもっとカールさせようと、始終指に巻きつけていて、クラムは——こんなことには慣れっこだろうとハリーは思っていたのに——こそこそとみなの後ろに回り、半分隠れていた。カメラマンはフラーを正面に持ってきたくてしかたがない様子だったが、そのたびにリータ・スキーターがしゃしゃり出て、ハリーをより目立つ場所に引っ張っていった。スキーター女史は、それから代表選手全員の個別の写真を撮ると言い張った。それが終わってやっと、みな解放された。

ハリーは夕食に下りていった。ハーマイオニーはいなかった――きっとまだ医務室で、歯を治してもらっているのだろう。テーブルの隅で、ひとりぼっちの夕食をすませ、「呼び寄せ呪文」の宿題をやらなければと思いながら、ハリーはグリフィンドール塔にもどった。寮の寝室で、ハリーはロンに出くわした。

「ふくろうがきてる」ハリーが寝室に入っていくなり、ロンがぶっきらぼうに言った。ハリーの枕を指さしている。そこに、学校のメンフクロウが待っていた。

「ああ――わかった」ハリーが言った。

「それから、明日の夜、二人とも居残り罰だ。スネイプの地下牢教室」ロンがつけ加えた。

ロンは、ハリーのほうを見向きもせずに、さっさと寝室を出ていった。一瞬、ハリーはあとを追いかけようと思った――話しかけたいのか、ぶんなぐりたいのか、ハリーにはわからなかったが、どっちもいまの自分には相当魅力的だ――しかし、シリウスの返事の魅力のほうが強すぎた。ハリーは急いでメンフクロウのところに行き、足から手紙を外し、くるくる広げた。

ハリー

手紙では言いたいことをなにもかも言うわけにはいかない。ふくろうが途中でだれかに捕まったときの危険が大きすぎる——直接会って話をしなければ。十一月二十二日、午前一時に、グリフィンドール寮の暖炉のそばで、君一人だけで待つようにできるかね?

君が自分一人でもちゃんとやっていけることは、わたしが一番よく知っている。それに、ダンブルドアやムーディが君のそばにいるかぎり、だれも君に危害を加えることはできないだろう。しかし、だれかが、なにかを仕掛けようとしている。ゴブレットに君の名前を入れるなんて、非常に危険なことだったはずだ。とくにダンブルドアの目が光っているところでは。

ハリー、用心しなさい。なにか変わったことがあったら、今後も知らせて欲しい。十一月二十二日の件は、できるだけ早く返事がほしい。

シリウスより

第19章　ハンガリー・ホーンテール

それからの二週間、シリウスと会って話ができるという望みだけが、ハリーを支えた。これまでになく真っ暗な地平線に射す、一条の光だった。自分がホグワーツの代表選手になってしまったショックは少し薄らいできたが、代わってなにが待ち受けているのかという恐怖が、じりじりと胸に迫りはじめた。第一の課題が近づいていた。それがまるで、ハリーの前にうずくまり、行く手を塞ぐ恐ろしい怪物のように感じられる。こんなに神経がぴりぴりしたことはいまだかつてない。クィディッチの試合の前よりもずっとひどい。最後の試合、優勝杯をかけたスリザリンとの試合でさえ、これほどにはならなかった。先のことがほとんど考えられない。人生のすべてが第一の課題に向かって進み、そこで終わるような気がする……。

もちろんシリウスに会ったからといって、何百人という観衆の前で難しくて危険な未知の魔法を使わなければならない状況が変わるわけでもなく、ハリーの気持ちが楽になるとも思えない。それでも、親しい顔を見るだけで、いまは救いだった。ハリーは、シリウスが指定した時間に、談話室の暖炉のそばで待つと返事を書き、その夜にだれかが談話室にいつまでもぐずぐず残っていたらどうやって締め出すか、ハーマイオニーと二人で長時間かけて計画を練り上げた。最悪の場合は、「糞爆弾《くそ》」一袋を投下するつもりだ。しかし、できればそんなことはしたくない――フィルチに生皮をはがれることにもなりかねない。

そうこうするうちにも、城の中でのハリーの状況はますます悪くなっていた。リータ・スキーターの三校対抗試合の記事は、試合についてのルポというより、ハリーの人生をさんざん脚色したものになっていた。一面の大部分がハリーの写真で埋まり、記事はすべてハリーのことばかりで(二面、六面、七面に続いていた)、ボーバトンとダームストラングの代表選手名は(綴りもまちがっていたし)最後の一行に詰め込まれ、セドリックは名前さえ出ていなかった。

記事が出たのは十日前だったが、そのことを考えるたびに、ハリーはいまだに恥ずかしくて胃が焼けるような思いがし、吐《は》き気がした。リータ・スキーターは、ハリーが一度も言った覚えがなく、ましてや、あの箒置《ほうき》き場で言うはずもないことばかりを、山ほどでっち上げていた。

「僕の力は、両親から受け継いだものだと思います。いま、僕を見たら、両親はきっと僕を誇りに思うでしょう……ええ、ときどき夜になると、僕はいまでも両親を思って泣きます。それを恥ずかしいとは思いません……。試合では、絶対けがをしたりしないって、僕にはわかっています。だって、両親が僕を見守ってくれていますから……」

リータ・スキーターは、ハリーが言った「えーと」を、長ったらしい、鼻持ちならない文章に変えてしまった。そればかりか、ハリーについてのインタビューまでやっていた。

ハリーはホグワーツでついに愛を見つけた。親友のコリン・クリービーによると、ハリーは、ハーマイオニー・グレンジャーなる人物と離れていることはめったにないと言う。この人物は、マグル生まれの飛び切りかわいい女生徒で、ハリーと同じく、学校の優等生の一人である。

記事が載った瞬間から、ハリーは針の筵《むしろ》だった。みなが――とくにスリザリン生が――すれちがうたびに記事を持ち出して、からかうのに耐えなければならなかった。

「ポッター、ハンカチいるかい？『変身術』のクラスで泣き出したときのために？」

「いったい、ポッター、いつから学校の優等生になった？　それとも、その学校っていうのは、君とロングボトムで開校したのかい？」

「はーい――ハリー！」

「ああ、そうだとも！」

もううんざりだと、廊下で振り向きざまハリーはどなった。

「死んだ母さんのことで、目を泣き腫《は》らしていたところだよ。これから、もう少し……」

「ちがうの――ただ――あなた、羽根ペンを落としたわよ」チョウ・チャンだった。ハリーは顔が赤くなるのを感じた。

「あ――そう――ごめん」ハリーは羽根ペンを受け取りながら、もごもご言った。

「あの……火曜日はがんばってね」チョウが言った。「本当に、うまくいくように願ってるわ」

なんてばかなことをしたんだろう、とハリーは思った。ハーマイオニーも同じように不愉快な思いをしなければならなかったが、悪気のない人をどなりつけるようなことはしていない。ハリーは、ハーマイオニーの対処のしかたに感服していた。

「とびきりかわいい？　あの子が？」

リータの記事が載ってからはじめてハーマイオニーと顔を突き合わせたとき、パンジー・パーキンソンがかん高い声で言った。

「なにと比べて判断したのかしら——シマリス？」

「ほっときなさい」ハーマイオニーは、頭をしゃきっと上げ、スリザリンの女子生徒がからかう中をなにも聞こえないかのように堂々と歩きながら威厳のある声で言った。「ハリー、ほっとくのよ」

しかし、放ってはおけなかった。スネイプの居残り罰のことをハリーに伝言して以来、ロンは一言もハリーと口をきいていない。スネイプの地下牢教室で、二時間も一緒にネズミの脳みそのホルマリン漬けを作らされる間に仲直りができるのではと、ハリーは少し期待していた。しかし、ちょうどその日にリータの記事が出た。ハリーはやはり目立つのを楽しんでいるのだと、ロンは確信を強めたようだった。

ハーマイオニーは、二人のことで腹を立てていた。二人の間を往《い》ったり来たりしてなんとか互いに話をさせようと努めているのに、「炎のゴブレット」に名前を入れたのがハリー自身ではないとロンが認めたなら、そしてハリーを嘘つき呼ばわりしたことを謝るなら、またロンと話をしてもいいとハリーも頑固に譲らなかったからだ。

「僕から始めたわけじゃない」ハリーは頑《かたく》なに言い張った。「あいつの問題だ」

「ロンがいなくてさびしいくせに！」ハーマイオニーがいらだちもあらわに言った。「それに、私にはわかってる。ロンもさびしいのよ――」

「ロンがいなくてさびしいくせにだって？」ハリーが繰り返した。「ロンがいなくてさびしいなんてことは、ない……」

真っ赤な嘘だった。ハーマイオニーは大好きだったが、ロンとはちがう。ハーマイオニーと親しくても、ロンと一緒のときほど笑うことはないし、図書室をうろうろする時間も多くなる。ハリーはまだ「呼び寄せ呪文」を習得していなかった。ハリーの中で、なにかがストップをかけているようだ。ハーマイオニーは、理論を学べば役に立つと主張し、そこで二人は昼休みを、本に没頭して過ごすことが多くなった。

ビクトール・クラムも、始終図書室に入り浸っていた。いったいなにをしているのか、ハリーは訝《いぶか》った。勉強しているのだろうか？　それとも、第一の課題をこなすのに役立ちそうなものを探しているのだろうか？　ハーマイオニーはクラムが図書室にいることにしばしば文句を言った――なにもクラムが二人の邪魔をしたわけではない。しかし、女子生徒のグループが絶えずやってきて、忍び笑いをしながら本棚の陰からクラムの様子を窺《うかが》っていた。ハーマイオニーはその物音で気が散るというのだ。

「あの人、ハンサムでもなんでもないじゃない！」ハーマイオニーがぷりぷりしながらつぶやクラムの険しい横顔を睨《にら》みつけながら、ハーマイオニーがぷりぷりしながらつぶやいた。

「みんなが夢中なのは、あの人が有名だからよ！　ウォンキー・フェイントとかなんとかいうのができない人だったら、みんな見向きもしないのに――」

「ウロンスキー・フェイント」ハリーは唇を噛《か》んだ。クィディッチ用語を正しく使いたいのも確かだが、それとは別に、ハーマイオニーがウォンキー・フェイントと言うのを聞いたらロンがどんな顔をするかと思うと、また胸がキュンと痛んだのだ。

不思議なことに、なにかを恐れて、なんとかしてその動きを遅らせたいと思うときにかぎって、時は容赦なく動きを速める。第一の課題までの日々が、だれかが時計に細工をして二倍の速さにしたかのように流れ去っていった。抑えようのない恐怖感が、「日刊予言者新聞《にっかんよげんしゃしんぶん》」の記事に対する意地の悪い野次と同じように、ハリーの行くところどこにでもついてまわった。

第一の課題が行われる週の前の土曜日、三年生以上の生徒全員に、ホグズミード行きが許可された。ハーマイオニーは、ちょっと城から出たほうが気晴らしになると勧めた。ハリーも勧められるまでもなかった。

「ロンのことはどうする気？」ハリーが聞いた。「ロンと一緒に行きたくないの？」

「ああ……そのこと……」ハーマイオニーはちょっと赤くなった。「『三本の箒《ほうき》』

で、あなたと私が、ロンに会うようにしたらどうかと思って……」

「いやだ」ハリーがにべもなく言った。

「まあ、ハリー、そんなばかみたいな──」

「僕、行くよ。でもロンと会うのはごめんだ。僕、『透明マント』を着ていく」

「そう、それならそれでいいけど……」ハーマイオニーはくどくは言わなかった。

「だけど、マントを着てるときにあなたに話しかけるのは嫌いよ。あなたのほうを向いてしゃべってるのかどうか、さっぱりわからないんだもの」

そういうわけで、ハリーは寮で「透明マント」をかぶり、階下にもどって、ハーマイオニーと一緒にホグズミードに出かけた。

マントの中で、ハリーはすばらしい解放感を味わった。村に入るとき、ほかの生徒が二人を追い越したり、行きちがったりするのを、ハリーは観察できた。ほとんどが「セドリック・ディゴリーを応援しよう」のバッジを着けていたが、いつもとちがって、ハリーにひどい言葉を浴びせる者も、あのばかな記事に触れる生徒もいなかった。

「今度はみんな、私をちらちら見てるわ」クリームたっぷりの大きなチョコレートを頬張りながら「ハニーデュークス菓子店」から出てきたハーマイオニーが、不機嫌に言った。「みんな、私がひとり言を言ってると思ってるのよ」

「それなら、そんなに唇を動かさないようにすればいいじゃないか」

「あのねえ、ちょっと『マント』を脱いでよ。ここならだれもあなたにかまったりしないわ」

「そうかな？」ハリーが言った。「後ろを見てごらんよ」

リータ・スキーターと、その友人のカメラマンが、パブ「三本の箒《ほうき》」から現れたところだった。二人は、ひそひそ声で話しながら、ハーマイオニーを見もせずにそばを通り過ぎた。ハリーは、リータ・スキーターのワニ革ハンドバッグで打たれそうになり、後ずさりしてハニーデュークスの壁に張りついた。

二人の姿が見えなくなってから、ハリーが言った。

「あの人、この村に泊まってるんだ。第一の課題を見にきたのにちがいない」

そう言ったとたん、どろどろに溶けた恐怖感が、ハリーの胃にどっとあふれた。ハリーはそのことを口には出さなかった。ハリーもハーマイオニーも、第一の課題がなんなのか、これまであまり話題にしなかった。ハーマイオニーもそのことを考えたくないのだろうと、ハリーはそんな気がしていた。

「行っちゃったわ」

ハーマイオニーの視線はハリーの体を通り抜けて、ハイストリート通りの向こう端を見ていた。

『三本の箒《ほうき》』に入って、バタービールを飲みましょうよ。ちょっと寒くない？……ロンには話しかけなくてもいいわよ！」ハリーが返事をしないわけを、ハーマイオニーはちゃんと察して、いらいらした口調でつけ加えた。

「三本の箒」は込み合っていた。土曜の午後の自由行動を楽しむホグワーツの生徒が多かったが、ほかではめったに見かけることのないさまざまな魔法族もいた。ホグズミードは、イギリスで唯一の魔法ずくめの村なので、魔法使いのようにうまく変装できない鬼婆《おにばば》などにとっては、ここがちょっとした安息所《あんそくじょ》なのだろう。

「透明マント」を着て混雑の中を動くのは、とても難しかった。うっかりだれかの足を踏みつけたりすれば、とてもややこしいことになりそうだ。ハーマイオニーが飲み物を買いにいっている間、ハリーは隅の空いているテーブルへそろそろと近づいた。パブの中を移動する途中、フレッド、ジョージ、リー・ジョーダンと一緒に座っているロンを見かけた。ロンの頭を、後ろから思いっ切り小突《こづ》いてやりたいという気持ちを抑え、ハリーはやっとテーブルにたどり着いて腰掛けた。

ハーマイオニーがすぐあとからやってきて、「透明マント」の下からバタービールを滑り込ませた。

「ここにたった一人で座ってるなんて、私、すごくまぬけに見えるわ」ハーマイオニーがつぶやいた。「幸い、やることを持ってきたけど」

そして、ハーマイオニーはノートを取り出した。S・P・E・W《しもべ妖精福祉振興協会》会員を記録してあるノートだ。ハリーは、自分とロンの名前が、とても少ない会員名簿の一番上に載っているのを見た。ロンと二人で予言をでっち上げていたとき、ハーマイオニーがやってきて二人を会の書記と会計とに任命したのが、ずいぶん遠い昔のことのような気がする。

「ねえ、この村の人たちに、S・P・E・Wに入ってもらうように、私、やってみようかしら」

ハーマイオニーはパブを見回しながら考え深げに言った。

「そりゃ、いいや」ハリーは冗談交じりに相槌《あいづち》を打ち、マントに隠れてバタービールをぐいと飲んだ。「ハーマイオニー。いつになったらS・P・E・Wなんてやつ、あきらめるんだい？」

「屋敷しもべ妖精が妥当な給料と労働条件を得たとき！」ハーマイオニーが声を殺して言い返した。「ねえ、そろそろ、もっと積極的な行動を取るべきじゃないかって思いはじめてるの。どうやったら学校の厨房《ちゅうぼう》に入れるかしら？」

「わからない。フレッドとジョージに聞けよ」ハリーが言った。

ハーマイオニーは考えにふけって、黙り込んだ。ハリーは、パブの客を眺めながらバタービールを飲んだ。みな楽しそうで、寛《くつろ》いでいた。すぐ近くのテーブルで、アーニー・マクミランとハンナ・アボットが蛙チョコレートのカードを交換している。二人とも「セドリック・ディゴリーを応援しよう」バッジをマントに着けていた。その向こう、ドアのそばに、チョウ・チャンがレイブンクローの大勢の友達と一緒にいるのが見えた。でも、チョウは「セドリック」バッジを着けていない……ハリーはちょっぴり元気になった……。

　のんびり座り込んで、笑ったりしゃべったり、せいぜい宿題のことしか心配しなくてもよい人たち――自分もその一人になれるなら、ほかになにを望むだろう？　自分の名前が「炎のゴブレット」から出てきていなかったら、いま自分はどんな気持ちでここにいるだろう。まず、「透明マント」などは着ていないはずだ。ロンが一緒にいるだろう。代表選手たちが、火曜日に、どんな危険きわまりない課題に立ち向かうのかを、三人で楽しくあれこれ想像していただろう。どんな課題だろうが、きっと待ち遠しかったと思う。代表選手がそれをこなすのを見物するのが……スタンドの後方にぬくぬくと座って、みなと一緒にセドリックを応援するのが……。

　ほかの代表選手はどんな気持ちなんだろう。最近セドリックを見かけると、いつもファンに取り囲まれ、神経を尖《とが》らせながらも興奮しているようだったし、フラー・デラクールも廊下でときどきちらりと姿を見たが、いつもと変わらずフラーらしく高慢で平然としていた。そしてクラムは、ひたすら図書室に座って本に没頭していた。

ハリーはシリウスのことを思った。すると、胸を締めつけていた固い結び目が、少し緩むような気がした。あと十二時間と少しで、シリウスと話せる。談話室の暖炉のそばで二人が話をするのは、今夜だった――なにも手違いが起こらなければの話だが。最近はなにもかも手違いだらけだけど……。

「見て、ハグリッドよ！」ハーマイオニーが言った。

ハグリッドの巨大なもじゃもじゃ頭の後頭部が――ありがたいことに、束ね髪にするのをあきらめていた――人込みの上にぬっと現れた。こんなに大きなハグリッドを、自分はどうしてすぐに見つけられなかったのだろうと、ハリーは不思議に思った。しかし立ち上がってよく見ると、ハグリッドが体をかがめてムーディ先生と話をしているのがわかった。ハグリッドはいつものように、巨大なジョッキを前に置いていたが、ムーディは自分の携帯用酒瓶《さかびん》から飲んでいた。粋な女主人のマダム・ロスメルタは、それが気に入らないようだ。ハグリッドたちの周囲のテーブルから、空いたグラスを片づけながら、ムーディを胡散《うさん》くさそうに見ている。たぶん、自家製の蜂蜜酒が侮辱されたと思ったのだろう。しかし、ハリーはわけを知っていた。「闇の魔術に対する防衛術」の最近の授業で、闇の魔法使いはだれも見ていないときにやすやすとコップに毒を盛るので、いつも食べ物、飲み物を自分で用意するようにしていると、ムーディが生徒に話していた。

ハリーが見ていると、ハグリッドとムーディは立ち上がって出ていきかけた。ハリーは手を振ったが、ハグリッドには見えないのだと気づいた。しかし、ムーディは立ち止まり、ハリーが立っている隅のほうに「魔法の目」を向けた。ムーディは、ハグリッドの背中をちょんちょんと突つき（ハグリッドの肩には手が届かない）、何事かささやいている。それから二人は引き返して、ハリーとハーマイオニーのテーブルにやってきた。

「元気か、ハーマイオニー？」ハグリッドが大声を出した。

「こんにちは」ハーマイオニーもにっこり挨拶した。

ムーディは、片足を引きずりながらテーブルを回り込んで、体をかがめた。S・P・E・Wのノートを読んでいるのだろうとハリーが思っていたところに、ムーディがささやいた。

「いいマントだな、ポッター」

ハリーは驚いてムーディを見つめた。近くで見ると、鼻が大きく削ぎ取られているのがますますはっきりわかった。ムーディはにやりとした。

「先生の目――あの、見える――？」

「ああ、わしの目は『透明マント』を見透かす」ムーディが静かに言った。「そして、ときにはこれがなかなか役に立つぞ」

ハグリッドもにっこりとハリーのほうを見下ろしていた。ハグリッドにはハリーが見えないことはわかっていた。しかし、当然ムーディが、ハリーがここにいると教えたはずだ。

今度はハグリッドが、S・P・E・Wノートを読むふりをして身をかがめ、ハリーにしか聞こえないような低い声でささやいた。

「ハリー、今晩、午前零時に、おれの小屋にこいや。そのマントを着てな」身を起こすと、ハグリッドは大声で、「ハーマイオニー、おまえさんに会えてよかった」と言い、ウィンクをして去っていった。ムーディもあとに続いた。

「ハグリッドったら、どうして真夜中に僕に会いたいんだろう？」ハリーは驚いていた。

「会いたいって？」ハーマイオニーもびっくりした。「いったい、なにを考えてるのかしら？　ハリー、行かないほうがいいかもよ……」

ハーマイオニーは神経質に周囲を見回し、声を殺して言った。

「シリウスとの約束に遅れちゃうかもしれない」

たしかに、ハグリッドのところに午前零時に行けば、シリウスと会う時間にはぎりぎりになってしまう。ハーマイオニーは、ヘドウィグを送ってハグリッドに行けないと伝えてはどうかと言った――もちろん、ヘドウィグがメモを届けることを承知してくれればの話だが――しかし、ハグリッドの用事がなんであれ、ハリーは急いで会ってくるほうがよいように思った。ハグリッドがハリーにそんな夜遅くにくるように頼むなんて、はじめてのことだった。いったいなんの用があるのか、ハリーはとても知りたかった。

その晩、早目にベッドに入るふりをしたハリーは、十一時半になると「透明マント」をかぶり、こっそりと談話室にもどった。寮生がまだたくさん残っている。クリービー兄弟は「セドリックを応援しよう」バッジを首尾よくごっそり手に入れ、魔法をかけて「ハリー・ポッターを応援しよう」に変えようとしていた。しかし、これまでのところ、「汚いぞ、ポッター」で文字の動きを止めるのが精一杯のようだ。ハリーはそっと二人のそばを通り抜け、肖像画の穴のところで時計を見ながら一分ほど待った。すると計画どおり、ハーマイオニーが外から「太った婦人《レディ》」を開けてくれた。ハーマイオニーとすれちがいざま、ハリーは「ありがと！」とささやき、城の中を通り抜けていった。

校庭は真っ暗だった。ハリーはハグリッドの小屋の明かりをめざして芝生を歩いた。ボーバトンの巨大な馬車にも明かりがついていた。ハグリッドの小屋の戸をノックする際、ハリーは馬車の中で話すマダム・マクシームの声を聞いた。

「ハリー、おまえさんか？」戸を開けてきょろきょろしながら、ハグリッドが声をひそめた。

「うん」ハリーは小屋の中に滑り込み、マントを引っ張って頭から脱いだ。「なんなの？」

「ちょっくら見せたいものがあってな」ハグリッドが言った。

ハグリッドはなんだかひどく興奮していた。服のボタン穴に育ちすぎたアーティチョークのような花を挿している。車軸用のグリースを髪につけることはあきらめたらしいが、まちがいなく髪をとかそうとはしたようだ――欠けた櫛《くし》の歯が髪にからまっているのを、ハリーは見てしまった。

「なにを見せたいの？」

ハリーは、スクリュートが卵を産んだのか、それともハグリッドがパブで知らない人からまた三頭犬を買ったのかと、いろいろ想像して怖々《こわごわ》聞いた。

「一緒にこいや。黙って、マントをかぶったまんまでな」ハグリッドが言った。「ファングは連れていかねえ。こいつが喜ぶようなもんじゃねえし……」

「ねえ、ハグリッド、僕、あまりゆっくりできないよ……午前一時までに城に帰っていないといけないんだ――」

しかし、ハグリッドは聞いていなかった。小屋の戸を開けてずんずん暗闇の中に出ていく。ハリーは急いであとを追ったが、ハグリッドがハリーをボーバトンの馬車のほうに連れていくのに気づいて驚いた。

「ハグリッド、いったい――？」

「シーッ！」ハリーを黙らせ、ハグリッドは金色の杖《つえ》が交差した紋章のついた扉を三度ノックした。マダム・マクシームが扉を開けた。シルクのショールを堂々たる肩に巻きつけている。ハグリッドを見て、マダムはにっこりした。

「ああ、ア《ハ》グリッド……時間でーすか？」

「ボング・スーワー《こんばんは》」ハグリッドはマダムに向かって笑いかけ、マダムが金色の踏み段を降りるのに手を差し伸べた。

マダム・マクシームは後ろ手に扉を閉め、ハグリッドがマダムに腕を差し出し、二人はマダムの巨大な天馬が囲われているパドックを回って歩いていった。ハリーはなにがなんだかわからないまま、二人に追いつこうと走ってついていった。ハグリッドはハリーにマダム・マクシームを見せたかったのだろうか？　マダムならハリーはいつだって好きなときに見ることができるのに……マダムを見落とすというのはなかなか難しいもの……。

しかし、どうやら、マダム・マクシームもハリーと同じもてなしに与《あず》かるらしい。しばらくしてマダムが艶《つや》っぽい声で言った。

「アグリッド、いったいわたしを、どーこに連れていくのでーすか？」

「きっと気に入る」ハグリッドの声は愛想なしだ。「見る価値ありだ、ほんとだ。たーだ――おれが見せたってことはだれにも言わねえでくれ、いいかね？　あなたは知っちゃいけねえことになってる」

「もちろーんです」マダム・マクシームは長い黒い睫毛《まつげ》をパチパチさせた。

そして二人は歩き続けた。そのあとを小走りについていきながら、ハリーは次第に落ち着かなくなってきた。腕時計を頻繁に覗き込む。ハグリッドの気まぐれな企てのせいで、ハリーは、シリウスに会いそこねるかもしれない。あと少しで目的地に着くのでなければ、まっすぐ城に引き返そう。ハグリッドは、マダム・マクシームと二人で月明かりのお散歩と洒落込めばいい……。

しかし、そのとき――「禁じられた森」の周囲をずいぶん歩いたので、城も湖も見えなくなっていたが――ハリーはなにか物音を聞いた。前方で男たちがどなっている……続いて耳をつんざく大咆哮《ほうこう》……。

ハグリッドは木立ちを回り込むようにマダム・マクシームを導き、立ち止まった。ハリーも急いでつき従った――一瞬、ハリーは焚《た》き火かと思った。男たちがそのまわりを跳び回っているのだと――次の瞬間、ハリーはあんぐり口を開けた。

ドラゴンだ。

見るからに獰猛《どうもう》な四頭の巨大な成獣が、分厚い板で柵《さく》を巡らした囲い地の中に、後足で立ち上がり、吠《ほ》え哮《たけ》り、鼻息を荒らげている——地上十五、六メートルもの高さに伸ばした首の先で、カッと開いた口は牙《きば》をむき、暗い夜空に向かって火柱を吹き上げていた。長い鋭い角《つの》を持つ、シルバーブルーの一頭は、地上の魔法使いたちに向かってうなり、牙を鳴らして噛《か》みつこうとしている。すべすべした鱗《うろこ》を持つ緑の一頭は、全身をくねらせ、力のかぎり足を踏み鳴らしている。赤い一頭は、顔のまわりに、奇妙な金色の細い棘《とげ》の縁取りがあり、キノコ形の火炎を吐《は》いている。ハリーたちの一番近くにいた巨大な黒い一頭は、ほかの三頭と比べるとトカゲに似ている。

一頭につき七、八人、全部で少なくとも三十人ほどの魔法使いが、ドラゴンの首や足に回した太い革バンドに鎖をつけ、その鎖を引いてドラゴンを抑えようとしていた。怖いもの見たさに、ハリーはずうっと上を見上げた。黒ドラゴンの目が見えた。猫のように縦に瞳孔《どうこう》の開いたその目が、怒りからか恐れからか——ハリーにはどちらともわからなかったが——飛び出している……そして恐ろしい音を立てて暴れ、悲しげに吠え、ギャーッギャーッとかん高い猛《たけ》った声を上げていた……。

「離れて、ハグリッド！」

柵のそばにいた魔法使いが、にぎった鎖を引き締めながらさけんだ。

「ドラゴンの吐《は》く炎は、六、七メートルにもなるんだから！　このホーンテールなんか、その倍も吹いたのを、僕は見たんだ！」

「きれいだよなあ？」ハグリッドがいとおしそうに言った。

「これじゃだめだ！」別の魔法使いがさけんだ。「一、二の三で『失神《しっしん》の呪文』だ！」

ハリーは、ドラゴン使いが全員杖《つえ》を取り出すのを見た。

「ステューピファイ！　麻痺《まひ》せよ！」

全員がいっせいに唱えた。「失神の呪文」が火を吐くロケットのように、闇に飛び、ドラゴンの鱗《うろこ》に覆われた皮に当たって火花が滝のように散った。

ハリーの目の前で、一番近くのドラゴンが、後足で立ったまま危なっかしげによろけた。顎《あご》はワッと開かれたまま、吠え声が急に消え、鼻の穴からは突然炎が消え――まだ燻《くすぶ》ってはいたが――それから、ゆっくりとドラゴンは倒れた――筋骨隆々の、鱗に覆われた黒ドラゴンの数トンもある胴体がドサッと地面を打ったのだ。その衝撃で、ハリーの後ろの木立ちが、激しく揺れ動いた。

ドラゴン使いたちは、杖を下ろし、それぞれ担当のドラゴンに近寄った。一頭一頭が小山ほどの大きさだ。ドラゴン使いは急いで鎖をきつく締め、しっかりと鉄の杭に縛りつけ、その杭を、杖で地中に深々と打ち込んだ。

「近くで見たいかね？」ハグリッドは興奮して、マダム・マクシームにたずねた。

二人は柵《さく》のすぐそばまで移動し、ハリーもついていった。ハグリッドに、それ以上近寄るなと警告した魔法使いがやってきた。そしてハリーは、はじめてそれがだれなのかに気づいた――チャーリー・ウィーズリーだった。

「大丈夫かい？　ハグリッド？」チャーリーがハアハア息をはずませている。「ドラゴンはもう安全だと思う――こっちにくる途中『眠り薬』でおとなしくさせたんだ。暗くて静かなところで目覚めたほうがいいだろうと思って――ところが、見てのとおり、連中は機嫌が悪いのなんのって――」

「チャーリー、どの種類を連れてきた？」

ハグリッドは、一番近いドラゴン――黒ドラゴン――をほとんど崇《あが》めるような目つきでじっと見ていた。黒ドラゴンはまだ薄目を開けていた。しわの刻まれた黒い瞼《まぶた》の下でギラリと光る黄色い筋を、ハリーは見た。

「こいつはハンガリー・ホーンテールだ」チャーリーが言った。「向こうのはウェールズ・グリーン普通種、少し小型だ――スウェーデン・ショート‐スナウト種、あの青みがかったグレーのやつ――それと、中国火の玉種、あの赤いやつ」

チャーリーはあたりを見回した。マダム・マクシームが、「失神」させられたドラゴンをじっと見ながら、囲い地のまわりをゆっくり歩いていた。

「あの人を連れてくるなんて、知らなかったぜ。ハグリッド」チャーリーが顔をしかめた。「代表選手は課題を知らないことになってる――あの人はきっと自分の生徒に話すだろう？」

「あの人が見たいだろうって思っただけだ」ハグリッドはうっとりとドラゴンを見つめたままで、肩をすくめた。

「ハグリッド、まったくロマンチックなデートだよ」チャーリーがやれやれと頭を振った。

「四頭……」ハグリッドが言った。「そんじゃ、一人の代表選手に一頭っちゅうわけか？　なにをするんだ――戦うのか？」

「うまく出し抜くだけだ。たぶん」チャーリーが言った。「ひどいことになりかけたら、おれたちが控えていて、いつでも『消火呪文』をかけられるようになっている。営巣《えいそう》中の母親ドラゴンが欲しいという注文だった。なぜかは知らない……でも、これだけは言えるな。ホーンテールに当たった選手はお気の毒様さ。狂暴なんだ。尻尾《しっぽ》のほうも正面と同じぐらい危険だよ。ほら」

チャーリーはホーンテールの尾を指さした。ハリーが見ると、長いブロンズ色の棘《とげ》が、尻尾全体に数センチおきに突き出ていた。

そのとき、チャーリーの仲間のドラゴン使いが、灰色の花崗岩《かこうがん》のような巨大な卵をいくつか毛布に包み、五人がかりで、よろけながらホーンテールに近づいてきた。五人はホーンテールのそばに、注意深く卵を置いた。ハグリッドは、欲しくてたまらなそうなうめき声をもらした。

「おれ、ちゃんと数えたからね、ハグリッド」チャーリーが厳しく言った。それから、「ハリーは元気？」と聞いた。

「元気だ」ハグリッドはまだ卵に見入っていた。

「こいつらに立ち向かったあとでも、まだ元気だといいんだが」ドラゴンの囲い地を見やりながらチャーリーが暗い声を出した。「ハリーが第一の課題でなにをしなければならないか、お袋にはとっても言えない。ハリーのことが心配で、いまだって大変なんだ……」

チャーリーは母親の心配そうな声をまねした。

『どうしてあの子を試合に出したりするの！　まだ若すぎるのに！　子供たちは全員安全だと思っていたのに。年齢制限があると思っていたのに！』ってさ。『日刊予《にっかんよ》言者新聞《げんしゃしんぶん》』にハリーのことが載ってからは、もう涙、涙だ。『あの子はいまでも両親を思って泣くんだわ！　ああ、かわいそうに。知らなかった！』

ハリーはこれでもう十分だと思った。ハグリッドは僕がいなくなっても気づかないだろう。マダム・マクシームと四頭のドラゴンの魅力で手一杯だ。ハリーはそっとみなに背を向け、城に向かって歩きはじめた。

これから起こることを見てしまったのが、喜ぶべきことなのかどうか、ハリーにはわからなかった。たぶん、このほうがよかったのだ。最初のショックは過ぎた。火曜日にはじめてドラゴンを見たなら、全校生の前でばったり気絶してしまったかもしれない……どっちにしても気絶するかもしれないけれど……敵は十五、六メートルもある鱗《うろこ》と棘《とげ》に覆われた火を吐《は》くドラゴンだ。ハリーの武器といえば、杖《つえ》だ――そんな杖など、いまや細い棒切れにしか感じられない――しかも、ドラゴンを出し抜かなければならない、みなの見ている前で。いったいどうやって？

ハリーは禁じられた森の端《はた》に沿って急いだ。あと十五分足らずで暖炉のそばにもどり、シリウスと話をするのだ。シリウスと話したい。こんなに強くだれかと話をしたいと思ったことは、いままでに一度もない――そのとき、出し抜けにハリーはなにか固いものにぶつかり、仰向けにひっくり返った。メガネは外れたが、ハリーはしっかりと「透明マント」にしがみついていた。近くで声がした。

「あいたっ！　だれだ？」

ハリーはマントが自分を覆っているかどうかを急いで確かめ、じっと動かずに横たわって、ぶつかった相手の黒いシルエットを見上げた。山羊《やぎ》ひげが見えた……カルカロフだ。

「だれだ？」カルカロフが、訝《いぶか》しげに暗闇を見回しながら繰り返した。ハリーは身動きせず、黙っていた。一分ほどしてカルカロフは、なにか獣にでもぶつかったのだろうと納得したらしい。犬でも探すように、腰の高さを見回した。それから、カルカロフはふたたび木立ちに隠れるようにして、ドラゴンのいるあたりに向かってそろそろと進みはじめた。

ハリーは、ゆっくり慎重に立ち上がり、できるだけ物音を立てないようにしながら、暗闇の中をホグワーツへと急げるだけ急いだ。

カルカロフがなにをしようとしていたか、ハリーにはよくわかっていた。こっそり船を抜け出し、第一の課題がなんなのかを探ろうとしたのだ。もしかしたら、ハグリッドとマダム・マクシームが禁じられた森のほうへ向かうのを目撃したのかもしれない――あの二人は遠くからでもたやすく目につく……カルカロフは、いまやただ人声のするほうに行けばよいのだ。カルカロフもマダム・マクシームと同じに、なにが代表選手を待ち受けているかを知ることになるだろう。すると、火曜日にまったく未知の課題にぶつかる選手は、セドリックただ一人ということになる。

城にたどり着き、正面の扉をすり抜け、大理石の階段を上りはじめたハリーは、息も絶え絶えだった。しかし、速度を緩めるわけにはいかない……あと五分足らずで暖炉まで行かなければならない……。

「ボールダーダッシュ《たわごと》！」ハリーは、穴の前の肖像画の額の中でまどろんでいる

「太った婦人《レディ》」に向かってゼイゼイと呼びかけた。

「ああ、そうですか」婦人は目も開けずに眠そうにつぶやき、前にパッと開いてハリーを通した。ハリーは穴を這《は》い登った。談話室にはだれもいない。匂いもいつもと変わりない。ハリーとシリウスを二人っきりにするために、ハーマイオニーが糞《くそ》爆弾を爆発させる必要はなかったということだ。

ハリーは「透明マント」を脱ぎ捨て、暖炉の前の肘掛椅子《ひじかけいす》に倒れ込んだ。部屋は薄暗く、暖炉の炎だけが明かりを放っていた。クリービー兄弟がなんとかしようとがんばっていた「セドリック・ディゴリーを応援しよう」バッジが、そばのテーブルで、暖炉の火を受けてチカチカしていた。いまや、「ほんとに汚いぞ、ポッター」に変わっていた。暖炉の炎を振り返ったハリーは、飛び上がった。

シリウスの生首が炎の中に座っている。ウィーズリー家のキッチンで、ディゴリー氏がまったく同じことをするのを見ていなかったら、ハリーは縮み上がったにちがいない。怖がるどころか、ここしばらく笑わなかったハリーが久し振りににっこりした。ハリーは、急いで椅子から飛び降り、暖炉の前にかがんで話しかけた。

「シリウスおじさん――元気なの？」

シリウスの顔は、ハリーの覚えている顔とちがって見えた。さよならを言ったときは、シリウスの顔はやせこけ、目は落ち窪《くぼ》み、黒い長髪がもじゃもじゃとからみついて顔のまわりを覆っていた――でもいまは髪をこざっぱりと短く切り、顔は丸みを帯び、あのときより若く見えた。ハリーがたった一枚だけ持っているシリウスのあの写真、両親の結婚式の写真に近かった。

「わたしのことは心配しなくていい。君はどうだね？」シリウスは真剣な口調だった。

「僕は――」ほんの一瞬、「元気です」と言おうとした――しかし言えなかった。堰《せき》を切ったように言葉がほとばしり出た。ここ何日か分の穴埋めをするように、ハリーは一気にしゃべった――自分の意思でゴブレットに名前を入れたのではないと言っても、だれも信じてくれないこと、リータ・スキーターが「日刊予言者新聞《にっかんよげんしゃしんぶん》」でハリーについて嘘八百を書いたこと、廊下を歩けば必ずだれかがからかうこと――そして、ロンのこと。ロンがハリーを信用せず、嫉妬《やきもち》を焼いている……。

「……それに、ハグリッドがついさっき、第一の課題がなんなのか、僕に見せてくれたの。ドラゴンなんだよ、シリウス。僕、もうおしまいだ」ハリーは絶望的になって話し終えた。

シリウスは憂いに満ちた目でハリーを見つめていた。アズカバンがシリウスに刻みつけたまなざしが、まだ消え去ってはいない――死んだような、憑《つ》かれたようなまなざしだ。シリウスは、ハリーが黙り込むまで口を挟まずしゃべらせたあとに、口を開いた。

「ドラゴンは、ハリー、なんとかなる。しかし、それはちょっとあとにしよう――あまり長くはいられない……この火を使うのに、とある魔法使いの家に忍び込んだのだが、家の者がいつ帰ってこないともかぎらない。君に警告しておかなければならないことがあるんだ」

「なんなの？」ハリーは、ガクンガクンと数段気分が落ち込むような気がした……ドラゴンより悪いものがあるのだろうか？

「カルカロフだ」シリウスが言った。「ハリー、あいつは『死喰い人《デス・イーター》』だった。それがなにか、わかってるね？」

「ええ――えっ？――あの人が？」

「あいつは逮捕された。アズカバンで一緒だった。しかし、あいつは釈放された。ダンブルドアが今年『闇祓《やみばら》い』をホグワーツに置きたかったのは、そのせいだ。絶対まちがいない――あいつを監視《かんし》するためだ。カルカロフを逮捕したのはムーディだ。そもそもムーディがやつをアズカバンにぶち込んだ」

「カルカロフが釈放された？」ハリーはよく飲み込めなかった。脳みそが、また一つショックな情報を吸収しようともがいていた。「どうして釈放したの？」

「魔法省と取引をしたんだ」シリウスが苦々しげに言った。

「自分が過ちを犯したことを認めると言った。そしてほかの名前を吐《は》いた……自分の代わりにずいぶん多くの者をアズカバンに送った……言うまでもなく、あいつはアズカバンでは嫌われ者だ。そして、出獄してからはわたしの知るかぎり、自分の学校に入学する者全員に『闇の魔術』を教えてきた。だから、ダームストラングの代表選手にも気をつけなさい」

「うん。でも……カルカロフが僕の名前をゴブレットに入れたっていうわけ？　だって、もしカルカロフの仕業なら、あの人、ずいぶん役者だよ。カンカンに怒っていたように見えた。僕が参加するのを阻止しようとした」ハリーは考えながらゆっくり話した。

「やつは役者だ。それはわかっている」シリウスが言った。「なにしろ、魔法省に自分を信用させて、釈放させたやつだ。さてと、『日刊予言者新聞《にっかんよげんしゃしんぶん》』にはずっと注目してきたよ、ハリー――」

「シリウスおじさんもそうだし、世界中がそうだね」ハリーは苦い思いがした。

「――そして、スキーター女史の先月の記事の行間を読むと、ホグワーツに出発する前の晩にムーディが襲われた。いや、あの女が、また空騒ぎだったと書いていることは承知している」

ハリーがなにか言いたそうにしたのを見て、シリウスが急いで説明した。

「しかし、わたしはちがうと思う。だれかが、ホグワーツにムーディがくるのを邪魔しようとしたのだ。ムーディが近くにいると、仕事がやりにくくなるということを知っているやつがいる。ムーディの件はだれも本気になって追及しないだろう。マッド－アイは、侵入者の物音を聞いたと、あまりにしょっちゅう言いすぎた。しかし、だからといってムーディがもう本物を見つけられないというわけではない。ムーディは魔法省始まって以来の優秀な『闇祓《やみばら》い』だった」

「じゃ……シリウスおじさんの言いたいのは？」ハリーはそう言いながら考えていた。「カルカロフが僕を殺そうとしているってこと？　でも――なぜ？」

シリウスは戸惑いを見せた。

「近ごろどうもおかしなことを耳にする」シリウスも考えながら答えた。「『死喰い人』の動きが最近活発になっているらしい。クィディッチ・ワールドカップで正体を現しただろう？　だれかが『闇《やみ》の印《しるし》』を打ち上げた……それに――行方不明になっている魔法省の魔女職員のことは聞いているかね？」

「バーサ・ジョーキンズ？」

「そうだ……アルバニアで姿を消した。ヴォルデモートが最後にそこにいたという噂《うわさ》のずばりの場所だ……その魔女は、三校対抗試合が行われることを知っていたはずだね？」

「ええ、でも……その魔女がヴォルデモートにばったり出会うなんて、ちょっと考えられないでしょう？」ハリーが言った。

「いいかい。わたしはバーサ・ジョーキンズを知っていた」シリウスが深刻な声で言った。「わたしと同じ時期にホグワーツにいた。君の父さんやわたしより二、三年上だ。とにかく愚かな女だった。知りたがり屋で、頭がまったく空っぽ。これは、いい組み合わせじゃない。ハリー、バーサなら、簡単に罠《わな》にはまるだろう」

「じゃ……それじゃ、ヴォルデモートが試合のことを知ったかもしれないって、そういう意味なの？　カルカロフがヴォルデモートの命を受けてここにきたと、そう思うの？」

「わからない」シリウスは考えながら答えた。「とにかくわからないが……カルカロフは、ヴォルデモートの力が強大になって、自分を守ってくれると確信しなければ、ヴォルデモートの下にもどるような男ではないだろう。しかし、ゴブレットに君の名前を入れたのがだれであれ、理由があって入れたのだ。それに、試合は、君を襲うには好都合だし、事故に見せかけるには恰好《かっこう》の方法だと考えざるをえない」

「僕のいまの状況から考えると、本当にうまい計画みたい」ハリーが力なく言った。「自分はのんびり見物しながら、ドラゴンに仕事をやらせておけばいいんだものね」

「そうだ――そのドラゴンだが」シリウスは早口になった。「ハリー、方法はある。

『失神《しっしん》の呪文』を使いたくても、使うな――ドラゴンは強いし、強力な魔力を持っているから、たった一人の呪文でノックアウトできるものではない。半ダースもの魔法使いが束になってかからないと、ドラゴンは抑えられない――」

「うん。わかってる。さっき見たもの」ハリーが言った。

「しかし、それが一人でもできる方法があるのだ。簡単な呪文があればいい。つまり――」

しかし、ハリーは手を上げてシリウスの言葉を遮《さえぎ》った。心臓が破裂しそうに急にドキドキし出した。背後の螺旋《らせん》階段をだれかが下りてくる足音を聞いたのだ。

「行って！」ハリーは声を殺してシリウスに言った。「行って！　だれかくる！」

ハリーは急いで立ち上がり、暖炉の火を体で隠した――ホグワーツの城内でだれかがシリウスの顔を見ようものなら、なにもかもひっくり返るような大騒ぎになるだろう――魔法省が乗り込んでくるはずだ――ハリーが、シリウスの居場所を問い詰められることになる――。

背後でポンと小さな音がした。それで、シリウスはいなくなったとわかった――ハリーは螺旋階段を見つめていた――午前一時に散歩を決め込むなんて、いったいだれだ？　ドラゴンをうまく出し抜くやり方を、シリウスがハリーに教えるのを邪魔したのはだれなんだ？

ロンだった。栗色のペーズリー柄のパジャマを着たロンが、部屋の反対側で、ハリーと向き合ってぴたりと立ち止まり、あたりをきょろきょろ見回した。

「だれと話してたんだ？」ロンが聞いた。

「君には関係ないだろう？」ハリーがうなるように言った。「こんな夜中に、なにしにきたんだ？」

「君がどこに――」ロンは途中で言葉を切り、肩をすくめた。「別に。僕、ベッドにもどる」

「ちょっと嗅《か》ぎ回ってやろうと思ったんだろう？」ハリーがどなった。

ロンは、自分がどんな場面に出くわしてしまったのかを知るはずもないし、わざとやったのではないということもハリーにはよくわかっていた。しかし、そんなことはどうでもよかった――ハリーは、いまこの瞬間、ロンのすべてが憎かった。パジャマの下から数センチはみ出している、むき出しの踝《くるぶし》までが憎たらしかった。

「悪かったね」ロンは怒りで顔を真っ赤にした。「君が邪魔されたくないんだってこと、認識しておかなきゃ。どうぞ、次のインタビューの練習を、お静かにお続けください」

ハリーは、テーブルにあった「ほんとに汚いぞ、ポッター」バッジを一つつかむと、力まかせに部屋の向こう側に向かって投げつけた。バッジはロンの額《ひたい》に当たり、撥《は》ね返った。

「そーら」ハリーが言った。「火曜日にそれを着けて行けよ。うまくいけば、たったいま、君も額に傷痕《きずあと》ができたかもしれない……。傷が欲しかったんだろう？」

ハリーは階段に向かってずんずん歩いた。ロンが引き止めてくれないかと、半ば期待していた。ロンにパンチを食らわされたいとさえ思った。しかし、ロンはつんつるてんのパジャマを着て、ただそこに突っ立っているだけだった。ハリーは、荒々しく寝室に上がり、長い間目を開けたままベッドに横たわり、怒りに身をまかせていた。

ロンがベッドにもどってくる気配はついになかった。

第20章　第一の課題

日曜の朝、起きたハリーはまったくの上の空で服を着はじめ、足に靴下ではなく帽子を履かそうとしていることに気づくまで、しばらくかかった。ようやく体のそれぞれの部分に当てはまる服を身に着けると、ハリーは急いでハーマイオニーを探しに部屋を出た。ハーマイオニーは大広間のグリフィンドール寮のテーブルで、ジニーと一緒に朝食をとっていた。ハリーは、胃がもんどり打つようでとても食べる気になれず、ハーマイオニーがオートミールの最後の一さじを飲み込むまで待って、強引に腕を引っ張り校庭に出た。湖まで二人でまた長い散歩をしながら、ハリーはドラゴンのことやシリウスの言ったことすべてをハーマイオニーに話して聞かせた。

シリウスがカルカロフを警戒せよと言ったことは、ハーマイオニーを驚かせはしたが、やはりドラゴンのほうがより緊急の問題だというのがハーマイオニーの意見だった。

「とにかく、あなたが火曜日の夜も生きているようにしましょう」ハーマイオニーは必死の面持ちだった。「カルカロフのことはそれから心配すればいいわ」

ドラゴンを抑えつける簡単な呪文とはなんだろうと、いろいろ考えながら、二人は湖のまわりを三周もしていた。まったくなにも思いつかない。そこで二人は図書室にこもった。ハリーは、ドラゴンに関するありとあらゆる本を引っ張り出し、二人で山と積まれた本に取り組みはじめた。

『鉤爪《かぎづめ》を切る呪文……腐った鱗《うろこ》の治療』……だめだ。こんなのは、ドラゴンの健康管理をしたがるハグリッドみたいな変り者用だ……」

「『ドラゴンを殺すのはきわめて難しい。古代の魔法が、ドラゴンの分厚い皮に浸透したことにより、最強の呪文以外は、どんな呪文もその皮を貫くことはできない』……だけど、シリウスは簡単な呪文が効くって言ったのよね……」

「それじゃ、簡単な呪文集を調べよう」ハリーは『ドラゴンを愛しすぎる男たち』の本をぽいっと放った。

ハリーは呪文集をひと山抱えて机にもどり、本を並べて次々にパラパラとページをめくりはじめた。ハーマイオニーはハリーのすぐ横で、ひっきりなしにブツブツ言っていた。

「うーん、『取り替え呪文』があるけど……でも、取り替えてどうにかなるものかしら？　牙《きば》の代わりにマシュマロかなんかに取り替えたら、少しは危険でなくなるけど……問題は、さっきの本にも書いてあったように、ドラゴンの皮を貫くものがほとんどないってことなのよ……変身させてみたらどうかしら。でも、あんなに大きいと、効果は望み薄ね。マクゴナガル先生でさえだめかも……もっとも、自分自身に呪文をかけるっていう手があるじゃない？　自分にもっと力を与えるのはどう？　だけど、そういうのは簡単な呪文じゃないわね。つまり、まだそういうのは授業で一つも習ってないもの。私はO・W・L《ふくろう》の模擬試験をやってみたから、そういうのがあるって知ってるだけ……」

「ハーマイオニー」ハリーは歯を食いしばって言った。「ちょっと黙っててくれない？　僕、集中したいんだ」

しかし、いざハーマイオニーが静かになってみれば、ハリーの頭の中は真っ白になり、ブンブンという音が鳴り響いて集中するどころではなかった。ハリーは救いようのない気持ちで、本の索引をたどっていた。

『忙しいビジネス魔ンのための簡単な呪文――即席頭の皮はぎ』……でもドラゴンは髪の毛がないよ……『胡椒《こしょう》入りの息』……これじゃ、ドラゴンの吐く火が強くなっちゃう……『角《つの》のある舌』……ばっちりだ。これじゃ敵にもう一つ武器を与えてしまうじゃないか……」

「ああ、いやだ。またあの人だわ。どうして自分のボロ船で読書しないのかしら?」

ハーマイオニーがいらだった。ビクトール・クラムが入ってくるところだった。いつもの前屈みで、むっつりと二人を見て、本の山と一緒に遠くの隅に座った。

「行きましょうよ、ハリー。談話室にもどるわ……。あの人のファンクラブがすぐくるわ。ピーチクパーチクって……」

そして、そのとおり、二人が図書室を出るとき、女子生徒の一団が、忍び足で入ってきた。中の一人は、ブルガリアのスカーフを腰に巻きつけていた。

その夜ハリーは、ほとんど眠れなかった。月曜の朝目覚めたとき、ハリーははじめて真剣にホグワーツから逃げ出すことを考えた。しかし、朝食のときに大広間を見回して、ホグワーツ城を去るということがなにを意味するかを考えたとき、ハリーはやはりそれはありえないと思った。ハリーがいままでに幸せだと感じたのは、ここしかない……そう、両親と一緒だったときも、きっと幸せだったろう。しかし、ハリーはそれを覚えていない。

ここにいてドラゴンに立ち向かうほうが、ダドリーと一緒のプリベット通りにもどるよりはましだ。それがはっきりしただけで、ハリーは少し落ち着いた。やっとのことでベーコンを飲み込み（ハリーの喉《のど》は、あまりうまく機能していなかった）、ハリーとハーマイオニーが立ち上がると、ちょうどセドリック・ディゴリーもハッフルパフのテーブルを立つところだった。

セドリックはまだドラゴンのことを知らない……マダム・マクシームとカルカロフが、ハリーの考えるとおりフラーとクラムに話をしていたとすれば、代表選手の中で知らないのはセドリックただ一人だ。セドリックが大広間を出ていくところを見ていて、ハリーの気持ちは決まった。

「ハーマイオニー、温室で会おう。先に行ってて。すぐ追いつくから」ハリーが言った。

「ハリー、遅れるわよ。もうすぐベルが鳴るのに――」

「追いつくよ。オッケー？」

ハリーが大理石の階段の下にきたとき、セドリックは階段の上にいた。六年生の友達が大勢一緒だった。ハリーはその生徒たちの前でセドリックに話をしたくはなかった。みな、ハリーが近づくといつも、リータ・スキーターの記事を持ち出す連中だった。ハリーは間を置いてセドリックのあとをつけた。すると、セドリックが「呪文学」の教室への廊下に向かっていることがわかった。そこでハリーは閃《ひらめ》いた。一団から離れたところで、ハリーは杖《つえ》を取り出し、しっかり狙いを定めた。

「ディフィンド！　裂けよ！」

セドリックの鞄が裂けた。羊皮紙《ようひし》やら、羽根ペン、教科書がバラバラと床に落ち、インク瓶《びん》がいくつか割れた。

「かまわないで」友人がかがみ込んで手伝おうとしたが、セドリックはまいったなという声で言った。「フリットウィックに、すぐに行くって伝えてくれ。さあ行って……」

ハリーの思う壺だった。杖をローブにしまい、ハリーはセドリックの友達が教室へと消えるのを待った。そして、二人しかいなくなった廊下を急いでセドリックに近づいた。

「やあ」インクまみれになった『上級変身術』の教科書を拾い上げながらセドリックが挨拶した。「僕の鞄、たったいま破れちゃって……まだ新品なんだけど……」

「セドリック、第一の課題はドラゴンだ」

「えっ？」セドリックが目を上げた。

「ドラゴンだよ」ハリーは早口に言った。「フリットウィック先生がセドリックはどうしたかと見に出てきたら困る。「四頭だ。一人に一頭。僕たち、ドラゴンを出し抜かないといけない」

セドリックはまじまじとハリーを見た。ハリーが土曜日の夜以来感じてきた恐怖感が、いまセドリックのグレーの目にちらついているのを、ハリーは見た。

「確かかい？」セドリックが声をひそめて聞いた。

「絶対だ。僕、見たんだ」ハリーが答えた。

「しかし、君、どうしてわかったんだ？　僕たち知らないことになっているのに
……」

「気にしないで」ハリーは急いで言った――本当のことを話したら、ハグリッドが困ったことになる。「だけど、知ってるのは僕だけじゃない。フラーもクラムも、もう知っているはずだ――マダム・マクシームとカルカロフの二人も、ドラゴンを見ている」

セドリックはインクまみれの羽根ペンや、羊皮紙《ようひし》、教科書を腕一杯に抱えて、すっと立った。破れた鞄が肩からぶら下がっている。セドリックはハリーをじっと見つめた。当惑したような、ほとんど疑っているような目つきだ。

「どうして、僕に教えてくれるんだい？」セドリックが聞いた。

ハリーは信じられない気持ちでセドリックを見た。セドリックだって自分の目であのドラゴンを見ていたなら、絶対にそんな質問はしないだろうに。最悪の敵にだって、ハリーはなんの準備もなくあんな怪物に立ち向かわせたりはしない――まあ、マルフォイやスネイプならどうかわからないが……。

「だって……それがフェアじゃないか？」ハリーは答えた。「もう僕たち全員が知っ

てる……これで足並みが揃ったんじゃない？」

セドリックはまだ少し疑わしげにハリーを見つめていた。そのとき、聞き慣れたコツッコツッという音がハリーの背後から聞こえた。振り向くと、マッド‐アイ・ムーディが近くの教室から出てくる姿が目に入った。

「ポッター、一緒にこい」ムーディがうなるような声で言った。「ディゴリー、もう行け」

ハリーは不安げにムーディを見た。二人の会話を聞いたのだろうか？

「あの――先生。僕、『薬草学』の授業が――」

「かまわん、ポッター。わしの部屋にきてくれ……」

ハリーは、今度はなにが起こるのだろうと思いながら、ムーディに従った。ハリーがどうしてドラゴンのことを知ったか、ムーディが問いただしたいのだとしたら？ムーディはハグリッドのことをダンブルドアに告げ口するのだろうか？それとも、ハリーをケナガイタチに変えてしまうだけだろうか？まあ、イタチになったほうが、ドラゴンを出し抜きやすいかもしれない、とハリーはぼんやり考えた。小さくなったら、十五、六メートルの高さからはずっと見えにくくなるし……。

ハリーはムーディの部屋に入った。ムーディはドアを閉め、向きなおってハリーを見た。「魔法の目」も普通の目も、ハリーに注がれた。

「いま、おまえのしたことは、ポッター、非常に道徳的な行為だ」ムーディは静かに言った。

ハリーはなんと言ってよいかわからなかった。こういう反応はまったく予期していないものだった。

「座りなさい」ムーディに言われてハリーは座り、あたりを見回した。

この部屋には、これまで二人のちがう先生のときに、何度かきたことがある。ロックハート先生のときは、壁にベタベタ貼られた先生自身の写真が笑顔を振りまいたり、ウィンクしたりしていた。ルーピンのときは、先生が授業で使うために手に入れた、新しいなんだかおもしろそうな闇の生物の見本が置いてあったものだ。しかしいまこの部屋は、とびきり奇妙なもので一杯だった。ムーディが「闇祓《やみばら》い」時代に使っていたものだろう。

机の上には、ひびの入った大きなガラスの独楽《こま》のようなものがあった。ハリーは、それが「かくれん防止器」だとすぐにわかった。ムーディのよりはずっと小さいが、ハリーも一つ持っている。隅の小さいテーブルには、ことさらにくねくねした金色のテレビアンテナのような物が立っている。かすかにブーンとうなりを上げていた。ハリーの向かい側の壁に掛かった鏡のようなものは、部屋を映してはいない。影のようなぼんやりした姿が、中で蠢《うごめ》いている。どの姿もぼやけていた。

「わしの『闇検知器《やみけんちき》』が気に入ったか？」ハリーを観察していたムーディが聞いた。

「あれはなんですか？」ハリーは金色のくねくねアンテナを指さした。

『秘密発見器』だ。なにか隠しているものや、嘘を探知すると振動する……ここでは、もちろん、干渉波《かんしょうは》が多すぎて役に立たない――生徒たちが四方八方で嘘をついている。なぜ宿題をやってこなかったかとかだがな。ここにきてからというもの、ずっとうなりっぱなしだ。『かくれん防止器』も止めておかなければならなくなった。終始警報を鳴らし続けるのでな。こいつは特別に感度がよく、半径二キロの事象を拾う。もちろん、子供のガセネタばかりを拾っているわけではないはずだが」ムーディはうなるように最後の言葉をつけ足した。

「それじゃ、あの鏡はなんのために？」

「ああ、あれはわしの『敵鏡《てきかがみ》』だ。こそこそ歩き回っているのが見えるか？　やつらの白目が見えるほどに接近してこないうちは安泰だ。見えたときが、わしのトランクを開くときだ」

ムーディは短く乾いた笑いを漏《も》らし、窓の下に置いた大きなトランクを指さした。七つの鍵穴が一列に並んでいる。いったいなにが入っているのかと考えていると、ムーディが問いかけてきて、ハリーは突然現実に引きもどされた。

「すると……ドラゴンのことを知ってしまったのだな？」

ハリーは言葉に詰まった。これを恐れていた——しかし、ハリーはセドリックにも言わなかったし、ムーディにもけっして言いはしない。ハグリッドが規則を破ったなどと言うものか。

「大丈夫だ」ムーディは腰を下ろして木製の義足を伸ばし、うめいた。「カンニングは三校対抗試合の伝統で、昔からあった」

「僕、カンニングしてません」ハリーは断言した。「ただ——偶然知ってしまったんです」

ムーディはにやりとした。

「お若いの、わしは責めているわけではない。はじめからダンブルドアに言ってある。ダンブルドアはあくまでも高潔にしていればよいが、あのカルカロフやマクシームはけっしてそういうわけにはいくまいとな。連中は、自分たちが知るかぎりのすべてを代表選手に漏《も》らすだろう。連中は勝ちたい。ダンブルドアを負かしたい。ダンブルドアも普通のヒトだと証明してみせたいのだ」

ムーディはまた乾いた笑い声を上げ、「魔法の目」がぐるぐる回った。あまりに速く回るので、ハリーは見ていて気分が悪くなってきた。

「それで……どうやってドラゴンを出し抜くか、なにか考えはあるのか？」ムーディが聞いた。

「いえ」ハリーが答えた。

「ふむ。わしは教えんぞ」ムーディがぶっきらぼうに言った。「わしは、贔屓《ひいき》はせん。わしはな、おまえにいくつか一般的なよいアドバイスをするだけだ。その第一は――自分の強みを生かす試合をしろ」

「僕、強みなんてなにもない」ハリーは思わず口走った。

「なんと」ムーディがうなった。「おまえには強みがある。わしがあると言ったらある。考えろ。おまえが得意なのはなんだ？」

ハリーは気持ちを集中させようとした。僕の得意なものはなんだっけ？　ああ、簡単じゃないか、まったく――。

「クィディッチ」ハリーはそろそろと答えた。「それがどんな役に立つって――」

「そのとおり」ムーディはハリーをじっと見据えた。「魔法の目」がほとんど動かなかった。

「おまえは相当の飛び手だと、そう聞いた」

「うーん、でも……」ハリーも見つめ返した。「箒《ほうき》の持ち込みは許可されていません。杖《つえ》だけだし――」

「二番目の一般的なアドバイスは」ムーディはハリーの言葉を遮《さえぎ》り、大声で言った。「効果的で簡単な呪文を使い、自分に必要なものを手に入れる」

ハリーはきょとんとしてムーディを見た。自分に必要なものってなんだろう？

「さあ、さあ、いい子だ……」ムーディがささやいた。「二つを結びつけろ……そんなに難しいことではない……」

ついに、閃《ひらめ》いた。ハリーが得意なのは飛ぶことだ。ドラゴンを空中で出し抜く必要がある。それには、ファイアボルトが必要だ。そして、そのファイアボルトのために必要なのは――。

「ハーマイオニー」十分後、第三温室に到着したハリーは、スプラウト先生のそばを通り過ぎる際に急いで謝り、ハーマイオニーに小声で呼びかけた。「ハーマイオニー――助けて欲しいんだ」

「ハリーったら、私、これまでだってそうしてきたでしょう？」

ハーマイオニーも小声で答えた。「ブルブル震える木」の剪定《せんてい》をしながら、潅木《かんぼく》の上から顔を覗かせたハーマイオニーは、心配そうに目を大きく見開いていた。

「ハーマイオニー、『呼び寄せ呪文』を明日の午後までにちゃんと覚える必要があるんだ」

そして、二人は練習を始めた。昼食を抜いて、空いている教室に行き、ハリーは全力を振りしぼり、いろいろな物を教室の向こうから自分のほうへと飛ばせてみた。まだうまくいかなかった。本や羽根ペンが、部屋を飛ぶ途中で腰砕けになり、石が落ちるように床に落ちた。

「集中して、ハリー、集中よ……」

「これでも集中してるんだ」ハリーは腹が立った。「なぜだか、頭の中に恐ろしい大ドラゴンがポンポン飛び出してくるんだ……ようし、もう一回……」

ハリーは「占い学」をさぼって練習を続けたかったが、ハーマイオニーに「数占い」の授業を欠席するなんてとんでもない、ときっぱり断られた。ハーマイオニーなしで続けても意味がない。そこでハリーは、一時間以上、トレローニー先生の授業に耐えなければならなかった。授業の半分は火星と土星のいま現在の位置関係が持つ意味の説明に費やされた。七月生まれの者が、突然痛々しい死を迎える危険性がある位置だという。

「ああ、そりゃいいや」とうとう癇癪《かんしゃく》を抑え切れなくなって、ハリーが大声で言った。「長引かないほうがいいや。僕、苦しみたくないから」

ロンが一瞬噴き出しそうな顔をした。ここ何日振りかで、ロンはたしかにハリーの目を見た。しかし、まだロンに対する怒りが治まらないハリーは、それに反応する気にならなかった。それから授業が終わるまで、ハリーは机の下で杖《つえ》を使い、小さなものを呼び寄せる練習をした。ハエを一匹、自分の手の中に飛び込ませることに成功したが、自分の「呼び寄せ呪文」の威力なのかどうかは自信がなかった――もしかしたら、ハエがばかだっただけなのかもしれない。

「占い学」のあと、ハリーはむりやり夕食を少しだけ飲み込み、先生たちに会わないように「透明マント」を使って、ハーマイオニーと一緒に空いた教室にもどった。練習は真夜中過ぎまで続いた。ピーブズが現れなかったら、もっと長くやれたかもしれない。ピーブズは、ハリーが物を投げつけて欲しがっていると勘違いしたようなふりをして、部屋の向こうから椅子を投げつけはじめた。物音でフィルチがやってこないうちに、二人は急いで教室を出てグリフィンドールの談話室にもどってきた。ありがたいことに、そこにはもうだれもいなかった。

午前二時、ハリーは山ほどのいろいろな物に囲まれ、暖炉のそばに立っていた――本、羽根ペン、逆さまになった椅子が数脚、古いゴブストーン・ゲーム一式、それにネビルのヒキガエル「トレバー」もいた。最後の一時間で、ハリーはやっと「呼び寄せ呪文」のコツをつかんだ。

「よくなったわ、ハリー。ずいぶんよくなった」ハーマイオニーは疲れ切った顔で、しかしとてもうれしそうに言った。

「うん、これから僕が呪文をうまく使えなかったときにはどうすればいいのか、わかったよ」

ハリーはそう言いながらルーン文字の辞書をハーマイオニーに投げ返し、もう一度練習することにした。

「ドラゴンがくるって、僕を脅せばいいのさ。それじゃ、やるよ……」ハリーはもう一度杖《つえ》を上げた。「アクシオ！　辞書よこい！」

重い辞書がハーマイオニーの手を離れて浮き上がり、部屋を横切ってハリーの手に収まった。

「ハリー、あなた、できたわよ。ほんと！」ハーマイオニーは大喜びだった。

「明日うまくいけば、だけどね」ハリーが言った。「ファイアボルトはここにある物よりずっと遠いところにあるんだ。城の中に。僕は外で、競技場にいる……」

「関係ないわ」ハーマイオニーがきっぱり言った。「ほんとに、本当に集中すれば、ファイアボルトは飛んでくるわ。ハリー、私たち、少しは寝たほうがいい……あなた、睡眠が必要よ」

その夜は、「呼び寄せ呪文」を習得するのに全神経を集中していたお陰で、言い知れない恐怖感も少しは薄れていた。しかし、翌朝にはそれがそっくりもどってきた。学校中の空気が、緊張と興奮で張り詰めている。授業は半日で終わり、生徒がドラゴンの囲い地に出かける準備の時間が与えられた――もちろんみなは、そこになにがあるのかを知らなかった。

ハリーは周囲のみなから切り離されているような奇妙な感じがした。がんばれと応援してくれようが、すれちがいざま「ティッシュ一箱用意してあるぜ、ポッター」と憎まれ口をたたかれようが、ちがいはなかった。神経が極度に高ぶっている。ドラゴンの前に引き出されたら、理性など吹き飛んでだれかれ見境なく呪いをかけはじめるのではないかとさえ思えた。

時間もこれまでになくおかしな動き方をした。ボタッボタッと大きな塊《かたまり》になって時が飛び去り、一時間目の「魔法史」で机を前に腰掛けたかと思っていたら、次の瞬間は昼食に向かっていた……そして（いったい午前中はどこに行ったんだ？　ドラゴンなしの最後の時間はどこに？）、マクゴナガル先生が大広間にいるハリーのところへ急いでやってきた。大勢の生徒がハリーを見つめている。

「ポッター、代表選手は、すぐ競技場に行かなければなりません……第一の課題の準備をするのです」

「わかりました」立ち上がると、ハリーのフォークがカチャリと皿に落ちた。

「がんばって！　ハリー！」ハーマイオニーがささやいた。「きっと大丈夫！」

「うん」ハリーの声は、いつもの自分の声とまるでちがっていた。

ハリーはマクゴナガル先生と一緒に大広間を出た。先生もいつもの先生らしくない。事実、ハーマイオニーと同じくらい心配そうな顔をしている。石段を下りて十一月の午後の寒さの中に出てきたとき、先生はハリーの肩に手を置いた。

「さあ、落ち着いて」先生が言った。「冷静さを保ちなさい……手に負えなくなれば、事態を収める魔法使いたちが待機しています……大切なのは、ベストを尽くすことです。そうすれば、だれもあなたのことを悪く思ったりはしません……大丈夫ですか？」

「はい」ハリーは自分がそう言うのを聞いた。「はい、大丈夫です」

マクゴナガル先生は、禁じられた森の縁を回り、ハリーをドラゴンのいる場所へと連れていった。囲い地の手前の木立ちに近づき、はっきり囲い地が見えるところまでくると、そこにはテントが張られていた。テントの入口がこちら側を向いていて、ドラゴンはテントで隠されている。

「ここに入って、ほかの代表選手たちと一緒にいなさい」マクゴナガル先生の声がやや震えていた。「そして、ポッター、あなたの番を待つのです。バグマン氏が中にいます……バグマン氏が説明します――手続きを……。がんばりなさい」

「ありがとうございます」ハリーはどこか遠くで声がするような、抑揚のない言い方をした。先生はハリーをテントの入口に残して去り、ハリーは中に入った。

フラー・デラクールが片隅の低い木の椅子に座っていた。いつもの落ち着きはなく、青ざめて冷汗をかいていた。ビクトール・クラムはいつもよりさらにむっつりしている。これがクラムなりの不安の表し方なのだろうと、ハリーは思った。セドリックは往《い》ったり来たりを繰り返していた。ハリーが入っていくと、セドリックはちょっとほほえんだ。ハリーもほほえみ返した。まるでほほえみ方を忘れてしまったかのように、顔の筋肉が強ばっているのを感じた。

「ハリー！　よーし、よし！」バグマンがハリーのほうを振り向いて、うれしそうに言った。「さあ、入った、入った。楽にしたまえ！」

青ざめた代表選手たちの中に立っているバグマンは、なぜか、大げさな漫画のキャラクターのように見えた。今日もまた、昔のチーム、ワスプスのユニフォームを着ている。

「さて、もう全員集合したな――話して聞かせるときがきた！」バグマンが陽気に言った。「観衆が集まったら、わたしから諸君一人ひとりにこの袋を渡し」――バグマンは紫の絹でできた小さな袋を、みなの前で振って見せた――「その中から、諸君はこれから直面するものの小さな模型を選び取る！　さまざまな――えー――ちがいがある。それから、なにかもっと諸君に言うことがあったな……ああ、そうだ……諸君の課題は、金の卵を取ることだ！」

ハリーはちらりとみなを見た。セドリックは一回うなずいて、バグマンの言ったことがわかったことを示した。それから、ふたたびテントの中を往《い》ったり来たりしはじめたが、少し青ざめて見えた。フラー・デラクールとクラムは、まったく反応しなかった。口を開けば吐《は》いてしまうと思ったのだろうか。たしかに、ハリーはそんな気分だった。しかし、少なくともほかのみなは自分から名乗り出たんだ……。

それからすぐ、何百、何千もの足音がテントのそばを通り過ぎるのが聞こえた。足音の主たちは興奮して笑いさざめき、冗談を言い合っている……。ハリーはその群れが、自分とは人種がちがうかのような感じがした。そして――ハリーにはわずか一秒しか経っていないように感じられたが――バグマンが紫の絹の袋の口を開けた。

「レディー・ファーストだ」バグマンは、フラー・デラクールに袋を差し出した。

フラーは震える手を袋に入れ、精巧なドラゴンのミニチュア模型を取り出した――ウェールズ・グリーン普通種だ。首のまわりに「2」の数字をつけている。フラーがまったく驚いた素振りもなくかえって決然と受け入れた様子からして、やっぱりマダム・マクシームはこれから起こることを、すでにフラーに教えていたようだ。

クラムについても同じだった。クラムは真っ赤な中国火の玉種を引き当てた。首に「3」がついている。クラムは瞬き一つせず、ただ地面を見つめていた。

セドリックが袋に手を入れ、首に「1」の札をつけた、青みがかったグレーのスウェーデン・ショート‐スナウト種を取り出した。残りがなにか知ってはいたが、ハリーは絹の袋に手を入れた。出てきたのはハンガリー・ホーンテール、「4」の番号だった。ハリーが見下ろすと、ミニチュアは両翼を広げ、ちっちゃな牙《きば》をむいた。

「さあ、これでよし！」バグマンが言った。「諸君は、各々が出会うドラゴンを引き出した。番号はドラゴンと対決する順番だ。いいかな？　さて、わたしは行かなければならん。解説者なんでね。ディゴリー君、君が一番だ。ホイッスルが聞こえたら、まっすぐ囲い地に行きたまえ。いいね？　さてと……ハリー……ちょっと話があるんだが、いいかね？　外で？」

「えぇと……はい」ハリーはなにも考えられなかった。立ち上がり、バグマンと一緒に外に出た。バグマンはちょっと離れた木立ちへと誘い、父親のような表情を浮かべてハリーを見た。

「気分はどうだね、ハリー？　なにかわたしにできることはないか？」

「えっ？　僕――いいえ、なにも」

「作戦はあるのか？」バグマンが、共犯者同士ででもあるかのように声をひそめた。

「なんなら、その、少しヒントをあげてもいいんだよ。いや、なに」バグマンはさらに声をひそめた。「ハリー、君は、不利な立場にある……なにかわたしが役に立てば……」

「いいえ」ハリーは即座に言ったが、それではあまりに失礼に聞こえると気づき、言いなおした。「いいえ――僕、どうするか、もう決めています。ありがとうございます」

「ハリー、だれにもばれやしないよ」バグマンはウィンクした。

「いいえ、僕、大丈夫です」言葉とはうらはらにハリーは、どうして僕はみなに「大丈夫だ」ばかりを言っているんだろうと訝《いぶか》った――こんなに「大丈夫じゃない」ことが、これまでにあっただろうか。「作戦は練ってあります。僕――」

どこかでホイッスルが鳴った。

「こりゃ大変。急いで行かなきゃ」バグマンはあわてて駆け出した。

ハリーはテントにもどった。セドリックがこれまでよりも青ざめた顔で中から出てきた。ハリーはすれちがいながら、がんばってと言いたかった。しかし、口をついて出てきたのは、言葉にならないしわがれた音だった。

ハリーはフラーとクラムのいるテントにもどった。数秒後に大歓声が聞こえた。セドリックが囲い地に入り、あの模型の生きた本物版と向き合っているのだ……。

そこに座ってただ聞いているだけというのは、ハリーが想像していたよりもずっと恐怖をかき立てた。セドリックがスウェーデン・ショート‐スナウトを出し抜こうと、いったいなにをやっているのかはわからないが、まるで全員の頭が一つの体につながっているように、観衆はいっせいに悲鳴を上げ……さけび……息を呑《の》んだ。クラムはまだ地面を見つめたままだ。今度はフラーがセドリックの足跡をたどるように、テントの中をぐるぐる歩き回っていた。バグマンの解説がますます不安感をあおった……聞いているハリーの頭に、恐ろしいイメージが浮かんでくる。「おぉぉぅ、危なかった、危機一髪」……「これは危険な賭けに出ました。これは！」……「うまい動きです――残念、だめか！」

そして、かれこれ十五分も経ったころ、ハリーは耳をつんざく大歓声を聞いた。まちがいなく、セドリックがドラゴンを出し抜いて金の卵を取ったのだ。

「本当によくやりました！」バグマンがさけんでいる。「さて、審査員の点数です！」

しかし、バグマンは点数を読み上げはしなかった。審査員が点数を掲げて、観衆に見せているのだろうと、ハリーは想像した。

「一人が終わって、あと三人！」ホイッスルがまた鳴り、バグマンが大声で呼んだ。「ミス・デラクール。どうぞ！」

フラーは頭のてっぺんから爪先まで震えていた。そんなフラーに、ハリーはいままでより親しみを感じながら、顔をしゃんと上げ杖《つえ》をしっかりつかんでテントから出ていく彼女を見送った。ハリーはクラムと二人取り残され、テントの両端で互いに目を合わせないように座っていた。

同じことが始まった……「おー、これはどうもよくない！」バグマンの興奮した陽気なさけび声が聞こえてきた。「おー……危うく！　さあ慎重に……ああ、なんと、今度こそやられてしまったかと思ったのですが！」

それから十分後、ハリーはまた観衆の拍手が爆発するのを聞いた。フラーも成功したにちがいない。フラーの点数が示されている間の、一瞬の静寂……また拍手……そして、三度目のホイッスル。

「そして、いよいよ登場。ミスター・クラム！」バグマンがさけび、クラムが前屈みに出ていったあと、ハリーは本当にひとりぼっちになった。

ハリーはいつもより自分の体を意識していた。心臓の鼓動が速くなるのを、指が恐怖にぴりぴりするのを、ハリーははっきり意識した……しかし同時に、ハリーは自分の体を抜け出したかのように、まるで遠く離れたところにいるかのように、テントの壁を目にし、観衆の声を耳にしていた……。

「なんと大胆な！」バグマンがさけび、中国火の玉種がギャーッと恐ろしいうなり声を上げるのが聞こえた。観衆が、いっせいに息を呑《の》んだ。「いい度胸を見せました――そして――やった。卵を取りました！」

拍手喝采《かっさい》が、張り詰めた冬の空気を、ガラスを割るように粉々に砕いた。クラムが終わったのだ――いまにも、ハリーの番がくる。

ハリーは立ち上がった。ぼんやりと、自分の足がマシュマロにでもなったような感じがした。ハリーは待った。ホイッスルが聞こえ、ハリーはテントから出た。恐怖感が体の中でずんずん高まってくる。そしていま、木立ちを過ぎ、ハリーは囲い地の柵《さく》の切れ目から中に入った。

目の前のすべてが、まるで色あざやかな夢のように思えた。何百何千という顔がスタンドからハリーを見下ろしている。前にハリーがここに立ったときにはなかったスタンドが、魔法で作り出されていた。そして、ホーンテールがいた。囲い地の向こう端に、一胎《ひとはら》の卵をしっかり抱えて伏せている。両翼を半分開き、邪悪な黄色い目でハリーを睨《にら》み、鱗《うろこ》に覆われた黒いトカゲのような怪物は、棘《とげ》だらけの尾を地面に激しく打ちつけ、硬い地面に、幅一メートルもの溝を掘り込んでいた。観衆は大騒ぎしていた。それが友好的な騒ぎかどうかなど、ハリーは知りもしなければ気にもならなかった。いまこそ、やるべきことをやるのだ……気持ちを集中させろ、全神経を完全にたった一つの望みの綱に。ハリーは杖《つえ》を上げた。

「アクシオ！　ファイアボルト！」ハリーがさけんだ。

ハリーは待った。神経の一本一本が、望み、祈った……もしうまくいかなかったら……もしファイアボルトがこなかったら……まわりのものすべてが、蜃気楼《しんきろう》のように、揺らめく透明な壁を通して見えるような気がした。囲い地も何百という顔も、ハリーのまわりで奇妙にゆらゆらしている……。

そのとき、ハリーは聞いた。背後の空気を貫いて滑空してくる音を。振り返ると、ファイアボルトが森の端《はた》からハリーめがけてビュンビュン飛んでくるのが見えた。そして囲い地に飛び込み、ハリーの脇でピタリと止まり、宙に浮いたままハリーが乗るのを待った。観衆の騒音が一段と高まった……バグマンがなにかさけんでいる……しかしハリーの耳はもはや正常に働いてはいなかった……聞くなんてことは重要じゃない……。

ハリーは片足をさっと上げて箒《ほうき》にまたがり、地面を蹴った。そして次の瞬間、奇跡とも思えるなにかが起こった……。

飛翔したとき、風が髪をなびかせたとき、ずっと下で観衆の顔が肌色の点になりホーンテールが犬ほどの大きさに縮んだとき、ハリーは気づいた。地面を離れただけでなく、恐怖からも離れたことを……ハリーは自分の世界に帰ったのだ……。

クィディッチの試合と同じだ。それだけなんだ……またクィディッチの試合をしているだけなんだ。ホーンテールは醜悪な敵のチームじゃないか……。

ハリーは抱え込まれた卵を見下ろし、金の卵を見つけた。ほかのセメント色の卵に交じって光を放ち、ドラゴンの前足の間に安全に収まっている。

「オッケー」ハリーは自分に声をかけた。「陽動作戦だ……行くぞ……」

ハリーは急降下した。ホーンテールの首がハリーを追った。ドラゴンの次の動きを読んでいたハリーは、それより一瞬早く上昇に転じた。そのまま突き進んでいたなら直撃されていたにちがいない場所めがけて火炎が噴射された……しかし、ハリーは気にもしなかった……ブラッジャーを避けるのとおんなじだ……。

「いやあ、たまげた。なんたる飛びっぷりだ！」バグマンがさけんだ。観衆は声をしぼり、息を呑《の》んだ。「クラム君、見てるかね？」

ハリーは高く舞い上がり、弧を描いた。ホーンテールはまだハリーの動きを追っている。長い首を伸ばし、その上で頭がぐるぐる回っている――このまま続ければ、うまい具合に目を回すかもしれない――しかし、あまり長くは続けないほうがいい。さもないと、ホーンテールがまた火を吐《は》くかもしれない――。

ハリーは、ホーンテールが口を開けたとたんに、急降下した。しかし、今度はいまひとつツキがなかった――炎はかわしたが、代わりに尻尾《しっぽ》が鞭《むち》のように飛んできた。ハリーは左に逸《そ》れて尾をかわしたが、長い棘《とげ》が一本ハリーの肩をかすめ、ローブを引き裂いた――。ハリーは傷がズキズキするのを感じ、さけんだりうめいたりする観衆の声を聞いた。しかし傷はそれほど深くなさそうだ……今度はホーンテールの背後に回り込んだ。そのとき、これなら可能性があると、あることを思いついた……。

ホーンテールは飛び立とうとはしなかった。卵を守る気持ちのほうが強いようだ。

身をよじり、翼を閉じたり広げたりしながら恐ろしげな黄色い目でハリーを見張り続けていたが、卵からあまり遠くに離れるのが心配なのだ……しかし、なんとかしてホーンテールが離れるようにしなければハリーは絶対に卵に近づけない……慎重に、徐々にやるのがコツだ……。

ハリーはあちらへひらり、こちらへひらり、ホーンテールがハリーを追いはらおうとして炎を吐いたりすることがないように一定の距離を取り、しかもハリーから目を逸らさないように、十分に脅しをかけられる近さを保って飛んだ。ホーンテールは首をあちらへゆらりこちらへゆらりと振り、縦長に切れ込んだ瞳でハリーを睨《にら》み、牙《きば》をむいた……。

ハリーはより高く飛んだ。ホーンテールの首がハリーを追って伸びた。いまや伸ばせるだけ伸ばし、首をゆらゆらさせている。蛇使いの前の蛇のように……。

ハリーはさらに一メートルほど高度を上げた。ホーンテールはいらだちのうなり声を上げた。ホーンテールにとってハリーはハエのようなものだ。バシッとたたき落としたいハエだ。尻尾がまたバシリと鞭のように動いた。が、ハリーはいまや届かない高みにいる……ホーンテールは炎を吹き上げた。ハリーがかわした……ホーンテールの顎《あご》がガッと開いた……。

「さあこい」ハリーは歯を食いしばった。焦《じ》らすようにホーンテールの頭上をくねって飛ぶ。「ほーら、ほら、捕まえてみろ……立ち上がれ。そら……」

そのとき、ホーンテールが後足で立った。ついに広げ切った巨大な黒なめし革のような両翼は、小型飛行機ほどもある――ハリーは急降下した。ドラゴンが、ハリーがいったいなにをしたのか、どこに消えたのかに気づく前に、ハリーは全速力で突っ込んだ。鉤爪《かぎづめ》のある前足が離れ、無防備になった卵めがけて一直線に――ファイアボルトから両手を離した――ハリーは金の卵をつかんだ――。

猛烈なスパートをかけ、ハリーはその場を離れた。スタンドのはるか上空へ、ずしりと重たい卵をけがしなかったほうの腕にしっかり抱え、ハリーは空高く舞い上がった。まるでだれかがボリュームを元にもどしたかのように――そのときはじめてハリーは大観衆の騒音を確かにとらえた。観客は声をかぎりにさけび、拍手喝采《かっさい》している。ワールドカップのアイルランドのサポーターのように――。

「やった！」バグマンがさけんでいる。「やりました！　最年少の代表選手が、最短時間で卵を取りました。これでポッター君の優勝の確率が高くなるでしょう！」

ドラゴン使いが、ホーンテールを鎮《しず》めるために急いで駆け寄るのが見えた。そして囲い地の入口に、急ぎ足でハリーを迎えにくるマクゴナガル先生、ムーディ先生、ハグリッドの姿が見えた。みながハリーに向かって、こっちへこいと手招きしている。遠くからでもはっきりとみなの笑顔が見えた。鼓膜が痛いほどの大歓声の中、ハリーはスタンドへと飛びもどり、あざやかに着地した。何週間振りかの爽快さ……最初の課題をクリアした。僕は生き残った……。

「すばらしかったです。ポッター！」ファイアボルトを降りたハリーに、マクゴナガル先生がさけんだ──マクゴナガル先生としては、最高級の褒《ほ》め言葉だ。ハリーの肩を指さしたマクゴナガル先生の手が震えているのに、ハリーは気がついた。

「審査員が点数を発表する前に、マダム・ポンフリーに見てもらう必要があります……さあ、あちらへ。もうディゴリーも手当てを受けています……」

「やったな、ハリー！」ハグリッドの声がかすれた。「おまえはやっつけたんだ！しかも、あのホーンテールを相手に。チャーリーが言ったろうが。あいつがいっち番ひどい──」

「ありがとう。ハグリッド」ハリーは声を張り上げた。ハグリッドがハリーに前もってドラゴンを見せたなどとうっかりばらさないようにだ。

「簡単でうまい作戦だ。ポッター」うなるようにムーディが言った。「魔法の目」が、眼窩《がんか》の中で踊っていた。

「よろしい。それではポッター、救急テントに、早くなさい……」マクゴナガル先生が言った。

まだハアハア息をはずませながら囲い地から出たハリーは、二番目のテントの入口で心配そうに立っているマダム・ポンフリーの姿を見た。

「ドラゴンなんて！」

ハリーをテントに引き入れながらマダム・ポンフリーが苦り切ったように言った。テントは小部屋に分かれていて、キャンバス地を通して、セドリックだとわかる影が見えた。セドリックのけがは大したことはなさそうだ。少なくとも、上半身を起こしていた。マダム・ポンフリーはハリーの肩を診察しながら、怒ったようにしゃべり続けた。

「去年は吸魂鬼《ディメンター》、今年はドラゴン、次はなにを学校に持ち込むことやら？　あなたは運がよかったわ……傷は浅いほうです……でも、治す前に消毒が必要だわ……」

マダム・ポンフリーは傷口を、なにやら紫色の液体で消毒した。煙が出てぴりぴり浸《し》みた。ポンフリーが杖《つえ》でハリーの肩を軽くたたくと、ハリーは、傷がたちまち癒《い》えるのを感じた。

「さあ、しばらくじっと座っていなさい——お座りなさい！　そのあとで点数を見にいってよろしい」

マダム・ポンフリーはあわただしくテントを出ていったが、隣の部屋に行って話をするのが聞こえてきた。

「気分はどう？　ディゴリー？」

ハリーはじっと座っていたくなかった。まだアドレナリンではち切れそうだった。立ち上がり、外でなにが起こっているのかを見ようとした。しかし、テントの出口にもたどり着かないうちに、二人の人間が飛び込んできた――ハーマイオニーと、すぐ後ろにロンだった。

「ハリー、あなた、すばらしかったわ！」ハーマイオニーが上ずった声で言った。顔に爪の跡がついている。恐怖でギュッと爪を立てていたのだろう。「あなたって、すごいわ！　あなたって、本当に！」

しかし、ハリーはロンを見ていた。真っ青な顔で、まるで幽霊のようにハリーを見つめている。

「ハリー」ロンが深刻な口調で言った。「君の名前をゴブレットに入れたやつがだれだったにしろ――僕――僕、そいつは君を殺そうとしてるんだと思う」

この数週間が、溶け去ったかのようだった――まるで、ハリーが代表選手になったその直後にロンに会っているような気がした。

「気がついたってわけかい？」ハリーは冷たく言った。「ずいぶん長いことかかったな」

ハーマイオニーが心配そうに二人の間に立って、二人の顔を交互に見ていた。ロンが曖昧に口を開きかけた。ハリーにはロンが謝ろうとしているのがわかった。突然、ハリーは、そんな言葉を聞く必要がないのだと気づいた。

「いいんだ」ロンがなにも言わないうちにハリーが言った。「気にするな」

「いや」ロンが言った。「僕、もっと早く――」

「気にするなって」ハリーが言った。

ロンがおずおずとハリーに笑いかけた。ハリーも笑い返した。

ハーマイオニーがワッと泣き出した。

「なにも泣くことはないじゃないか！」ハリーはおろおろした。

「二人とも、ほんとに大ばかなんだから！」

ハーマイオニーは地団駄《じだんだ》を踏みながら、ぼろぼろ涙を流し、さけぶように言った。

それから、二人が止める間もなく、ハーマイオニーは二人を抱きしめ、今度はワンワン泣き声を上げて走り去ってしまった。

「狂ってるよな」ロンがやれやれと頭を振った。「ハリー、行こう。君の点数が出るはずだ……」

金の卵とファイアボルトを持ち、一時間前にはとうてい考えられなかったほど意気揚々とした気分で、ハリーはテントをくぐり外に出た。ロンがすぐ横で早口にまくし立てた。

「君が最高だったさ。だれもかなわない。セドリックはへんてこなことをやったんだ。グラウンドにあった岩を変身させた……犬に……ドラゴンが自分の代わりに犬を追いかけるようにしようとした。うん、変身としてはなかなか格好よかったし、うまくいったとも言えるな。だって、セドリックは卵を取ったからね。でも火傷しちゃった――ドラゴンが途中で気が変わって、ラブラドールよりセドリックのほうを捕まえようって思ったんだな。セドリックは辛《かろ》うじて逃れたけど。それから、あのフラーって子は、魅惑呪文《みわくじゅもん》みたいなのをかけた。恍惚《こうこつ》状態にしようとしたんだろうな――うん、それもまあ、うまくいった。ドラゴンがすっかり眠くなって。だけど、いびきをかいたら、鼻から炎が噴き出して、スカートに火がついてさ――フラーは杖《つえ》から水を出して消したんだ。それから、クラム――君、信じられないと思うよ。クラムったら、飛ぶことを考えもしなかった！　だけど、クラムが君の次によかったかもしれない。なんだか知らないけど呪文をかけて、目を直撃したんだ。ただ、ドラゴンが苦しんでのたうち回ったんで、本物の卵の半数はつぶれっちまった――審査員はそれで減点したんだ。卵にダメージを与えちゃいけなかったんだよ」

二人が囲い地の端までやってきたとき、ロンはやっと息をついた。ホーンテールはもう連れ去られていたので、ハリーは五人の審査員が座っているのを見ることができた――囲い地の向こう正面に設けられた、金色のドレープがかかった一段高い席に座っている。

「十点満点で各審査員が採点するんだ」ロンが言った。ハリーが目を凝らしてグラウンドの向こうを見ると、最初の審査員——マダム・マクシーム——が杖《つえ》を宙に上げていた。長い、銀色のリボンのようなものが杖先から噴き出し、ねじれて大きな8の字を描いた。

「よし、悪くないぜ！」ロンが言った。観衆が拍手している。「君の肩のことで減点したんだと思うな……」

クラウチ氏の番だ。「9」の数字を高く上げた。

「いけるぞ！」ハリーの背中をバシンとたたいて、ロンがさけんだ。

次は、ダンブルドアだ。やはり「9」を上げた。観衆がいっそう大きく歓声を上げた。

ルード・バグマン——10点。

「10点？」ハリーは信じられない気持ちだった。「だって……僕、けがしたし……なんの冗談だろう？」

「文句言うなよ、ハリー」ロンが興奮してさけんだ。

そして最後に、カルカロフが杖を上げた。一瞬間を置いて、やがて杖から数字が飛び出した——「4」。

「なんだって？」ロンが怒ってわめいた。「4点？　卑怯者、依怙贔屓《えこひいき》のくそったたれ。クラムには10点やったくせに！」

ハリーは気にしなかった。たとえカルカロフが0点を出しても気にしなかったろう。ロンがハリーの代わりに憤慨してくれることのほうが、ハリーにとっては一〇〇点の価値があった。もちろんハリーはロンにはそう言わなかったが、囲い地を去るときのハリーの気分は、空気よりも軽やかだった。それに、ロンだけではなかった……観衆の声援もグリフィンドールからだけではなかった。その場に臨んでハリーが立ち向かったものがなんなのかを見たとき、全校生の大部分がセドリックばかりでなく、ハリーの味方にもなった……スリザリンなんかどうでもよかった。ハリーはもう、スリザリン生になんと言われようががまんできる。

「ハリー、同点で一位だ！　君とクラムだ！」学校にもどりかけたとき、チャーリー・ウィーズリーが急いでやってきて言った。「じゃあ、おれ、急いで行かなくちゃ。行って、お袋にふくろうを送るんだ。結果を知らせるって約束したからな――しかし、信じられないよ！――あ、そうだ――君に伝えてくれって言われたんだけど、もうちょっと残っていてくれってさ……バグマンが代表選手のテントで話があるんだそうだ」

ロンが待っていると言ったので、ハリーはふたたびテントに入った。テントがいまや、まったくちがったものに見えた。親しみがこもり、歓迎しているようだ。ハリーは、ホーンテールをかいくぐっているときの気持ちを思い浮かべ、対決に出ていくまでの長い待ち時間の気持ちと比べてみた……比べるまでもない。待っていたときのほうが、計り知れないほどひどいものだった。

フラー、セドリック、クラムが一緒に入ってきた。

セドリックは、顔の半分がオレンジ色の軟膏《なんこう》でべったりと覆われていた。それが火傷を治しているのだろう。セドリックはハリーを見てにっこりした。

「よくやったな、ハリー」

「君も」ハリーも笑みを返した。

「全員、よくやった！」ルード・バグマンがはずむ足取りでテントに入ってきた。まるで自分がたったいまドラゴンを出し抜いたかのようにうれしそうだ。

「さて、手短に話そう。第二の課題まで、十分に長い休みがある。第二の課題は、二月二十四日の午前九時半に開始される――しかし、それまでの間、諸君に考える材料を与える！　諸君が持っている金の卵を見てもらうと、開くようになっているのがわかると思う……蝶番《ちょうつがい》が見えるかな？　その卵の中にあるヒントを解くんだ――それが第二の課題がなにかを教えてくれるし、諸君に準備ができるようにしてくれる！　わかったかな？　大丈夫か？　では、解散！」

ハリーはテントを出て、ロンと一緒に、禁じられた森の端《はた》に沿って帰り道をたどった。二人は夢中で話した。ハリーはほかの選手がどうやったか、もっと詳しく聞きたかった。ハリーが木陰に隠れて最初にドラゴンが吠えるのを聞いたその木立ちを回り込んだとき、木陰から魔女が一人飛び出した。

リータ・スキーターだった。今日は派手な黄緑色のローブを着ていて、手に持った自動速記羽根ペンが、ローブの色に完全に隠されていた。

「おめでとう、ハリー！」リータはハリーに向かって笑いかけた。「一言いただけない？　ドラゴンに向かったときの感想は？　点数の公平性について、いま現在、どんな気持ち？」

「ああ、一言あげるよ」ハリーは邪険《じゃけん》に言った。「バイバイ」

そして、ハリーは、ロンと連れ立って城への道を歩いた。

第21章　屋敷しもべ妖精解放戦線

その晩ハリー、ロン、ハーマイオニーの三人は、ピッグウィジョンを探しにふくろう小屋に向かった。シリウスに手紙を送り、ハリーが無傷で、対決したドラゴンを出し抜いたことを知らせるためだ。道々ハリーは、久しぶりで話すロンに、シリウスがカルカロフについて言ったことを一部始終話して聞かせた。カルカロフが〝死喰い人《デス・イーター》〟だったと聞かされて最初はショックを受けたロンも、ふくろう小屋に着いたときにははじめからそれを疑ってかかるべきだったと言うようになっていた。

「辻褄《つじつま》が合うじゃないか？」ロンが言った。「マルフォイが汽車の中で言ってたこと、覚えてるか？　あいつの父親がカルカロフと友達だって。あいつらがどこで知り合ったかこれでわかったぞ。ワールドカップじゃ、きっと二人一緒に仮面をかぶって暗躍してたんだ……これだけは言えるぞ、ハリー。カルカロフがゴブレットに君の名前を入れたんだとしたら、きっといまごろばかを見たと思ってるさ。うまくいかなかったたろ？　君はかすり傷だけだった！　――どいて、僕が捕まえるよ――」

ピッグウィジョンは、手紙を運ばせてもらえそうなので大興奮し、ホッホッとひっきりなしに鳴きながらハリーの頭上をぐるぐる飛び回っている。ロンがピッグウィジョンをひょいと空中でつかみ、ハリーが手紙を足にくくりつける間、動かないように押さえていた。

「ほかの課題は、絶対あんなに危険じゃないよ。だって、ありえないだろ？」

ピッグウィジョンを窓際に運びながらロンがしゃべり続けた。

「あのさあ、僕、この試合で君が優勝できると思う。ハリー、マジでそう思う」

この数週間の態度の埋め合わせのためにロンがそう言っているということは、ハリーにもわかっている。それでもうれしかった。しかし、ハーマイオニーはふくろう小屋の壁に寄りかかり、腕組みをしながらしかめ面でロンを見た。

「この試合が終わるまで、ハリーにとってまだ先は長いのよ」ハーマイオニーは真剣だ。「あれが第一の課題なら、次はなにがくるやら、考えるのもいや」

「君って、太陽のように明るい人だね」ロンが言った。「トレローニーと、いい勝負だよ」

ロンは窓からピッグウィジョンを放した。ピッグウィジョンはとたんに四、五メートル墜落して、それからやっとなんとか舞い上がった。足にくくりつけられた手紙は、いつもよりずっと長い、重い手紙だった――ハリーは、シリウスに詳しく話したい気持ちを抑え切れなかったのだ。ホーンテールをどんなふうに避け、回り込み、かわしたのか、一撃一撃を詳しく書きたかった。

三人がピッグウィジョンが闇に消えていくのを見送ってから、ロンが言った。

「さあ、ハリー、下に行って、君のびっくりパーティに出なきゃ――フレッドとジョージがいまごろはもう厨房《ちゅうぼう》から食べ物をどっさりくすねてきてるはずだ」

まさに、そのとおりだった。グリフィンドールの談話室に入ると、歓声とさけび声がふたたび爆発した。山のようなケーキ、大瓶《おおびん》入りのかぼちゃジュースやバタービールが、どこもかしこもびっしりだった。リー・ジョーダンが「ドクター・フィリバスターのヒヤヒヤ花火」を破裂させたあとだったので、まわり中に星や火花が散っていた。絵の上手なディーン・トーマスが、見事な新しい旗を何枚か作っていたが、そのほとんどがファイアボルトでホーンテールの頭上をブンブン飛び回るハリーを描いていた。ほんの二、三枚だけ、頭に火のついたセドリックの絵があった。

ハリーは食べ物を取った。まともな空腹感がどんなものか、そのときまでほとんど忘れていた。ハリーはロンやハーマイオニーと一緒に座り、信じられないくらい幸せだった。ロンが自分の味方にもどってきてくれた。第一の課題をクリアしたし、第二の課題まではまだ三月《みつき》もある。

「おっどろいた。これ、重いや」リー・ジョーダンが、ハリーがテーブルに置いておいた金の卵を持ち上げ、手で重みを計りながら言った。「開けてみろよ、ハリー、さあ！　中になにがあるか見ようぜ！」

「ハリーは自分一人でヒントを見つけることになってるのよ」すかさずハーマイオニーが言った。「試合のルールで決まっているとおり……」

「ドラゴンを出し抜く方法も、自分一人で見つけることになってたんだけど」ハリーがハーマイオニーにだけ聞こえるようにつぶやくと、ハーマイオニーはばつが悪そうに笑った。

「そうだ、そうだ。ハリー、開けろよ！」何人かが同調した。リーから卵を渡されたハリーは、卵のまわりにぐるりとついている溝に爪を立ててこじ開けた。

空っぽだ。きれいさっぱり空っぽだった――しかし、ハリーが開けたとたん、世にも恐ろしい、大きなキーキー声の咽《むせ》び泣きのような音が、部屋中に響き渡った。ハリーが聞いたことのある音の中でこれに一番近いのは、「ほとんど首なしニック」の「絶命日パーティ」で聞いた、ゴースト・オーケストラの奏者全員が弾いていた鋸《のこぎり》楽《がっ》器《き》の音だ。

「黙らせろ！」フレッドが両手で耳を覆ってさけんだ。

「いまのはなんだ？」ハリーがバチンと閉めた卵をまじまじと見つめながら、シェーマス・フィネガンが言った。「バンシー妖怪の声みたいだったな……もしかしたら、次にやっつけなきゃいけないのはそれだぞ、ハリー！」

「だれかが拷問を受けてた！」ネビルはソーセージ・ロールをバラバラと床に落として、真っ青になっている。「君は『磔《はりつけ》の呪文』と戦わなくちゃならないんだ！」

「ばか言うなよ、ネビル。あれは違法だぜ」ジョージが言った。「代表選手に『磔の呪文』をかけたりするもんか。おれが思うに、ありゃ、パーシーの歌声にちょっと似てたな……もしかしたら、やつがシャワーを浴びてるときに襲わないといけないのかもしれないぜ、ハリー」

「ハーマイオニー、ジャム・タルト、食べるかい？」フレッドが勧めた。

ハーマイオニーはフレッドが差し出した皿を疑わしげに見た。フレッドがニヤッと笑った。

「大丈夫だよ。なんにもしてないよ。でもクリームサンド・ビスケットのほうはご用心さ――」

ちょうどビスケットにかぶりついていたネビルが、咽《む》せて吐き出した。

「ほんの冗談さ、ネビル……」フレッドが笑い出した。

ハーマイオニーがジャム・タルトを取った。

「これ、全部厨房《ちゅうぼう》から持ってきたの？　フレッド？」ハーマイオニーが聞いた。

「うん」フレッドがハーマイオニーを見て、ニヤッと笑った。

「旦那《だんな》さま、なんでも差し上げます。なんでもどうぞ！」屋敷しもべのかん高いキーキー声で、フレッドが言った。「連中は本当に役に立つ……おれがちょっと腹がすいてるって言ったら、雄牛の丸焼きだって持ってくるぜ」

「どうやってそこに入るの？」ハーマイオニーはさり気ない、なんの下心もなさそうな声で聞いた。

「簡単さ」フレッドが答えた。「果物が盛ってある器の絵の裏に、隠し戸がある。梨をくすぐればいいのさ。するとクスクス笑う。そこで――」

フレッドは口を閉じて、疑うようにハーマイオニーを見た。

「なんで聞くんだ？」

「別に」ハーマイオニーが口早に答えた。

「屋敷しもべを率いてストライキをやらかそうっていうのかい？」ジョージが言った。「ビラ撒《ま》きとかなんとかはあきらめて、連中を焚《た》きつけて反乱か？」

何人かがおもしろそうに笑ったが、ハーマイオニーはなにも言わなかった。

「連中をそっとしておけ。服や給料をもらうべきだなんて連中に言うんじゃないぞ！」フレッドが忠告した。「料理に集中できなくなっちまうからな！」

ちょうどそのとき、ネビルが大きなカナリアに変身してしまい、みなの注意が逸《そ》れた。

「あ――ネビル、ごめん！」みながゲラゲラ笑う中で、フレッドがさけんだ。「忘れてた――おれたち、やっぱりクリームサンドに呪いをかけてたんだ――」

一分も経たないうちに、ネビルの羽が抜けはじめ、全部抜け落ちるといつもとまったく変わらない姿のネビルがふたたび現れた。ネビル自身もみなと一緒に笑った。

「カナリア・クリーム！」興奮しやすくなっている生徒たちに向かって、フレッドが声を張り上げた。「ジョージと僕とで発明したんだ――一個七シックル。お買い得だよ！」

ハリーがやっと寝室に入ったのは、夜中の一時近く。ロン、ネビル、シェーマス、ディーンも一緒だった。四本柱のベッドのカーテンを引く前に、ハリーはベッド脇の小机にハンガリー・ホーンテールのミニチュアを置いた。するとミニチュアはあくびをし、体を丸めて眼を閉じた。ほんとだ――ベッドのカーテンを閉めながら、ハリーは思った――ハグリッドの言うことも、あながちまちがいじゃないな……悪くないよ、ドラゴンって……。

十二月が、風と霙《みぞれ》を連れてホグワーツにやってきた。冬になるとホグワーツ城はたしかに隙間風だらけだったが、湖に浮かぶダームストラングの船のそばを通るたびに、ハリーは城の暖炉に燃える火や厚い壁をありがたく思った。船は強い風に揺れ、黒い帆が暗い空にうねっていた。ボーバトンの馬車もずいぶん寒いことだろう。ハグリッドがマダム・マクシームの馬たちに、好物のシングルモルト・ウィスキーをたっぷり飲ませていることにも、ハリーは気づいていた。放牧場の隅に置かれた桶《おけ》から漂ってくる酒気だけで、「魔法生物飼育学」のクラス全員が酔っぱらいそうだった。これには弱った。なにしろ、恐ろしいスクリュートの世話を続けていたので、気を確かに持っていなければならなかったからだ。

「こいつらが冬眠するかどうかはわからねえ」吹きっさらしのかぼちゃ畑での授業で、震えている生徒たちにハグリッドが言った。「ひと眠りしてえかどうか、ちいと試してみようかと思ってな……この箱にこいつらをちょっくら寝かせてみて……」

スクリュートはあと一匹しか残っていない。どうやら連中の殺し合い願望は、運動させても収まらないようだった。いまやそれぞれが二メートル近くに育っている。灰色の分厚い甲殻《こうかく》、強力で動きの速い足、火を噴射する尾、棘《とげ》と吸盤など全部が相まって、スクリュートはハリーがこれまで見た中で最も気持ちの悪い生き物だった。クラス全員が、ハグリッドの持ってきた巨大な箱を見てしょげ込んだ。箱には枕が置かれ、ふわふわの毛布が敷き詰められていた。

「あいつらをここに連れてこいや」ハグリッドが言った。「そんでもって、ふたをして様子を見るんだ」

しかし、スクリュートは冬眠しないということが、結果的にはっきりした。枕を敷き詰めた箱に押し込められ、釘づけにされたこともお気に召さなかったようだ。まもなくハグリッドがさけんだ。

「落ち着け、みんな、落ち着くんだ！」

スクリュートはかぼちゃ畑で暴れ回り、畑にはバラバラになった箱の残骸が煙を上げて散らばった。生徒のほとんどが――マルフォイ、クラッブ、ゴイルを先頭に――ハグリッドの小屋に裏木戸から逃げ込み、バリケードを築いて立てこもった。しかし、ハリー、ロン、ハーマイオニーをはじめ何人かは、残ってハグリッドを助けようとした。力を合わせ、なんとかみなで九匹までは取り押さえてお縄にした。おかげで火傷や切り傷だらけになったが、残るは一匹だけだ。

「脅かすんじゃねえぞ、ええか！」ハグリッドがさけんだ。

そのときロンとハリーは、二人に向かってくるスクリュートに杖《つえ》を使って火花を噴射したところだった。背中の棘《とげ》が弓なりに反り、びりびり震え、スクリュートは脅すように二人に迫ってくる。

「棘んところに縄をかけろ。そいつがほかのスクリュートを傷つけねえように！」

「ああ、ごもっともなお言葉だ！」ロンが怒ったようにさけんだ。ロンとハリーは、スクリュートを火花で遠ざけながら、ハグリッドの小屋の壁まで後ずさりしていった。

「おーや、おや、おや……これはとってもおもしろそうざんすね」

リータ・スキーターがハグリッドの庭の柵《さく》に寄りかかって騒ぎを眺めていた。今日は、紫の毛皮の襟がついた赤紫色の厚いマントを着込み、ワニ革のバッグを腕にかけていた。

ハグリッドが、ハリーとロンを追い詰めたスクリュートに飛びかかり、上からねじ伏せた。尻尾《しっぽ》から噴射された火で、その付近のかぼちゃの葉や茎が萎《しな》びてしまった。

「あんた、だれだね？」スクリュートの棘のまわりに輪にした縄をかけ、きつく締めながら、ハグリッドが聞いた。

「リータ・スキーター。『日刊予言者新聞《にっかんよげんしゃしんぶん》』の記者ざんすわ」リータはハグリッドに笑いかけながら答えた。金歯がキラリと光った。

「ダンブルドアが、あんたはもう校内に入ってはならねえと言いなすったはずだが？」

少しひしゃげたスクリュートから降りながらハグリッドはちょっと顔をしかめ、スクリュートを仲間のところへ引いていった。

リータは、ハグリッドの言ったことが聞こえなかったかのように振る舞った。

「この魅力的な生き物はなんて言うざんすの？」ますます笑顔になりながらリータが聞いた。

「『尻尾《しっぽ》爆発スクリュート』だ」ハグリッドがブスッと答えた。

「あらそう？」どうやら興味津々のリータが言った。「こんなの見たことないざんすわ……どこからきたのかしら？」

ハリーはハグリッドの黒いもじゃもじゃひげの奥でじわっと顔が赤くなったのに気づき、どきりとした。ハグリッドはいったいどこからスクリュートを手に入れたのだろう？　どうやらハリーと同じことを考えていたらしいハーマイオニーが、急いで口を挟んだ。

「ほんとにおもしろい生き物よね？　ね、ハリー？」

「え？　あ、痛っ……うん……おもしろいね」ハーマイオニーに足を踏まれながら、ハリーが答えた。

「まっ、ハリー、君、ここにいたの！」リータ・スキーターが振り返って言った。

「それじゃ、『魔法生物飼育学』が好きなの？　お気に入りの科目の一つかな？」

「はい」ハリーはしっかり答えた。ハグリッドがハリーに笑顔をくれた。

「すてきざんすわ」リータが言った。「ほんと、すてきざんすわ。長く教えてるの？」今度はハグリッドにたずねた。

リータの目が生徒から生徒へと移っていくのにハリーは気づいた。ディーン（頬にかなりの切り傷があった）、ラベンダー（ローブがひどく焼け焦げていた）、シェーマス（火傷した数本の指をかばっていた）、それから小屋の窓へ――そこには、クラスの大多数の生徒が、窓ガラスに鼻を押しつけて、外はもう安全かと窺《うかが》っていた。

「まだ今年で二年目だ」ハグリッドが答えた。

「すてきざんすわ……インタビューさせていただけないざんす？　あなたの魔法生物のご経験を少し話してくださらない？　『予言者《よげんしゃ》』では、毎週水曜に動物学のコラムがありましてね。ご存知ざんしょ。特集が組めるわ。この――えーと――尻尾バンバンスクートの」

「『尻尾爆発スクリュート』だ」ハグリッドが熱を込めて言った。「あ――――うん。かまわねえ」

これはまずい、とハリーは思った。しかし、リータに気づかれないようにハグリッドに知らせる方法がなかった。ハグリッドとリータ・スキーターが、今週中のいつか別の日に「三本の箒《ほうき》」でじっくりインタビューをすると約束するのを、ハリーは黙って見ているほかなかった。そのとき城からの鐘が、授業の終わりを告げた。

「じゃあね、さよなら、ハリー！」ロン、ハーマイオニーと一緒に帰りかけたハリーに、リータ・スキーターが陽気に声をかけた。

「じゃ、金曜の夜に。ハグリッド！」

「あの女、ハグリッドの言うこと、みんなねじ曲げるよ」ハリーが声をひそめて言った。

「スクリュートを不法輸入とかしていなければいいんだけど」ハーマイオニーも深刻な声だった。

二人は顔を見合わせた――それこそ、ハグリッドがまさにやりそうなことだった。

「ハグリッドはいままでも山ほど面倒を起こしたけど、ダンブルドアは絶対クビにしなかったよ」ロンが慰めるように言った。「最悪の場合、ハグリッドはスクリュートを始末しなきゃならないだけだろ。あ、失礼……僕、最悪って言った？　最善のまちがい」

ハリーもハーマイオニーも笑った。そして少し元気が出て、昼食に向かった。

その午後、ハリーは「占い学」の二時限続きの授業を十分楽しんだ。中身は相変わらず星座表や予言だったが、ロンとの友情が元にもどったので、なにもかもがまたおもしろくなった。ハリーとロンが自らの恐ろしい死を予測したことでとても機嫌のよかったトレローニー先生は、冥王星《めいおうせい》が日常生活を乱すさまざまな例を説明している間、二人がクスクス笑っていたことでたちまちいらだちを募らせた。

「あたくし、こう思いますのよ」神秘的なささやくような声を出しても、トレローニー先生の機嫌の悪さは隠せなかった。「あたくしたちの中のだれかが」――先生はさも意味ありげな目でハリーを見つめた――「あたくしが昨夜、水晶玉で見たものをご自分の目でご覧になれば、それほど不真面目ではいられないかもしれないと。あたくし、ここに座ってレース編みに没頭しておりましたとき、水晶玉に聞かなければという思いに駆られまして立ち上がりましたの。玉の前に座り、水晶の底の底を覗きましたら……あたくしを見つめ返していたものはなんだったとお思い？」

「でっかいメガネをかけた醜い年寄りのコウモリ？」ロンが息を殺してつぶやいた。

ハリーはまじめな顔をくずさないよう必死でこらえた。

「死ですのよ」

パーバティとラベンダーが、二人ともぞくっとしたように、両手でパッと口を押さえた。

「そうなのです」トレローニー先生がもったいぶってうなずいた。「それはやってくる。ますます身近に、それはハゲタカのごとく輪を描き、だんだん低く……城の上に、ますます低く……」

トレローニー先生はしっかりハリーを見据えた。ハリーはあからさまに大きなあくびをした。

「同じことを八十回も言ってなけりゃ、少しはパンチが効いたかもしれないけど」トレローニー先生の部屋から降りる階段で、やっと新鮮な空気を取りもどしハリーが言った。「だけど、僕が死ぬって先生が言うたびにいちいち死んでたら、僕は医学上の奇跡になっちゃうよ」

「超濃縮ゴーストってとこかな」ロンもおもしろそうに笑った。ちょうど「血みどろ男爵《だんしゃく》」が不吉な目をぎょろぎょろさせながら二人とすれちがうところだった。「宿題が出なかっただけよかったよ。ベクトル先生がハーマイオニーに、がっぽり宿題を出してるといいな。あいつが宿題やってるときにこっちはやることがないってのがいいねえ……」

しかし、ハーマイオニーは夕食の席にいなかった。そのあと二人で図書室に探しにいったが、やはりいなかった。ビクトール・クラムだけだった。ロンは、しばらく書棚の陰をうろうろしながらクラムを眺め、サインを頼むべきかどうかハリーに小声で相談していた——しかしそのとき、六、七人の女子生徒が隣の書棚の陰にひそんで、まったく同じことを相談しているのに気づき、ロンはやる気をなくした。

「あいつ、どこ行っちゃったのかなぁ？」二人でグリフィンドール塔に帰るとき、ロンが言った。

「さあな……『ボールダーダッシュ』」

ところが、「太った婦人《レディ》」が開くか開かないうちに、二人の背後にバタバタと走ってくる音が聞こえた。ハーマイオニーのご到着だ。

「ハリー！」ハリーの横で急停止し、息を切らしながらハーマイオニーが呼びかけた（「太った婦人《レディ》」が眉《まゆ》を吊り上げてハーマイオニーを見下ろした）。「ハリー、一緒にきて――こなきゃだめ。とってもすごいことが起こったんだから――お願い――」

ハーマイオニーはハリーの腕をつかみ、廊下に引きもどそうとした。

「いったいどうしたの？」ハリーが聞いた。

「着いてから見せてあげるから――ああ、早くきて――」

ハリーはロンを振り返った。ロンもいったいなんだろうという顔でハリーを見た。

「オッケー」

ハリーはハーマイオニーと一緒に廊下をもどりはじめ、ロンが急いであとを追った。

「いいのよ、気にしなくて！」「太った婦人《レディ》」が後ろからいらいらとした声をかけた。「わたしに面倒をかけたことを謝らなくてもいいですとも！　わたしはみなさんが帰ってくるまで、ここにこうしてパックリ開いたまま引っかかっていればいいというわけね？」

「そうだよ、ありがと」ロンが振り向きざま答えた。

ハーマイオニーは七階から一階まで二人を引っ張っていった。

「ハーマイオニー、どこに行くんだい？」玄関ホールに続く大理石の階段を下りはじめたとき、ハリーが聞いた。

「いまにわかるわ。もうすぐよ！」ハーマイオニーは興奮していた。

階段を下り切ったところで左に折れると、ドアが見えた。「炎のゴブレット」がセドリックとハリーの名前を吐き出したあの夜、セドリックが通っていったあのドアだ。ハーマイオニーは急いでドアに向かった。ハリーはいままでここを通ったことがない。二人がハーマイオニーのあとについて石段を下りると、そこはスネイプの地下牢に続く陰気な地下通路とはちがって、明々と松明《たいまつ》に照らされた広い石の廊下だった。主に食べ物を描いた、楽しげな絵が飾ってある。

「あっ、待てよ……」廊下の中ほどまできたとき、ハリーがなにか考えながら言った。「ちょっと待って、ハーマイオニー……」

「えっ？」ハーマイオニーはハリーを振り返った。顔中がわくわくしている。

「なんだかわかったぞ」ハリーが言った。

ハリーはロンを小突《こづ》いて、ハーマイオニーのすぐ後ろにある絵を指さした。巨大な銀の器に果物を盛った絵だ。

「ハーマイオニー！」ロンもはっと気づいた。「僕たちを、また『反吐《へど》』なんかに巻き込むつもりだろ！」

「ちがう、ちがう。そうじゃないの！」ハーマイオニーがあわてて言った。「それに、『反吐』って呼ぶんじゃないわよ。ロンったら――」

「名前を変えたとでも言うのか？」ロンがしかめ面でハーマイオニーを見た。「それじゃ今度は、なにになったんだい？　屋敷しもべ妖精解放戦線か？　厨房《ちゅうぼう》に押し入って、あいつらに働くのをやめさせるなんて、そんなの僕はごめんだ――」

「そんなこと、頼みやしないわ！」ハーマイオニーはもどかしげに言った。「私、ついさっき、みんなと話すためにここにきたの。そしたら、見つけたのよ――ああ、とにかくきてよ、ハリー。あなたに見せたいの！」

ハーマイオニーはまたハリーの腕をつかまえ、巨大な果物皿の絵の前まで引っ張ってくると、人差し指を伸ばして大きな緑色の梨をくすぐった。梨はクスクス笑いながら身をよじり、あっという間に大きな緑色のドアの取っ手に変わった。ハーマイオニーは取っ手をつかんでドアを開け、ハリーの背中をぐいと中に押し込んだ。

天井の高い巨大な部屋が、目の前に広がった。上の階にある大広間と同じくらい広く、石壁の前にずらりとピカピカの真鍮《しんちゅう》の鍋《なべ》やフライパンが山積みになっている。部屋の奥には大きなレンガの暖炉があった。次の瞬間、部屋の真ん中からなにか小さな物がハリーに向かって駆けてきた。キーキー声でさけんでいる。

「ハリー・ポッターさま！　ハリー・ポッター！」

キーキー声のしもべ妖精が勢いよく鳩尾《みずおち》にぶつかり、ハリーは息が止まりそうだった。しもべ妖精は、ハリーの肋骨《ろっこつ》が折れるかと思うほど強く抱きしめた。

「ド、ドビー？」ハリーは絶句した。

「はい、ドビーめでございます！」臍《へそ》のあたりでキーキー声が答えた。「ドビーはハリー・ポッターさまに会いたくて会いたくて。そうしたら、ハリー・ポッターはドビーめに会いにきてくださいました！」

ドビーはハリーから離れ、二、三歩下がってハリーを見上げてにっこりした。巨大なテニスボールのような緑の目が、うれし涙で一杯だった。ドビーはハリーの記憶にあるとおりの姿をしていた。鉛筆のような鼻、コウモリのような耳、長い手足の指――ただ、衣服だけはまったくちがっていた。

ドビーがマルフォイ家で働いていたときは、いつも同じ汚れた枕カバーを着ていた。しかしいまは、ハリーが見たこともないようなへんてこな組み合わせの衣装になっている。ワールドカップでの魔法使いたちのマグル衣装より、さらに悪かった。帽子代わりにティーポット・カバーをかぶり、それにキラキラしたバッジをたくさん留めつけている。さらには裸の上半身に、馬蹄《ばてい》模様のネクタイを締め、子供のサッカー用パンツのようなものにちぐはぐな靴下といった出立《いでた》ちだ。その片方には、見覚えがある。ハリーが昔履いていた靴下だ。ハリーはその黒い靴下を脱ぎ、マルフォイ氏がそれをドビーに与えるように計略を仕掛け、ドビーを自由の身にしたのだ。もう片方は、ピンクとオレンジの縞模様《しまもよう》だった。

「ドビー、どうしてここに？」ハリーが驚いてたずねた。

「ドビーはホグワーツに働きにきたのでございます！」ドビーは興奮してキーキー言った。「ダンブルドア校長が、ドビーとウィンキーに仕事をくださったのでございます！」

「ウィンキー？　ウィンキーもここにいるの？」ハリーが聞いた。

「さようでございますとも！」ドビーはハリーの手を取り、四つの長い木のテーブルの間を引っ張って厨房《ちゅうぼう》の奥に連れていった。テーブルの横を通りながら、それぞれがちょうど、大広間の各寮のテーブルの真下に置かれていることにハリーは気づいた。いまは夕食も終わったので、どのテーブルにも食べ物はなかった。しかし、一時間前は食べ物の皿がぎっしり置かれ、天井からそれぞれの寮のテーブルに送られたのだろう。

ドビーがハリーを連れてそばを通ると、少なくとも百人の小さなしもべ妖精が、厨房のあちこちで会釈をしたり、頭を下げたり、膝《ひざ》をちょんと折って宮廷風の挨拶をしたりした。全員が同じ格好をしている。ホグワーツの紋章が入ったキッチンタオルを、ウィンキーが以前に着ていたように、トーガ風に巻きつけて結んでいるのだ。

ドビーはレンガ造りの暖炉の前で立ち止まり、指さしながら言った。

「ウィンキーでございます！」

ウィンキーは暖炉脇の丸椅子に座っていた。ウィンキーはドビーとちがって、洋服漁りをしなかったらしい。洒落た小さなスカートにブラウス姿で、それに合ったブルーの帽子をかぶっている。耳が出るように帽子には穴が開いていた。しかし、ドビーの珍妙なごた混ぜの服は清潔で手入れが行き届き新品のように見えるのに、ウィンキーのほうは、まったく洋服の手入れをしていない。ブラウスの前はスープのシミだらけで、スカートには焼け焦げがあった。

「やあ、ウィンキー」ハリーが声をかけた。

ウィンキーは唇を震わせた。そして泣き出した。クィディッチ・ワールドカップのときと同じように、大きな茶色の目から涙があふれ、滝のように流れ落ちた。

「かわいそうに」ロンと一緒に、ハリーとドビーについて厨房《ちゅうぼう》の奥までやってきていたハーマイオニーが言った。「ウィンキー、泣かないで。お願いだから……」

しかし、ウィンキーはいっそう激しく泣き出した。ドビーのほうは、逆にハリーににっこり笑いかけた。

「ハリー・ポッターは紅茶を一杯お飲みになりますか？」ウィンキーの泣き声に負けない大きなキーキー声で、ドビーが聞いた。

「あ――うん。そうだね」ハリーが答えた。

たちまち、六人ぐらいのしもべ妖精がハリーの背後から小走りにやってきた。ハリー、ロン、ハーマイオニーのために、大きな銀の盆に載せて、ティーポット、三人分のティーカップ、ミルク入れ、大皿に盛ったビスケットを持ってきたのだ。

「サービスがいいなあ！」ロンが感心したように言った。

ハーマイオニーはロンを睨《にら》んだが、しもべ妖精たちは全員うれしそうで、深々と頭を下げながら退《しりぞ》いた。

「ドビー、いつからここにいるの？」ドビーが紅茶の給仕を始めたとき、ハリーが聞いた。

「ほんの一週間前でございます。ハリー・ポッターさま！」ドビーはうれしそうに答えた。「ドビーはダンブルドア校長先生のところにきたのでございます。おわかりいただけると存じますが、解雇されたしもべ妖精が新しい職を得るのは、とても難しいのでございます。ほんとうに難しいので――」

ここでウィンキーの泣き声が一段と激しくなった。つぶれたトマトのような鼻から鼻水がボタボタ垂れたが、止めようともしない。

「ドビーは丸二年間、仕事を探して国中を旅したのでございます！」ドビーはキーキー話し続けた。「でも、仕事は見つからなかったのでございます。なぜなら、ドビーはお給料が欲しかったからです！」

興味津々で見つめ、聞き入っていた厨房《ちゅうぼう》中のしもべ妖精が、この言葉で全員顔を背けた。ドビーが、なにか無作法で恥ずかしいことを口にしたかのようだった。

しかし、ハーマイオニーは、「そのとおりだわ、ドビー！」と言った。

「お嬢さま、ありがとうございます！」ドビーがニカーッと歯を見せてハーマイオニーに笑いかけた。「ですが、お嬢さま、大多数の魔法使いは、給料を要求する屋敷しもべ妖精を欲しがりません。『それじゃ屋敷しもべにならない』とおっしゃるのです。そして、ドビーの鼻先でドアをピシャリと閉めるのです！ドビーは働くのが好きです。でもドビーは服を着たいし、給料をもらいたい。ハリー・ポッター……ドビーめは自由が好きです！」

ホグワーツのしもべ妖精たちは、まるでドビーがなにかの伝染病にでもかかっているかのように、じりっじりっとドビーから離れはじめた。ウィンキーはその場から動かなかったが、明らかに泣き声のボリュームが上がった。

「そして、ハリー・ポッター、ドビーはそのときウィンキーを訪ね、ウィンキーも自由になったことがわかったのでございます！」ドビーがうれしそうに言った。

その言葉に、ウィンキーは椅子から身を投げ出し、石畳の床に突っ伏して小さな拳《こぶし》で床をたたきながら、惨《みじ》めさに打ちひしがれて泣きさけんだ。ハーマイオニーが急いでウィンキーの横にひざまずき慰めようとしたが、なにを言ってもまったくむだだった。

ウィンキーのピーピーという泣き声をしのぐほどのかん高い声を張り上げ、ドビーの物語は続いた。「そして、そのとき、ドビーは思いついたのでございます、ハリー・ポッターさま！『ドビーとウィンキーと一緒の仕事を見つけたら？』と、ドビーが言います。『しもべ妖精が、二人も働けるほど仕事があるところがありますか？』と、ウィンキーが言います。そこでドビーが考えます。そしてドビーは思いついたのでございます！　ホグワーツ！　そしてドビーとウィンキーはダンブルドア校長先生に会いにきたのでございます。そしてダンブルドア校長先生がわたくしたちをお雇いくださいました！」

ドビーはにっこりと本当に明るく笑い、その目にうれし涙がまたあふれた。

「そしてダンブルドア校長先生は、ドビーがそう望むなら、お給料を支払うとおっしゃいました！　こうしてドビーは自由な屋敷妖精になったのでございます。そしてドビーは、一週間に一ガリオンと、一か月に一日のお休みをいただくのです！」

「それじゃ少ないわ！」ハーマイオニーが床に座ったままで、ウィンキーがわめき続ける声や拳《こぶし》で床を打つ音にも負けない声で、怒ったように言った。

「ダンブルドア校長はドビーめに、週十ガリオンと週末を休日にするとおっしゃいました」

ドビーは、そんなに暇や金ができたら恐ろしいとでも言うように、急にぶるっと震えた。

「でも、ドビーはお給料を値切ったのでございます。お嬢さま……。ドビーは自由が好きでございます。でもドビーはそんなにたくさん欲しくはないのでございます。お嬢さま。ドビーは働くのが好きなのでございます」

「それで、ウィンキー、ダンブルドア校長先生は、あなたにはいくら払っているの？」ハーマイオニーがやさしく聞いた。

ハーマイオニーがウィンキーを元気づけるために聞いたつもりだったとしたら、とんでもない見込みちがいだった。ウィンキーは泣きやんだ。しかし、顔中ぐしょぐしょにしながら床に座りなおり、巨大な茶色の目でハーマイオニーを睨《にら》み据《す》えると急に怒り出した。

「ウィンキーは不名誉なしもべ妖精でございます。でも、ウィンキーはまだ、お給料をいただくようなことはしておりません！」ウィンキーはキーキー声を上げた。

「ウィンキーはそこまで落ちぶれてはいらっしゃいません！　ウィンキーは自由にな

ったことをきちんと恥じております！」

「恥じる？」ハーマイオニーは呆気《あっけ》にとられた。「でも──ウィンキー、しっかりしてよ！　恥じるのはクラウチさんのほうよ。あなたじゃない！　あなたはなんにも悪いことをしてないし、あの人はほんとにあなたに対してひどいことを──」

しかし、この言葉を聞くと、ウィンキーは帽子の穴から出ている耳を両手でぴったり押さえつけ、一言も聞こえないようにしてさけんだ。

「あたしのご主人さまを、あなたさまは侮辱なさらないのです！　クラウチさまを、あなたさまは侮辱なさらないのです！　お嬢さま、クラウチさまはよい魔法使いでございます。クラウチさまは悪いウィンキーをクビにするのが正しいのでございます！」

「ウィンキーはなかなか適応できないのでございます。ハリー・ポッター」ドビーはハリーに打ち明けるようにキーキー言った。「ウィンキーは、もうクラウチさんに縛られていないということを忘れるのでございます。なんでも言いたいことを言ってもいいのに、ウィンキーはそうしないのでございます」

「屋敷しもべは、それじゃ、ご主人様のことで、言いたいことが言えないの？」ハリーが聞いた。

「言えませんとも。とんでもございません」ドビーは急に真顔になった。「それが、屋敷しもべ妖精制度の一部でございます。わたくしどもはご主人さまの秘密を守り、沈黙を守るのでございます。主君の家族の名誉を支え、けっしてその悪口を言わないのでございます――でもダンブルドア校長先生はドビーに、そんなことにこだわらないとおっしゃいました。ダンブルドア校長先生は、わたくしどもに――あの――」

ドビーは急にそわそわして、ハリーにもっと近くにくるように合図した。ハリーが身をかがめ、ドビーがささやいた。

「ダンブルドアさまは、わたしどもがそう呼びたければ――老いぼれ偏屈《へんくつ》じじいと呼んでもいいとおっしゃったのでございます！」ドビーは畏《おそ》れ多いという顔でクスッと笑った。「でも、ドビーはそんなことはしたくないのでございます。ハリー・ポッター」

ドビーのしゃべり方が普通になり、耳がパタパタするほど強く首を振った。

「ドビーはダンブルドア校長先生がとても好きでございます。校長先生のために秘密を守るのは誇りでございます」

「でも、マルフォイ一家については、もうなにを言ってもいいんだね？」ハリーはニヤッと笑いながら聞いた。

ドビーの巨大な目に、ちらりと恐怖の色が浮かんだ。

「ドビーは――ドビーはそうだと思います」自信のない言い方だった。そして小さな肩を怒らせ、こう言った。「ドビーはハリー・ポッターに、このことをお話しできます。ドビーの昔のご主人さまたちは――ご主人さまたちは――悪い闇の魔法使いでした！」

ドビーは自分の大胆さに恐れをなして、全身震えながらその場に一瞬立ちすくんだ――それからすぐ近くのテーブルに駆けていき、思い切り頭を打ちつけながら、キーキー声でさけんだ。

「ドビーは悪い子！　ドビーは悪い子！」

ハリーはドビーのネクタイの結び目の部分をつかみ、テーブルから引き離した。

「ありがとうございます。ハリー・ポッター。ありがとうございます」ドビーは頭をなでながら、息もつかずに言った。

「ちょっと練習する必要があるね」ハリーが言った。

「練習ですって？」ウィンキーが怒ったようにキーキー声を上げた。「ご主人さまのことをあんなふうに言うなんて、ドビー、あなたは恥をお知りにならなければなりません！」

「あの人たちは、ウィンキー、もうわたしのご主人ではおありになりません！」ドビーは挑戦するように言った。「ドビーはもう、あの人たちがどう思おうと気にしないのです！」

「まあ、ドビー、あなたは悪いしもべ妖精でいらっしゃいます！」ウィンキーがうめいた。涙がまた顔を濡らしていた。「あたしのおかわいそうなクラウチさま。ウィンキーがいなくて、どうしていらっしゃるでしょう？　クラウチさまはウィンキーが必要です。あたしの助けが必要です！　あたしはずっとクラウチ家のお世話をしていらっしゃいました。あたしの前には母が、あたしのおばあさまはその前に、お世話をしてらっしゃいます……ああ、あの二人は、ウィンキーが自由になったことを知ったら、どうおっしゃるでしょう？　ああ、恥ずかしい。情けない！」ウィンキーはスカートに顔を埋《うず》めてまた泣きさけんだ。

「ウィンキー」ハーマイオニーがきっぱりと言った。「クラウチさんは、あなたがいなくたって、ちゃんとやっているわよ。私たち、最近お会いしたけど――」

「あなたさまはあたしのご主人さまにお会いに？」ウィンキーは息を呑《の》んで涙で汚れた顔をスカートから上げ、ハーマイオニーをじろじろ見た。「あなたさまは、あたしのご主人さまにホグワーツでお目にかかったのですか？」

「そうよ」ハーマイオニーが答えた。「クラウチさんとバグマンさんは、三校対抗試合の審査員なの」

「バグマンさまもいらっしゃる？」ウィンキーがキーキーさけんだ。ウィンキーがまた怒った顔をしたので、ハリーはびっくりした（ロンもハーマイオニーも驚いたらしいことは、二人の顔からわかった)。「バグマンさまは悪い魔法使い！　とても悪い魔法使い！　あたしのご主人さまはあの人がお好きではない。ええ、そうですとも。全然お好きではありません！」

「バグマンが——悪い？」ハリーが聞き返した。

「ええ、そうでございます」ウィンキーが激しく頭を振りながら答えた。「あたしのご主人さまがお話しになったことがあります。でも、でもウィンキーは言わないのです……。ウィンキーは——ウィンキーはご主人さまの秘密を守ります……」

ウィンキーはまたまた涙にかき暮れた。スカートに顔を埋《うず》めてすすり泣く声が聞こえる。

「かわいそうな、かわいそうなご主人さま。ご主人さまを助けるウィンキーがもういない！」

それ以上はウィンキーの口から、ちゃんとした言葉は一言も聞けなかった。みな、ウィンキーを泣くがままにして紅茶を飲み終えた。ドビーはその間、自由な屋敷妖精の生活や、給料をどうするつもりかの計画を楽しそうに語り続けた。

「ドビーはこの次にセーターを買うつもりです。ハリー・ポッター！」ドビーは裸の胸を指さしながら、幸せそうに言った。

「ねえ、ドビー」ロンはこの屋敷妖精がとても気に入った様子だ。「ママが今年のクリスマスに僕に編んでくれるヤツ、君にあげるよ。僕、毎年一枚もらうんだ。君、栗色は嫌いじゃないだろう?」

ドビーは大喜びだった。

「ちょっと縮めないと君には大きすぎるかもしれないけど」ロンが言った。「でも、君のティーポット・カバーとよく合うと思うよ」

帰り仕度を始めると、まわりのしもべ妖精がたくさん寄ってきて、寮に持ち帰ってくださいと夜食のスナックを押しつけた。ハーマイオニーは、しもべ妖精たちがひっきりなしにお辞儀をしたり膝《ひざ》を折って挨拶したりする様子を、苦痛そうに見ながら断ったが、ハリーとロンは、クリームケーキやパイをポケット一杯に詰め込んだ。

「どうもありがとう!」ドアのまわりに集まっておやすみなさいを言うしもべ妖精たちに、ハリーは礼を言った。「ドビー、またね!」

「ハリー・ポッター……ドビーがいつかあなたさまをお訪ねしてもよろしいでしょうか?」

ドビーがためらいながら言った。

「もちろんさ」ハリーが答えると、ドビーはにっこりした。

「あのさ」ロン、ハーマイオニー、ハリーが厨房《ちゅうぼう》をあとにし、玄関ホールへの階段を上りはじめたとき、ロンが言った。「僕、これまでずうっと、フレッドとジョージのこと、本当にすごいと思ってたんだ。厨房から食べ物をくすねてくるなんてさ――でも、そんなに難しいことじゃなかったんだよね？　しもべ妖精たち、差し出したくてうずうずしてるんだ！」

「これは、あの妖精たちにとって、最高のことが起こったと言えるんじゃないかしら」

大理石の階段にもどる道を先頭に立って歩きながら、ハーマイオニーが言った。

「つまり、ドビーがここに働きにきたということが。ほかの妖精たちは、ドビーが自由の身になって、どんなに幸せかを見て、自分たちも自由になりたいと徐々に気づくんだわ！」

「ウィンキーのことをあんまりよく見なければいいけど」ハリーが言った。

「あら、あの子は元気になるわ」そうは言ったものの、ハーマイオニーは少し自信がなさそうだった。「ショックさえ和らげば、ホグワーツにも慣れるでしょうし、あんなクラウチなんて人、いないほうがどんなにいいかわかるわよ」

「ウィンキーはクラウチのこと好きみたいだな」ロンがもごもご言った（ちょうどクリームケーキを頬張ったところだった）。

「でも、バグマンのことはあんまりよく思ってないみたいだね？」ハリーが言った。「クラウチは家の中ではバグマンのことをなんて言ってるのかなぁ？」

「きっと、あんまりいい部長じゃない、とか言ってるんでしょ……はっきり言って……それ、当たってるわよね？」

「僕は、クラウチなんかの下で働くより、バグマンのほうがまだいいな」ロンが言った。「少なくとも、バグマンにはユーモアのセンスってもんがある」

「それ、パーシーには言わないほうがいいわよ」ハーマイオニーがちょっとほほえみながら言った。

「うん、まあね。パーシーは、ユーモアのわかる人の下なんかで働きたくないだろうな」今度はチョコレート・エクレアを頬張りながらロンが言った。「ユーモアってやつが、ドビーのティーポット・カバーをかぶって目の前で裸で踊ったって、パーシーは気がつきゃしないよ」

第22章　予期せぬ課題

「ポッター！　ウィーズリー！　こちらに注目なさい！」

木曜の「変身術」のクラスで、マクゴナガル先生のいらだった声が、鞭《むち》のようにビシッと教室中に響いた。ハリーとロンが跳び上がって先生を見た。

授業も終わりに近づき、生徒はすでに課題をやり終えていた。ホロホロ鳥から変身させたモルモットは、マクゴナガル先生の机の上に置かれた大きな籠《かご》に閉じ込められている（ネビルのモルモットはまだ羽が生えていたが）。黒板に書かれた宿題も写し終わり（「異種間取り替え」を行う場合の「変身呪文」は、どのように調整しなければならないか、例を挙げて説明せよ）、終業のベルがいまにも鳴ろうとしていたときだ。ハリーとロンは、ノレッド、ジョージの「だまし杖《づえ》」を二本持って、教室の後ろの席でちゃんばらに興じていた。ロンはブリキのオウムを手に、ハリーはゴムの鱈《たら》を持ったまま、驚いて先生を見上げた。

「さあ、ポッターもウィーズリーも、年相応な振る舞いをしていただきたいものです」マクゴナガル先生は、二人組を恐い目で睨《にら》んだ。ちょうど、ハリーの鱈《たら》の頭がだらりと垂れ下がり、音もなく床に落ちたところだった――一瞬前にロンのオウムの嘴《くちばし》が切り落としたのだ――。

「みなさんにお話があります。クリスマス・ダンスパーティが近づきました――三大魔法学校対抗試合の伝統でもあり、外国からのお客様と知り合う機会でもあります。さて、ダンスパーティは四年生以上が参加を許されます――下級生を招待することは可能ですが――」

ラベンダー・ブラウンがかん高い声でクックッと笑った。パーバティ・パチルは自分も笑いたいのを顔を歪《ゆが》めて必死でこらえながら、ラベンダーの脇腹を小突《こづ》いた。二人ともハリーを振り返った。二人のことを無視するマクゴナガル先生は、絶対不公平だとハリーは思った。ハリーとロンのことはいま叱ったばかりなのに。

「パーティ用のドレスローブを着用なさい」マクゴナガル先生の話が続いた。「ダンスパーティは、大広間でクリスマスの夜八時から始まり、夜中の十二時に終わります。ところで――」

マクゴナガル先生はことさらに念を入れて、クラス全員を見回した。

「クリスマス・ダンスパーティは私《わたくし》たち全員にとって、もちろん――コホン――髪を解き放ち、羽目をはずすチャンスです」しぶしぶ認めるという声だ。

ラベンダーのクスクス笑いがさらに激しくなり、手で口を押さえて笑い声を押し殺していた。今度はハリーにも、なにがおかしいのかわかった。マクゴナガル先生の髪はきっちりした髷《まげ》に結い上げてあり、どんなときでも髪を解き放ったことなど一度もないように見えた。

「しかし、だからと言って」先生はあとを続けた。「決してホグワーツの生徒に期待される行動基準を緩めるわけではありません。グリフィンドール生が、どんな形にせよ、学校に屈辱を与えるようなことがあれば、私《わたくし》としては大変遺憾《いかん》に思います」

ベルが鳴った。みなが鞄に教材を詰め込んだり肩にかけたりと、いつものあわただしいガヤガヤが始まった。

「ポッター――ちょっと話があります」その騒音をしのぐ声で、マクゴナガル先生が呼びかけた。頭を落とされたゴムの鱈の関係だろうと、暗い気持ちでハリーは先生の机の前に進んだ。

マクゴナガル先生は、ほかの生徒が全員いなくなるまで待って、こう言った。

「ポッター、代表選手とそのパートナーは――」

「なんのパートナーですか？」ハリーが聞いた。

マクゴナガル先生は、ハリーが冗談を言っているのではないかと疑うような目つきをした。

「ポッター、クリスマス・ダンスパーティでの代表選手のお相手のことです」先生は冷たく言い放った。「あなたのダンスのお相手です」

ハリーは内臓が丸まって萎《しな》びるような気がした。

「ダンスのパートナー？」ハリーは赤くなるのを感じた。「僕、ダンスしません」と急いで言った。

「いいえ、するのです」マクゴナガル先生はいらついた声になる。「はっきり言っておきます。伝統に従い、代表選手とそのパートナーが、ダンスパーティの最初に踊るのです」

突然ハリーの頭の中に、シルクハットに燕尾服《えんびふく》の自分の姿が浮かんだ。ペチュニアおばさんがバーノンおじさんの仕事のパーティでいつも着るような、ひらひらしたドレスを着た女の子を連れている。

「僕、ダンスなんかするつもりはありません」ハリーが言った。

「伝統です」マクゴナガル先生がきっぱり言った。「あなたはホグワーツの代表選手なのですから、学校代表としてしなければならないことをするのです。ポッター、必ずパートナーを連れてきなさい」

「でも――僕には――」

「わかりましたね、ポッター」マクゴナガル先生は、問答無用の口調で打ち切った。

一週間前だったら、ハンガリー・ホーンテールに立ち向かうことに比べれば、ダンスのパートナーを見つけることくらいお安い御用だと思ったことだろう。しかし、ホーンテールを片づけたいま、女の子をダンスパーティに誘うという課題をぶつけられると、もう一度ホーンテールと戦うほうがましだとハリーには思えた。

クリスマスにホグワーツに残る希望者リストに、こんなに大勢の名前が書き込まれるのを、ハリーははじめて見た。もちろんハリーはいままでも必ず名前を書いていた。そうでなければプリベット通りに帰るしかなかったからだ。しかし、これまで居残り組は、いつも少数派だった。ところが今年は、四年生以上は全員残るようで、その上、全員がダンスパーティのことで頭が一杯のように見える――少なくとも女子生徒は全員そうだ。ホグワーツにこんなにたくさんの女子がいるなんて、ハリーはいままでまったく気づかなかった。廊下でくすくす笑ったりひそひそささやいたり、男子生徒がそばを通り過ぎるとキャアキャア笑い声を上げたり、クリスマスの夜になにを着ていくかについて夢中で情報交換していたり……。

「どうしてみんな、塊《かたま》って動かなきゃならないんだ？」十二、三人の女子が笑顔を顔に貼りつけながらハリーを見つめて通り過ぎると、ハリーがロンに問いかけた。

「一人でいるところを捕らえて申し込むなんて、どうやったらいいんだろう？」

「投げ縄はどうだ？」ロンが提案した。「だれか狙いたい子がいるかい？」

ハリーは答えなかった。だれを誘いたいかは自分でよくわかっていたが、その勇気があるかどうかは別問題……チョウはハリーより一年上だ。とてもかわいい。クィディッチのいい選手だ。しかも、とても人気がある。

ロンには、ハリーの頭の中で起こっていることがわかっているようだった。

「いいか。君は苦労しない。代表選手じゃないか。ハンガリー・ホーンテールもやっつけたばかりだ。みんな行列して君と行きたがるよ」

最近回復したばかりの友情の証に、ロンはできるだけ嫌味に聞こえないような声でそう言った。しかも、ハリーが驚いたことに、ロンの言うとおりの展開になった。

早速その翌日、ハッフルパフ寮の三年生で巻き毛の女の子が、ハリーとは一度も口をきいたこともないのに、パーティに一緒に行かないかと誘ってきた。ハリーはびっくり仰天し、考える間もなく「ノー」と言っていた。女の子はかなり傷ついた様子で立ち去った。そのあとの「魔法史」の授業中ずっとハリーは、ディーン、シェーマス、ロンの冷やかしに耐えるはめになった。次の日、また二人の女の子がきた。二年生の子と、なんと（恐ろしいことに）五年生の女子で、五年生は、ハリーが断ったらノックアウト・パンチを食らわしそうな様子だった。

「ルックスはなかなかだったじゃないか」さんざん笑ったあと、ロンが公正な意見を述べた。

「僕より三十センチも背が高かった」ハリーはまだショックが収まらなかった。「考えてもみて。僕があの人と踊ろうとしたらどんなふうに見えるか」

ハーマイオニーがクラムについて言った言葉が、しきりに思い出された。

「みんなが夢中なのは、あの人が有名だからよ！」

パートナーになりたいとこれまで申し込んできた女の子たちは、自分が代表選手でなかったら果たして一緒にパーティに行きたいと思ったかどうか疑わしい。しかし、申し込んだのがチョウだったら、自分はそんなことを気にするだろうか、とも思った。

ダンスパーティで最初に踊るという、なんともばつの悪いことが待ち受けてはいたが、全体的に見れば、第一の課題を突破して以来、状況はぐんと改善した。ハリーもそれは認めざるをえなかった。廊下でのいやがらせも、以前ほどひどくはなくなった。セドリックのお陰が大きいのではないかと、ハリーは思った――ハリーがドラゴンのことをこっそりセドリックに教えたお返しに、セドリックがハッフルパフ生にハリーをかまうな、と言ったのではないかと考えられる。「セドリック・ディゴリーを応援しよう」バッジもあまり見かけなくなった。もちろん、ドラコ・マルフォイは、相変わらず、事あるごとにリータ・スキーターの記事を持ち出していたが、それを笑う生徒も徐々に少なくなってきていた——その上、「日刊予言者新聞《にっかんよげんしゃしんぶん》」にハグリッドの記事がまったく出ないのも、ハリーの幸せ気分をいっそう高めていた。

「あの女は、あんまり魔法生物に関心があるようには見えんかったな。正直言うと」

学期最後の「魔法生物飼育学」の授業で、ハリー、ロン、ハーマイオニーが、リータ・スキーターのインタビューはどうだったと聞くと、ハグリッドがそう答えた。いまやハグリッドはスクリュートと直接触れ合うことをあきらめてくれていたので、みなはほっとしていた。今日の授業は、ハグリッドの丸太小屋の陰に隠れ、簡易テーブルのまわりに腰掛け、スクリュートが好みそうな新手の餌を用意するだけだった。

「あの女はな、ハリー、おれにおまえさんのことばっかり話させようとした」ハグリッドが低い声で話し続けた。「まあ、おれは、おまえさんとはダーズリーのところから連れ出して以来ずっと友達だって話した。『四年間で一度も叱ったことはないの？』って聞いてな。『授業中にあなたをいらだたせたりしなかった？』ってな。おれが『ねえ』って言ってやったら、あの女、気に入らねえようだったな。おまえさんのことをな、ハリー、とんでもねえやつだって、おれにそう言わせたかったみてえだ」

「そのとおりさ」ハリーはそう言いながら、大きなボウルにドラゴンのレバーを切った塊《かたまり》をいくつか投げ入れ、もう少し切ろうとナイフを取り上げた。「いつまでも僕のことを、小さな悲劇のヒーロー扱いで書いてるわけにいかないもの。それじゃ、つまんなくなってくるし』

「あいつ、新しい切り口が欲しいのさ、ハグリッド」火トカゲの卵の殻《から》をむきながら、ロンがわかったような口をきいた。「『ハリーは狂った非行少年です』って言わなきゃいけなかったんだ」

「ハリーがそんなわけねえだろう！」ハグリッドはまともにショックを受けたような顔をした。

「あの人、スネイプをインタビューすればよかったんだ」ハリーが不快そうに言った。「『スネイプなら、いつでも僕に関するおいしい情報を提供するだろうに。『本校にきて以来、ポッターはずっと規則破りを続けておる……』とかね」

「そんなこと、スネイプが言ったのか？」ロンとハーマイオニーは笑っていたが、ハグリッドは驚いていた。「そりゃ、ハリー、おまえさんは規則の二つ、三つ曲げたかもしれんが、そんでも、おまえさんはまともだろうが、え？」

「ありがとう、ハグリッド」ハリーがにっこりした。

「クリスマスに、あのダンスなんやらっていうのにくるの？　ハグリッド」ロンが聞いた。

「ちょっと覗いてみるかと思っちょる。うん」ハグリッドがぶっきらぼうに言った。「えぇパーティのはずだぞ。おまえさん、最初に踊るんだろうが、え？　ハリー？　だれを誘うんだ？」

「まだだれも」ハリーはまた顔が赤くなるのを感じた。ハグリッドはそれ以上追及しなかった。

学期最後の週は、日を追って騒がしくなった。クリスマス・ダンスパーティの噂《うわさ》がまわり中に飛び交っていたが、ハリーはその半分は眉唾《まゆつば》だと思った——たとえば、ダンブルドアがマダム・ロスメルタから蜂蜜酒を八百樽《たる》買い込んだとかだ。ただ、ダンブルドアが「妖女《ようじょ》シスターズ」の出演を予約したというのは本当らしかった。「妖女シスターズ」がいったいだれで、なにをするものかは、魔法ラジオを聴く機会のなかったハリーははっきりとは知らなかったが、WWN魔法ラジオネットワークを聴いて育ったほかの生徒たちの異常な興奮振りからすると、きっととても有名なバンドなのだろうと思った。

何人かの先生方は——チビのフリットウィック先生もその一人だが——どの生徒もまったく上の空状態なので、しっかり教え込むのはむりだとあきらめてしまった。フリットウィック先生は水曜の授業で、生徒にゲームをして遊んでよいと言い渡し、自分はほとんどずっと対抗試合の第一の課題でハリーが使った完璧な「呼び寄せ呪文」

についてハリーと話し込んでいた。しかしほかの先生は、そこまで甘くはなかった。たとえばビンズ先生だが、天地がひっくり返ってもこの先生は「小鬼《ゴブリン》の反乱」のノートを延々と読み上げるだろう——自分が死んでも授業を続ける妨げにならなかったビンズ先生のことだ、たかがクリスマスごときでおたおたするような柔《やわ》ではないと、みなそう思った。血生臭い、凄惨《せいさん》な小鬼の反乱でさえ、ビンズ先生の手にかかれば、パーシーの「鍋《なべ》底に関する報告書」と同じように退屈なものになってしまうのは、驚くべきことだった。マクゴナガル先生、ムーディ先生の二人は、最後の一秒まできっちり授業を続けたし、スネイプももちろん、授業で生徒にゲームをして遊ばせるくらいなら、むしろハリーを養子にしただろう。生徒全員を意地悪くじろりと見渡しながら、スネイプは、学期最後の授業で解毒剤のテストをすると言い渡した。

「悪《わる》だよ、あいつ」その夜、グリフィンドールの談話室でロンが苦々しげに言った。「急に最後の授業にテストを持ち出すなんて。山ほど勉強させて、学期末を台無しにする気だ」

「うーん……でも、あなた、あんまり山ほど勉強しているように見えないけど？」

ハーマイオニーは「魔法薬学」のノートから顔を上げて、ロンを見た。ロンは「爆発スナップ」ゲームのカードを積んで城を作るのに夢中だった。カードの城がいつ何時いっぺんに爆発するかわからないので、マグルのカードを使う遊びよりずっとおもしろい。

「クリスマスじゃないか、ハーマイオニー」ハリーが気だるそうに言った。暖炉のそばで、肘掛椅子《ひじかけいす》に座り、『キャノンズと飛ぼう』をもうこれで十回も読んでいるところだった。

ハーマイオニーはハリーにも厳しい目を向けた。

「解毒剤のほうはもう勉強したくないにしても、ハリー、あなた、なにか建設的なことをやるべきじゃないの！」

「たとえば？」ちょうどキャノンズのジョーイ・ジェンキンズがバリキャッスル・バッツのチェイサーにブラッジャーを打ち込む場面を眺めながら、ハリーが聞いた。

「あの卵よ！」ハーマイオニーが歯を食いしばりながら言った。

「そんなぁ。ハーマイオニー、二月二十四日まではまだ日があるよ」ハリーが言った。

金の卵は寝室のトランクにしまい込んであり、ハリーは最初の課題のあとのお祝いパーティ以来一度も開けていなかった。あのけたたましい咽《むせ》び泣きのような音がなにを意味するのかを解明する猶予時間は、とにかくまだ二か月半もあるのだ。

「でも、解明までに何週間もかかるかもしれないわ！」ハーマイオニーが言った。

「ほかの人が全員次の課題を知ってて、あなただけ知らなかったら、まぬけ面もいいとこでしょ！」

「ほっといてやれよ、ハーマイオニー。休息してもいいだけのものを勝ち取ったんだ」ロンはそう言いながら、最後の二枚のカードを城のてっぺんに置いた。とたんに全部が爆発して、ロンの眉毛《まゆげ》が焦《こ》げた。

「男前になったぞ、ロン……おまえのドレスローブにぴったりだ。きっと」フレッドとジョージだった。ロンが眉の焦げ具合を触って調べていると、二人はテーブルにきて、ロン、ハーマイオニーと一緒に座った。

「ロン、ピッグウィジョンを借りてもいいか？」ジョージが聞いた。

「だめ。いま手紙の配達に出てる」ロンが言った。「でも、どうして？」

「ジョージがピッグをダンスパーティに誘いたいからさ」フレッドが皮肉った。

「おれたちが手紙を出したいからに決まってるだろ。ばかちん」ジョージが言った。

「二人でそんなに次々と、だれに手紙を出してるんだ、ん？」ロンが聞いた。

「嘴《くちばし》を突っ込むな。さもないとそれも焦がしてやるぞ」フレッドが脅すように杖《つえ》を振った。「で……みんな、ダンスパーティの相手を見つけたか？」

「まーだ」ロンが言った。

「なら、急げよ、兄弟。さもないと、いいのは全部取られっちまうぞ」フレッドが言った。

「それじゃ、兄貴はだれと行くんだ？」ロンが聞いた。

「アンジェリーナ」フレッドはまったく照れもせず、すぐに答えた。

「え？」ロンは面食らった。「もう申し込んだの？」

「いい質問だ」そう言いながら、やおら後ろを振り向き、フレッドは談話室の向こうに声をかけた。「おーい！　アンジェリーナ！」

暖炉のそばでアリシア・スピネットと話をしていたアンジェリーナが、フレッドのほうを振り向いた。

「なに？」声が返ってきた。

「おれとダンスパーティに行くかい？」アンジェリーナは品定めするようにフレッドを見た。

「いいわよ」アンジェリーナはそう言うと、アリシアに向きなおって話を続けた。口元がかすかに笑っていた。

「こんなもんだ」フレッドがハリーとロンに言った。「かーんたん」

フレッドはあくびをしながら立ち上がった。

「学校のふくろうを使ったほうがよさそうだな、ジョージ、行こうか……」

二人がいなくなった。ロンは眉《まゆ》を触るのをやめ、燻《くすぶ》っているカードの城の残骸《ざんがい》の向こう側からハリーを見た。

「僕たち、行動開始すべきだぞ……だれかに申し込もう。フレッドの言うとおりだ。残るはトロール二匹、じゃ困るぞ」

「ちょっとお伺いしますけど、二匹の……なんですって？」ハーマイオニーは癇《かん》に障《さわ》ったように聞き返した。

「あのさ――ほら」ロンが肩をすくめた。「一人で行くほうがましだろ？――たとえば、エロイーズ・ミジョンと行くくらいなら」

「あの子のにきび、このごろずっとよくなったわ――それにとってもいい子だわ！」

「鼻が真ん中からずれてる」ロンが言った。

「ええ、わかりましたよ」ハーマイオニーが皮肉めかして言った。「それじゃ、基本的にあなたは、お顔のいい順に申し込んで、最初にオーケーしてくれる子と行くわけね。めちゃめちゃいやな子でも？」

「あ――うん。そんなとこだ」ロンが言った。

「私、もう寝るわ」ぴしゃりと言うと、ハーマイオニーは口もきかずに、さっと女子寮への階段に消えた。

ホグワーツの教職員は、ボーバトンとダームストラングの客人を引き続きあっと言わせたいとの願いから、クリスマスには城を最高の状態で見せようと決意したようだ。飾りつけができ上がると、それはハリーがこれまでホグワーツ城で見た中でも最高にすばらしいものだった。大理石の階段の手すりには万年氷の氷柱《つらら》が下がってい て、十二本のクリスマスツリーがいつものように大広間に並び、ツリーの飾りは、赤く輝く柊《ひいらぎ》の実から本物のホーホー鳴く金色のふくろうまで、盛りだくさんだった。鎧兜《よろいかぶと》にはすべて魔法がかけられ、だれかがそばを通るたびにクリスマス・キャロルを歌った。中が空っぽの兜が、歌詞を半分しか知らないのに、「♪神の御子《みこ》は今宵《こよい》しも」と歌うのは、なかなかのものだった。ピーブズは鎧に隠れるのが気に入った上、抜けた歌詞に勝手に自分流の合いの手を入れ、それが全部下品な詞だったので、管理人のフィルチは何度も鎧の中からピーブズを引きずり出さなければならなかった。

それなのにハリーは、まだチョウにダンスパーティの申し込みをしていなかった。ハリーもロンも、いまやだいぶ不安になってきた。しかしハリーは、ロンの場合、相手がいなくてもハリーほどまぬけには見えないだろうと指摘した。なにしろハリーは、ほかの代表選手と一緒に、最初のダンスをしなければならないのだ。

「いざとなれば『嘆きのマートル』がいるさ」ハリーは憂鬱な気分で、三階の女子トイレに取り憑《つ》いているゴーストのことを口にした。

「ハリー——われわれは歯を食いしばって、やらねばならぬ」金曜の朝に難攻不落の砦《とりで》に攻め入る計画を練っているかのように、ロンが言った。「今夜、談話室にもどるときには、われわれは二人ともパートナーを獲得している——いいな？」

「あー……オッケー」ハリーが言った。

しかしその日、チョウを見かけるたび——休憩時間や昼食時間、一度は「魔法史」に行く途中——チョウは友人たちに囲まれていた。いったい全体、一人でどこかに行くことはあるのか？　トイレに入る直前を待ち伏せしてはどうか？　いや、しかし——そこへ行くときさえ、チョウは四、五人の女の子と連れ立っていた。それでも、ハリーがすぐに申し込まないと、チョウはきっとだれかに申し込まれてしまう。

ハリーは、スネイプの解毒剤のテストに身が入らなかった。その結果、大事な材料を一つ加えるのを忘れた——ベゾアール石、山羊《やぎ》の結石——これで点数は最低だった。しかしいまは、そんなことはどうでもよかった。これからやろうとしていることに向かって、勇気を振りしぼるのに精一杯だった。ベルが鳴ったとき、ハリーは鞄を引っつかみ、地下牢教室の出口へと突進した。

「夕食のとき会おう」ハリーはロンとハーマイオニーにそう言うと、階段を駆け上がった。

チョウに、二人だけで少し話がしたいと言うしかない……ハリーはチョウを探しながら、込み合った廊下を急いで通り抜けた。そして、(思ったより早く)チョウを見つけた。「闇の魔術に対する防衛術」の教室から出てくるところだった。

「あの——チョウ？　ちょっと二人だけで話せる？」

チョウと一緒の女の子たちがくすくす笑いはじめた。ハリーは腹が立って、くすくす笑いは法律で禁じるべきだと思った。しかし、チョウは笑わなかった。「いいわよ」と言って、クラスメートに声が聞こえないところまで、ハリーについてきた。ハリーはチョウに向きなおった。まるで階段を下りるとき一段踏み外したように、胃が奇妙に揺れた。

「あの」ハリーが言った。だめだ。チョウに申し込むなんてできない。でもやらなければ。チョウは、そこに立ったまま「なにかしら?」という顔でハリーを見ていた。

舌がまだ十分整わないうちに、言葉が出てしまった。

「ぼくダンパティいたい?」

「え?」チョウが聞き返した。

「よかったら――よかったら、僕とダンスパーティに行かない?」ハリーは言った。どうしていま、僕は赤くならなきゃならないんだ? どうして?

「まあ!」チョウも赤くなった。「まあ、ハリー。本当に、ごめんなさい」チョウは本当に残念そうな顔をした。「もう、ほかの人と行くって言ってしまったの」

「そう」ハリーが言った。変な気持ちだ。いまのいままで、ハリーの内臓は蛇のようにのたうっていたのに、急に腹の中が空っぽになったような気がした。

「そう。オッケー」ハリーは言った。「それならいいんだ」

「本当に、ごめんなさい」チョウがまた謝った。

「いいんだ」

二人は見つめ合ったままそこに立っていた。やがて、チョウが言った。

「それじゃ――」

「ああ」ハリーが言った。

「それじゃ、さよなら」チョウは、まだ顔を赤らめたままそう言うと、歩きはじめた。

「だれと行くの？」ハリーは、思わず後ろからチョウを呼び止めた。

「あの――セドリック」チョウが答えた。「セドリック・ディゴリーよ」

「わかった」ハリーが言った。ハリーの内臓がもどってきた。いなくなっていた間に、どこかで鉛でも詰め込んできたような感じだ。

夕食のことなどすっかり忘れて、ハリーはグリフィンドール塔にのろのろともどっていった。一歩あるくごとに、チョウの声が耳の中でこだました。

「セドリック――セドリック・ディゴリーよ」

ハリーはセドリックが好きになりかけていた。一度クィディッチでハリーを破ったことも、ハンサムなことも人気があることも、ほとんど全校生が代表選手としてセドリックを応援していることも、大目に見ようと思いはじめていた。しかしいま、突然ハリーは気づいた。セドリックは、役にも立たないかわいいだけの、頭は鳥の脳みそくらいしかないやつだ。

「フェアリー・ライト　豆電球」ハリーはのろのろと言った。合言葉は昨日から変わっていた。

「そのとおりよ、坊や！」「太った婦人《レディ》」は歌うように言いながら、真新しいティンセルのヘアバンドをきちんとなおし、パッと開いてハリーを通した。

談話室に入り、ハリーはぐるりと見回した。驚いたことに、ロンが隅のほうで血の気のない顔をして座り込んでいた。ジニーがそばに座って、低い声で慰めるように話しかけていた。

「ロン、どうした？」ハリーは二人のそばに行った。

ロンは、恐怖の表情で呆然とハリーを見上げた。

「僕、どうしてあんなことやっちゃったんだろう？」ロンは興奮していた。「どうしてあんなことをする気になったのか、わからない！」

「なにを？」ハリーが聞いた。

「ロンは——あの——フラー・デラクールに、一緒にダンスパーティに行こうって誘ったの」ジニーが答えた。つい口元が緩みそうになるのを必死でこらえているようだったが、それでもロンの腕を慰めるようになでていた。

「なんだって？」ハリーが聞き返した。

「どうしてあんなことをしたのか、わかんないよ！」ロンがまた絶句した。「いったいなにを考えてたんだろう？　たくさん人がいて——みんなまわりにいて——僕、どうかしてたんだ——みんなが見てた！　僕、玄関ホールでフラーとすれちがったんだ——フラーはあそこに立って、ディゴリーと話してた——そしたら、急に僕、取り憑《つ》かれたみたいになって——あの子に申し込んだんだ！」

ロンはうめき、両手に顔を埋《うず》めた。言葉がよく聞き取れなかったが、ロンはしゃべり続けた。「フラーは僕のこと、ナマコかなにかを見るような目で見たんだ。答えもしなかった。そしたら——なんだか——僕、正気にもどって、逃げ出した」

「あの子にはヴィーラの血が入ってるんだ」ハリーが言った。「君の言ったことが当たってた——おばあさんがヴィーラだったんだ。君のせいじゃない。きっと、フラーがディゴリーに魅力を振りまいていたとき、君が通りかかったんだ。そしてその魅力に当たったんだよ——だけど、フラーは骨折り損だよ。ディゴリーはチョウ・チャンと行く」

ロンが顔を上げた。

「たったいま、僕、チョウに申し込んだんだ」ハリーは気が抜けたように言った。

「そしたら、チョウが教えてくれた」

ジニーが急に真顔になった。

「冗談じゃない」ロンが言った。「相手がいないのは、僕たちだけだ——まあ、ネビルは別として。あ——ネビルがだれに申し込んだと思う？　ハーマイオニーだ！」

「えーっ！」衝撃のニュースで、ハリーはすっかりそちらに気を取られてしまった。

「そうなんだよ！」ロンが笑い出し、顔に少し血の気がもどってきた。「『魔法薬学』の授業のあとで、ネビルが話してくれたんだ！　あの人はいつもとってもやさしくて、僕の宿題とか手伝ってくれるって言うんだよ——でもハーマイオニーはもうだれかと行くことになってるからとネビルに言ったんだって。へん！　まさか！　ただネビルと行きたくなかっただけなんだ……だって、だれがあいつなんかと？」

「やめて！」ジニーが当惑したように言った。「笑うのはやめて——」

ちょうどそのとき、ハーマイオニーが肖像画の穴を這《は》い登ってきた。

「二人とも、どうして夕食にこなかったの？」そう言いながら、ハーマイオニーも仲間に加わった。

「なぜって——ねえ、やめてよ、二人とも。笑うのは——なぜって、二人ともダンスパーティに誘った女の子に、断られたばかりだからよ！」ジニーが言った。

その言葉でハリーもロンも笑うのをやめた。

「大いにありがとよ。ジニー」ロンがむっとしたように言った。

「かわいい子はみんな予約済みってわけ？　ロン？」ハーマイオニーがつんつんしながら言った。「エロイーズ・ミジョンが、いまやちょっとはかわいく見えてきたでしょ？　ま、きっと、どこかにはお二人を受け入れてくれるだれかさんがいるでしょうよ」

しかし、ロンはハーマイオニーをまじまじと見ていた。急にハーマイオニーが別人に見えたような目つきだ。

「ハーマイオニー、ネビルの言うとおりだ――君は、れっきとした女の子だ……」

「まあ、よくお気づきになりましたこと」ハーマイオニーが辛辣《しんらつ》に言った。

「そうだ――君が僕たち二人のどっちかとくればいい！」

「お生憎様《あいにく》」ハーマイオニーがぴしゃりと言った。

「ねえ、そう言わずに」ロンがもどかしそうに言った。「僕たち、相手が必要なんだ。ほかは全部いるのに、僕たちだけだれもいなかったら、ほんとにまぬけに見えるじゃないか……」

「私、一緒には行けないわ」ハーマイオニーが今度は赤くなった。「だって、もう、ほかの人と行くことになってるの」

「そんなはずない！」ロンが言った。「それは、ネビルを追いはらうために言ったたんだろ！」

「あら、そうかしら？」ハーマイオニーの目が危険な輝きを放った。「あなたは、三年もかかってやっとお気づきになられたようですけどね、ロン、だからと言って、ほかのだれも私が女の子だと気づかなかったわけじゃないわ！」

ロンはハーマイオニーをじっと見た。それからまたニヤッと笑った。

「オッケー、オッケー。僕たち、君が女の子だと認める」ロンが言った。「これでいいだろ？　さあ、僕たちと行くかい？」

「だから、言ったでしょ！」ハーマイオニーが本気で怒った。「ほかの人と行くんです！」

そして、また、ハーマイオニーは女子寮のほうへ、さっさと行ってしまった。

「あいつ、嘘ついてる」ロンはその後ろ姿を見ながらきっぱりと言った。

「嘘じゃないわ」ジニーが静かに言った。

「じゃ、だれと？」ロンが声を尖《とが》らせた。

「言わないわ。あたし、関係ないもの」ジニーが言った。

「よーし」ロンはかなり参っているようだった。「こんなこと、やってられないぜ。ジニー、おまえがハリーと行けばいい。僕はただ──」

「あたし、だめなの」ジニーも真っ赤になった。「あたし──あたし、ネビルと行くの。ハーマイオニーに断られたあと、あたしを誘ったの。あたし……だって……誘いを受けないと、ダンスパーティには行けないと思ったの。まだ四年生になっていないし」ジニーはとても惨《みじ》めそうだった。「あたし、夕食にいくわ」そう言うと、ジニーは立ち上がって、うなだれたまま肖像画の穴のほうに歩いていった。

ロンは目を丸くしてハリーを見た。

「あいつら、どうなっちゃってんだ？」ロンがハリーに問いかけた。

しかし、ハリーのほうはちょうど肖像画の穴をくぐってきたパーバティとラベンダーを見つけたところだった。思い切って行動を起こすなら、いまだ。

「ここで、待ってて」ロンにそう言うと、ハリーは立ち上がってまっすぐにパーバティのところに行き、聞いた。「パーバティ？　僕とダンスパーティに行かない？」

パーバティはくすくす笑いの発作に襲われた。ハリーは、ローブのポケットに手を突っ込み、うまくいくように指でお呪《まじな》いをしながら、笑いが収まるのを待った。

「ええ、いいわよ」パーバティはやっとそう言うと、見る見る真っ赤になった。

「ありがとう」ハリーはほっとした。「ラベンダー――ロンと一緒に行かない？」

「ラベンダーはシェーマスと行くの」パーバティが言った。そして二人でますますくすくす笑いをした。ハリーはため息をついた。

「だれか、ロンと行ってくれる人、知らない？」ロンに聞こえないように声を落として、ハリーが聞いた。

「ハーマイオニー・グレンジャーは？」パーバティが言った。

「ほかの人と行くんだって」

パーバティは驚いた顔をした。「へえぇぇっ……いったいだれ？」パーバティは興味津々だ。

ハリーは肩をすぼめて言った。「全然知らない。それで、ロンのことは？」

「そうね……」パーバティはちょっと考えた。「わたしの妹なら……パドマだけど……レイブンクローの。よかったら、聞いてみるけど」

「うん。そうしてくれると助かる。結果を知らせてくれる？」

ハリーはロンのところにもどった。このダンスパーティは、それほどの価値もないのに、余計な心配ばかりさせられると思った。そして、パドマ・パチルの鼻が、顔の真んまん中についていますようにと、心から願った。

第23章　クリスマス・ダンスパーティ

四年生には休暇中にやるべき宿題がどっさり出されたが、学期が終わるとハリーは勉強する気になれず、クリスマスまでの一週間を思い切り遊んだ。ほかの生徒も同じだった。グリフィンドール塔は学期中に負けず劣らず込み合っていた。いつにも増した寮生の騒々しさは、むしろ塔が少し縮んだのではないかと思うほどだった。フレッドとジョージの「カナリア・クリーム」は大成功で、休暇が始まって二、三日は、あちこちで突然わっと羽の生える生徒が発生した。しかし、まもなくグリフィンドール生も知恵がつき、食べ物の真ん中にカナリア・クリームが入ってはいないかと、他人からもらった食べ物には細心の注意を払うようになった。ジョージは、フレッドと二人でもうほかの物を開発中だと、ハリーに打ち明けた。これからは、フレッドやジョージからポテトチップ一枚たりとももらわずにいようと、ハリーは心に刻んだ。ダドリーの「ベロベロ飴《あめ》」騒動を、ハリーはまだ忘れていない。

城にも校庭にも、深々と雪が降っていた。ハグリッドの小屋は、砂糖をまぶした生姜《しょうが》クッキーで作った家のようになり、その隣のボーバトンの薄青い馬車は、粉砂糖のかかった巨大な冷えたかぼちゃのように見えた。ダームストラングの船窓は氷で曇り、帆やロープは真っ白に霜で覆われていた。厨房《ちゅうぼう》のしもべ妖精たちは、いつにも増して大奮闘し、こってりした体の温まるシチューやピリッとしたプディングを次々と出した。フラー・デラクールだけが文句を言った。

「オグワーツのたべもーのは、重すぎまーす」ある晩、大広間を出るとき、フラーが不機嫌そうにブツブツ言うのが聞こえた（ロンは、フラーに見つからないよう、ハリーの陰に隠れてこそこそ歩いていた）。「わたし、パーティーローブが着られなくなりまーす」

「あぁぁら、それは悲劇ですこと」玄関ホールのほうに出ていくフラーを見ながら、ハーマイオニーがぴしゃりと言った。「あの子、まったく、何様だと思ってるのかしら」

「ハーマイオニー――君、だれと一緒にパーティに行くんだい？」ロンが聞いた。ハーマイオニーがまったく予期していないときに聞けば、驚いた拍子に答えるのではないかと、ロンは何度も出し抜けにこの質問を繰り返していた。しかし、ハーマイオニーはただしかめ面をしてこう答えるだけだった。

「教えないわ。どうせあなた、私をからかうだけだもの」

「冗談だろう、ウィーズリー？」背後でマルフォイの声がした。「だれかが、あんなモノをダンスパーティに誘った？　出っ歯の『穢《けが》れた血《ち》』を？」

ハリーもロンも、さっと振り返った。ところがハーマイオニーは、マルフォイの背後のだれかに向かって手を振り、大声で言った。

「こんばんは、ムーディ先生！」

マルフォイは真っ青になって後ろに飛び退《の》き、きょろきょろとムーディの姿を探した。しかしムーディはまだ、教職員テーブルでシチューを食べている最中だった。

「小さなイタチがピックピクだわね、マルフォイ？」ハーマイオニーは痛烈に言い放ち、ハリー、ロンと一緒に、思い切り笑いながら大理石の階段を上がった。

「ハーマイオニー」ロンが横目でハーマイオニーを見ながら、急に顔をしかめた。

「君の歯……」

「歯がどうかした？」ハーマイオニーが聞き返した。

「うーん、なんだかちがうぞ……たったいま気がついたけど……」

「もちろん、違うわ――マルフォイのやつがくれた牙《きば》を、私がそのままぶら下げているとでも思ったの？」

「ううん、そうじゃなくて、あいつが君に呪いをかける前の歯となんだかちがう……つまり……まっすぐになって、そして――そして、普通の大きさだ」

ハーマイオニーは突然悪戯《いたずら》っぽくほほえんだ。すると、ハリーも気がついた。ハリーの覚えているハーマイオニーの笑顔とは全然ちがう。

「そう……マダム・ポンフリーのところに歯を縮めてもらいにいったとき、ポンフリー先生が鏡を持って、元の長さまでもどったらストップと言いなさい、とおっしゃったの。そこで、私、ただ……少しだけ余分にやらせてあげたの」ハーマイオニーはさらに大きくにっこりした。

「パパやママはあんまり喜ばないでしょうね。もうずいぶん前から、私が自分で短くするって、二人を説得してたんだけど、二人とも私に歯列矯正《しれつきょうせい》のブレースを続けさせたがってたの。二人とも、ほら、歯医者じゃない？　魔法で歯をどうにかなんて――あら！　ピッグウィジョンがもどってきたわ！」

ロンの豆ふくろうが、氷柱《つらら》の下がった階段の手すりのてっぺんでさえずりまくっていた。足には丸めた羊皮紙《ようひし》がくくりつけられている。そばを通り過ぎる生徒たちがピッグを指さしては笑っている。三年生の女子生徒たちが立ち止まって言った。

「ねえ、あのちびっ子ふくろう、見て！　かっわいいー！」

「あのばか羽っ子！」ロンが歯嚙《はが》みして階段を駆け上がり、ピッグをパッとつかんだ。「手紙は、受取人にまっすぐ届けるの！　いいか、ふらふらして見せびらかすんじゃないの！」

ピッグウィジョンはロンの握り拳《こぶし》の中から首を突き出して、うれしそうにホッホッと鳴いた。三年生の女子生徒たちは、ショックを受けたような顔をして見ていた。

「早く行けよ！」ロンが女子生徒に噛みつくように言い、ピッグをにぎったまま拳を振り上げた。ピッグは、「高い、高い」をしてもらったように、ますますうれしそうに鳴いた。

「ハリー、はい――受け取って」ロンが声を低くして言った。三年生の女子たちは、憤慨した顔で走り去った。ロンがピッグウィジョンの足から外したシリウスの返事を、ハリーはポケットにしまい込み、それから三人は手紙を読むため急いでグリフィンドール塔にもどった。

談話室ではみなお祭り気分で盛り上がり、ほかの人がなにをしているかなど気にも止めない。ハリー、ロン、ハーマイオニーは、みなから離れて窓のそばに座った。窓はだんだん雪で覆われて暗くなっていく。ハリーが手紙を読み上げた。

ハリー

おめでとう。ホーンテールをうまく出し抜いたんだね。「炎のゴブレット」に君の名前を入れただれかさんは、いまごろきっとがっかりしているだろう！　わたしは「結膜炎の呪い」を使えと言うつもりだった。ドラゴンの一番の弱点は眼だからね――。

「クラムはそれをやったのよ！」ハーマイオニーがささやいた。

――だが、君のやり方のほうがよかった。感心したよ。

しかし、ハリー、これで満足してはいけない。まだ一つしか課題をこなしていないのだ。試合に君を参加させたのがだれであれ、君を傷つけようと企んでいるなら、まだまだチャンスがあるわけだ。油断せずに、しっかり目を開けて――とくに、わたしたちが話題にしたあの人物が近くにいる間は――トラブルに巻き込まれないよう十分気をつけなさい。

なにか変わったことがあったら、必ず知らせなさい。連絡を絶やさないように。

シリウスより

「ムーディにそっくりだ」手紙をまたローブにしまい込みながら、ハリーがひっそりと言った。『『油断大敵！』』って。まるで、僕が目をつぶったまま歩いて、壁にぶつかるみたいじゃないか……」

「だけど、シリウスの言うとおりよ、ハリー」ハーマイオニーが言った。「たしかにまだ、二つも課題が残ってるわ。ほんと、あの卵を調べるべきよ。ね。そしてあれがどういう意味なのか、考えはじめなきゃ……」

「ハーマイオニー、まだずーっと先じゃないか！」ロンがぴしゃりと言った。「チェスしようか、ハリー？」

「うん、オッケー」そう答えはしたが、ハーマイオニーの表情を読み取って、ハリーが言った。「いいじゃないか。こんなやかましい中で、どうやって集中できる？この騒ぎじゃ、卵の音だって聞こえやしないだろ」

「ええ、それもそうね」ハーマイオニーはため息をつき、座り込んで二人のチェスを観戦した。向こう見ずで勇敢なポーンを二駒と、非常に乱暴なビショップを一駒使って、ロンが王手をかける、わくわくするようなチェックメイトで試合は最高潮に達した。

クリスマスの朝、ハリーは突然眠りから覚めた。どうして急に意識が目覚めたのだろうと不思議に思いながら目を開けると、大きな丸い緑の目のなにかが暗闇の中からハリーを見つめ返している。そのなにかは、あまりに近くにいたので鼻と鼻がくっつきそうだった。

「ドビー！」ハリーがさけび声を上げた。あわてて妖精から離れようとした拍子に、ハリーは危うくベッドから転げ落ちそうになった。「やめてよ。びっくりするじゃないか！」

「ドビーはごめんなさいなのです！」ドビーは長い指を口に当てて後ろに飛び退《の》きながら、心配そうに言った。「ドビーは、ただ、ハリー・ポッターに『クリスマスおめでとう』を言って、プレゼントを差し上げたかっただけなのでございます！　ハリー・ポッターは、ドビーがいつかハリー・ポッターに会いにきてもよいとおっしゃいました！」

「ああ、わかったよ」心臓のドキドキは元にもどったが、ハリーはまだ息をはずませていた。

「ただ――ただ、これからは、突っついて起こすとかなんとかしてよね。あんなふうに僕を覗き込まないで……」

ハリーは四本柱のベッドに張り巡らされたカーテンを開け、ベッド脇の小机からメガネを取ってかけた。ハリーがさけんだので、ロン、シェーマス、ディーン、ネビルも起こされてしまっていた。四人とも自分のベッドのカーテンの隙間から、どろんとした目にくしゃくしゃ頭で覗いている。

「だれかに襲われたのか、ハリー?」シェーマスが眠そうに聞いた。

「ちがうよ。ドビーなんだ」ハリーがもごもご答えた。「まだ眠っててよ」

「んー……プレゼントだ!」シェーマスは自分のベッドの足元に大きな山ができているのを見つけた。ロン、ディーン、ネビルも、どうせ起きてしまったのだから、プレゼントを開けるのに取りかかろうということになった。ハリーはドビーに向きなおった。ドビーは、ハリーを驚かせてしまったことをまだ気に病んでいる顔で、ベッド脇におどおどと立っていた。ティーポット・カバーを帽子のようにかぶり、そのてっぺんの輪になったところに、クリスマス飾りのボールを結びつけている。

「ドビーは、ハリー・ポッターにプレゼントを差し上げてもよろしいでしょうか?」ドビーはキーキー声でためらいがちに言った。

「もちろんさ」ハリーが答えた。「えーと……僕も君にあげるものがあるんだ」

嘘だった。ドビーにはなんにも買ってはいなかった。しかし、急いでトランクを開け、くるくる丸めた飛び切り毛玉だらけの靴下を一足引っ張り出した。ハリーの靴下の中でも一番古く、一番汚らしいからし色の靴下で、かつてはバーノンおじさんのものだった。毛玉が多いのは、ハリーがこの靴下を一年以上「かくれん防止器」のクッション代わりに使っていたからだ。ハリーは「かくれん防止器」を引き出して、ドビーに靴下を渡しながら言った。

「包むのを忘れてごめんね……」ドビーは大喜びだった。

「ドビーはソックスが大好きです。大好きな衣服でございます！」ドビーは履いていた左右ちぐはぐな靴下を急いで脱ぎ、バーノンおじさんの靴下を履いた。「ドビーはいま七つも持っているのでございます……でも……」ドビーはそう言うと目を見開いた。靴下は引っ張り上げられるだけ引っ張り上げられ、ドビーの半ズボンの裾《すそ》のすぐ下まできていた。「お店の人がまちがえたでございます。ハリー・ポッター、二つともおんなじのをよこしたでございます！」

「ああ、ハリー、なんたること。それに気づかなかったなんて！」

ロンが自分のベッドからハリーのほうを見てにやにやしながら言った。ロンのベッドは包み紙だらけになっている。

「ドビー、こうしよう――ほら――こっちの二つもあげるよ。そしたら君が全部を好きなように組み合わせればいい。それから、前に約束してたセーターもあげるよ」

ロンは、いま包みを開けたばかりのすみれ色の靴下一足と、ウィーズリーおばさんが送ってよこした手編みのセーターをドビーのほうに投げた。

ドビーは感激に打ちのめされた顔で、キーキー声で言った。

「旦那《だんな》さまは、なんてご親切な！」大きな目にまた涙があふれそうになりながら、ドビーはロンに深々とお辞儀した。「ドビーは旦那さまが偉大な魔法使いにちがいないと存じております。旦那さまはハリー・ポッターの一番のお友達ですから。でも、ドビーは存じませんでした。旦那さまがそれだけではなく、ハリー・ポッターと同じようにご親切で、気高くて、無欲な方だとは――」

「たかが靴下じゃないか」ロンは耳元をかすかに赤らめたが、それでもまんざらでもない顔だった。「わーっ、ハリー――」ロンはハリーからのプレゼントを開けたところだった。チャドリー・キャノンズの帽子だ。「かっこいい！」ロンはさっそくかぶった。赤毛と帽子の色が恐ろしく合わなかった。

今度はドビーがハリーに小さな包みを手渡した。それは――靴下だった。

「ドビーが自分で編んだのでございます！」妖精はうれしそうに言った。「ドビーはお給料で毛糸を買ったのでございます！」

左用の靴下はあざやかな赤で箒《ほうき》の模様があり、右用の靴下は緑色でスニッチの模様だった。

「これって……この靴下って、ほんとに……うん、ありがとう、ドビー」ハリーはそう言うなり靴下を履いた。ドビーの目がまた幸せに潤んだ。

「ドビーはもう行かなければならないのでございます。厨房《ちゅうぼう》で、もうみんながクリスマス・ディナーを作っています！」ドビーはそう言うと、ロンやほかのみなにさようならと手を振りながら、急いで寝室を出ていった。

ハリーのほかのプレゼントは、ドビーのちぐはぐな靴下よりずっとましなものだった――ダーズリー一家の、ティッシュペーパー一枚という史上最低記録を除けばだが――まだ「ベロベロ飴《あめ》」のことを根に持っているのだろう。ハーマイオニーは『イギリスとアイルランドのクィディッチ・チーム』の本をくれたし、ロンは「糞《くそ》爆弾」のぎっしり詰まった袋、シリウスのはペンナイフでなんでもこじ開ける道具とどんな結び目も解く道具がついていた。ハグリッドは大きな菓子箱で、ハリーの好物がいっぱい詰まっていた――バーティー・ボッツの百味ビーンズ、蛙チョコレート、どんどんふくらむドルーブルの風船ガム、フィフィ・フィズビーなどだ。もちろん、いつものウィーズリーおばさんからの包みがあった。新しいセーター（緑色でドラゴンの絵が編み込んであった――チャーリーがホーンテールのことをおばさんにいろいろ話したのだろう）、それにお手製のクリスマス用ミンスパイがたくさん入っていた。

ハリーとロンは談話室でハーマイオニーと待ち合わせをし、三人で一緒に朝食に下りていった。午前中のほとんどを、グリフィンドール塔で過ごした。塔ではだれもがプレゼントを楽しんでいた。それから大広間に入り、豪華な昼食。少なくとも百羽の七面鳥、クリスマス・プディング、そしてクリベッジの魔法クラッカーが山ほどあった。

午後は三人で校庭に出た。まっさらな雪だ。ダームストラングやボーバトンの生徒たちが城に行き帰りする道だけが深い溝になっていた。ハーマイオニーは、ハリーとウィーズリー兄弟の雪合戦には加わらず、眺めていた。五時になると、ハーマイオニーはパーティの支度があるので部屋にもどると言った。

「えーっ、三時間も要るのかよ？」ロンが信じられないという顔でハーマイオニーを見た。一瞬気を抜いたツケが回ってきた。ジョージが投げた大きな雪玉が、ロンの顔を横からバシッと強打した。

「だれと行くんだよー？」ハーマイオニーの後ろからロンがさけんだが、ハーマイオニーはただ手を振って、石段を上がり城へと消えた。

ダンスパーティでご馳走が出るので、今日はいつもの午後のクリスマス・ティーはなしだった。七時になると、もう雪玉の狙いを定めることもできなくなってきたので雪合戦をやめ、みなぞろぞろと談話室にもどった。「太った婦人《レディ》」は下の階からきた友人のバイオレットと一緒に額に納まり、二人ともほろ酔い機嫌だ。絵の下のほうに、空になったウィスキー・ボンボンの箱がたくさん散らばっている。

『レアリー・ファイト。電豆球《でんまめきゅう》』。そうだったわね！」

「太った婦人《レディ》」は合言葉を聞くとこう繰り返し、くすくす笑いながらパッと開いてみなを中に入れた。

ハリー、ロン、シェーマス、ディーン、ネビルの同室組五人は、寝室で揃ってドレスローブに着替えた。みな自意識過剰になって照れたが、一番意識していたのはロンだった。部屋の隅の姿見に映る自分を眺めて呆然としていた。どう見ても、ロンのローブが女性のドレスに見えるのは、どうしようもない事実だった。少しでも男っぽく見せようと躍起になって、ロンは襟《えり》と袖口《そでぐち》のレースに「切断の呪文」をかけた。これがかなりうまくいき、少なくともロンは「レースなし」の姿にはなった。ただし、呪文の詰めが甘く、襟や袖口が惨《みじ》めにボロボロのまま、みなと階下に下りていった。

「君たち二人とも、どうやって学年一番の美女を獲得したのか、僕、いまだにわからないなぁ」ディーンがぼそぼそ言った。

「動物的魅力ってやつだよ」ロンは、ボロボロになった袖口の糸を引っ張りながら、憂鬱そうに言った。

談話室は、いつもの黒いローブの群れとは打って変わって色とりどりの服装であふれ返り、華やかな雰囲気に輝いた。パーバティが寮《りょう》の階段下でハリーを待っていた。とてもかわいい。ショッキング・ピンクのパーティドレスに、長い黒髪を三つ編みにして金の糸を編み込み、両手首には金のブレスレットが光っている。いつものくすくす笑いをしていないので、ハリーはほっとした。

「君――あの――すてきだよ」ハリーはぎこちなく褒《ほ》めた。

「ありがとう」パーバティが言った。それから、「パドマが玄関ホールで待ってるわ」とロンに言った。

「うん」ロンはきょろきょろしている。「ハーマイオニーはどこだろう？」

パーバティは知らないわとばかり肩をすくめた。

「それじゃ、下に行きましょうか、ハリー？」

「オッケー」そう答えながらハリーは、このまま談話室に残っていられたらいいのにと思った。肖像画の穴から出る途中、フレッドがハリーを追い越しながらウィンクした。

玄関ホールも生徒でごった返していた。大広間のドアが開放される八時を待って、みながうろうろしている。ちがう寮のパートナーと組む生徒は、お互いを探して人込みの中を縫うように歩いていた。パーバティは妹のパドマを見つけて、ハリーとロンのところへ連れてきた。

「こんばんは」明るいトルコ石色のローブを着たパドマは、パーバティに負けないくらいかわいい。しかし、ロンをパートナーにすることにはあまり興味がないように見えた。パドマの黒い瞳が、ロンを上から下まで眺め回したあげく、ボロボロの襟と袖口をじっと見た。

「やあ」ロンは挨拶したが、パドマには目もくれずに人込みをじっと見回している。

「あっ、まずい……」ロンは膝《ひざ》をかがめてハリーの陰に隠れた。フラー・デラクールが通り過ぎるところだった。シルバーグレーのサテンのパーティローブを着たフラーは輝くばかりで、レイブンクローのクィディッチ・キャプテン、ロジャー・デイビースを従えていた。ロンは二人の姿が見えなくなってからやっとまっすぐ立ち、ふたたびみなの頭越しに人込みを眺め回した。

「ハーマイオニーはいったいどこだろう?」ロンがまた言った。

スリザリンの一群が、地下牢の寮の談話室から階段を上がって現れた。マルフォイが先頭だ。黒いビロードの詰襟《つめえり》ローブを着たマルフォイは、英国国教会の牧師のようだ。パンジー・パーキンソンが、フリルだらけの淡いピンクのパーティドレスを着て、マルフォイの腕にしがみついている。クラッブとゴイルは、二人とも緑のローブで、苔《こけ》むした大岩のようだ。どちらもパートナーが見つからなかったらしく、ハリーはちょっといい気分になった。

正面玄関の樫《かし》の扉が開いた。ダームストラングの生徒が、カルカロフ校長と一緒に入ってくるのをみなが振り返って見た。一行の先頭はクラムで、ブルーのローブを着た、ハリーの知らないかわいい女の子を連れている。一行の頭越しに、外の芝生が目に入った。城のすぐ前の芝生が魔法で洞窟のようになり、中には電飾用の豆電球なら ぬ本物の妖精の光が満ちていた――何百という生きた妖精が、魔法で作られたバラの園に座ったり、サンタクロースとトナカイのような形をした石像の上をひらひら飛び回ったりしている。

するとマクゴナガル先生の声が響いた。

「代表選手はこちらへ!」

パーバティはにっこりしながら腕輪をはめなおし、ハリーと一緒にロンとパドマに「またあとでね」と声をかけて前に進み出た。ペチャクチャ話に花を咲かせていた人垣が割れて、二人に道を空けた。マクゴナガル先生は赤いタータンチェックのパーティローブを着て、帽子の縁にはかなり見栄えの悪いアザミの花輪を飾っていた。先生は代表選手に、ほかの生徒が全部入場するまで、扉の脇で待つように指示した。代表選手は、生徒全員が着席してから列を作って大広間に入場することになっていた。フラー・デラクールとロジャー・デイビースはドアの一番近くに陣取った。デイビースはフラーをパートナーにできた幸運にのぼせて、目がフラーに釘づけになっていた。セドリックとチョウもハリーの近くにいたが、ハリーは二人と話をしないですむよう目を逸《そ》らしていた。その目が、ふとクラムの隣にいる女の子を捕らえた。ハリーの口が思わずあんぐり開いた。なんと、ハーマイオニーだ。

しかしまったくハーマイオニーには見えない。髪をどうにかしたらしく、ボサボサと広がった髪ではなく、つやつやと滑らかだ。頭の後ろでねじり、優雅なシニョンに結い上げてある。ふんわりした薄青色の布地のローブで、立ち居振る舞いもどこかちがっていた——たぶん、いつも背負っている二十冊くらいの本がないのでちがって見えるだけかもしれない。それに、ほほえんでいる——緊張気味のほほえみ方なのは確かだが——しかし、前歯が小さくなっているのがますますはっきりわかった。どうしていままで気づかなかったのか、ハリーにはわからなかった。

「こんばんは、ハリー！　こんばんは、パーバティ！」ハーマイオニーが挨拶した。

パーバティは、あからさまに信じられないという顔で、ハーマイオニーを見つめていた。パーバティだけではない。大広間の扉が開くと、図書室でクラムをつけ回していたファンたちは、ハーマイオニーを恨みがましい目で見ながら、つんつんして前を通り過ぎた。パンジー・パーキンソンは、マルフォイと一緒に前を通り過ぎる際にハーマイオニーを穴の空くほど見つめ、マルフォイでさえハーマイオニーを侮辱する言葉が一言も見つからないようだった。しかしロンは、ハーマイオニーの顔も見ずに前を通り過ぎた。

みなが大広間の席に落ち着くと、マクゴナガル先生が代表選手とパートナーたちに、それぞれ組になって並び、先生のあとについてくるようにと指示した。指示に従って大広間に入ったところを、みなが拍手で迎えた。代表選手たちは、大広間の一番奥に置かれた審査員が座っている大きな丸テーブルに向かって歩いた。

大広間の壁はキラキラと銀色に輝く霜で覆われ、星の瞬く黒い天井の下には、何百というヤドリギや蔦《つた》の花綱がからんでいた。各寮のテーブルは消えてなくなり、代わりにランタンの仄《ほの》かな灯《あか》りに照らされた、十人ほどが座れる小さなテーブルが百余り置かれている。

ハリーは自分の足につまずかないよう必死だった。パーバティはうきうきと楽しそうで、一人ひとりに笑いかけた。パーバティがぐいぐい引っ張っていくので、ハリーは、まるで自分がドッグショーの犬になって、パーバティに引き回されているような気がした。審査員テーブルに近づくと、ロンとパドマの姿が目に入った。ロンはハーマイオニーが通り過ぎるのを、目をすぼめて見ていた。パドマはふくれっ面だった。

代表選手たちが審査員テーブルに近づいた。ダンブルドアはうれしそうにほほえんだが、カルカロフはクラムとハーマイオニーが近づくのを見て、驚くほどロンとそっくりの表情を見せた。ルード・バグマンは、今夜はあざやかな紫に大きな黄色の星を散らしたローブを着込み、生徒たちと一緒になって夢中で拍手している。マダム・マクシームは、いつもの黒い繻子《しゅす》のドレスではなくラベンダー色の流れるような絹のガウンをまとい、上品に拍手していた。クラウチ氏は――ハリーはいま気づいた――いない。審査員テーブルの五人目の席には、パーシー・ウィーズリーが座っている。

代表選手がそれぞれのパートナーとともに審査員テーブルまでくると、パーシーは自分の隣の椅子を引いて、ハリーに目配せした。ハリーはその意味を悟って、パーシーの隣に座った。パーシーは真新しい濃紺のパーティローブを着て、鼻高々の様子だ。

「昇進したんだ」ハリーに聞く間も与えず、パーシーが言った。その声の調子は、〝宇宙の最高統治者〟に選ばれたことを発表したかのようだった。「クラウチ氏個人の補佐官だ。僕は、クラウチ氏の代理でここにいるんですよ」

「あの人、どうしてこないの?」ハリーが聞いた。宴会の間中、鍋底《なべぞこ》の講義をされてはたまらないと思った。

「クラウチ氏は、残念ながら体調が優《すぐ》れない。まったくよくない。ワールドカップ以来ずっと調子がおかしい。それも当然——働きすぎだね。もう若くはない——もちろんまだ冴《さ》えているし、昔と変わらないすばらしい頭脳だ。しかし、ワールドカップは魔法省全体にとっての一大不祥事だったし、クラウチ氏個人も、あのブリンキーとかなんとかいう屋敷しもべの不始末に大きなショックを受けられた。当然、クラウチ氏はそのあとすぐ、しもべを解雇した。しかし——まあ、なんだね、クラウチ氏は年を取ってきてるわけだし、世話をする人が必要だ。しもべがいなくなってから、家の中は確実に快適ではなくなったと、クラウチ氏も気づいただろうね。それに、この対抗試合の準備はあるし、ワールドカップのあとのごたごたの始末をつけないといけなかったし——あのスキーターっていういやな女がうるさく嗅《か》ぎ回ってるし——ああ、お気の毒に。クラウチ氏はいま、静かにクリスマスを過ごしていらっしゃる。当然の権利だよ。自分の代理を務める信頼できる者がいることをご存知なのが、僕としてはうれしいね」

ハリーは、クラウチ氏がパーシーを「ウェーザビー」と呼ばなくなったかどうか聞いてみたくてたまらなかったが、なんとか思いとどまった。

金色に輝く皿には、まだなんのご馳走もなかったが、小さなメニューが一人ひとりの前に置かれていた。ハリーは、どうしていいかはっきりわからないまま、メニューを取り上げてまわりを見回した。ウェイターはいない。しかしダンブルドアは、自分のメニューをじっくり眺め、自分の皿に向かってはっきりと、「ポークチョップ」と言った。

すると、ポークチョップが現れた。そうか、と合点して、同じテーブルに座った者はそれぞれの皿に向かって注文を出した。この新しい、より複雑な食事の仕方を、ハーマイオニーはどう思うだろうかとハリーはちらりとそちらに視線を向けた——屋敷しもべ妖精にとっては、これはずいぶん余分な労力が要るはずだが？——しかしハーマイオニーは、このときにかぎってS・P・E・W《しもべ妖精福祉振興協会》のことなど考えていないようだった。ビクトール・クラムとすっかり話し込んで、自分がなにを食べているのかさえ気づかないようだった。

そういえばハリーは、クラムが話すのを実際に聞いたことはなかった。しかし、いまはたしかに話している。しかも夢中になって。

「ええ、ヴぉくたちのところにも城はあります。こんなに大きくはないし、こんなに居心地よくないです、と思います」クラムはハーマイオニーに話していた。「ヴぉくたちのところは四階建てです。そして、魔法を使う目的だけに火を起こします。しかし、ヴぉくたちの校庭はここよりも広いです――でも冬には、ヴぉとんど日光《ほ》がないので、ヴぉくたちは楽しんでいないです。しかし夏には、ヴぉくたちは毎日飛んでいます。湖や山の上を――」

「これ、これ、ビクトール！」カルカロフは笑いながら言ったが、冷たい目は笑っていない。「それ以上は、もう明かしてはいけないよ。さもないと、君のチャーミングなお友達に、わたしたちの居場所がはっきりわかってしまう！」

ダンブルドアがほほえんだ。目がキラキラしている。

「イゴール、そんなに秘密主義じゃと……だれか客にきてもらっては困るのかと思ってしまうじゃろうが」

「はて、ダンブルドア」カルカロフは黄色い歯をむき出せるだけむき出して言った。「我々は、それぞれ自らの領地を守ろうとするのではないですかな？　我々に託された学びの殿堂を、意固地《いこじ》なまでにガードしているのでは？　我々のみが自らの学校の秘密を知っているという誇りを持ち、それを守ろうとするのは、正しいことではないですかな？」

「おお、わしはホグワーツの秘密すべてを知っておるなどと夢にも思わんぞ、イゴール」ダンブルドアは和気藹々《わきあいあい》と話した。「たとえば、つい今朝のことじゃがの、トイレに行く途中、曲がるところをまちがえての、これまでに見たこともない、見事に均整の取れた部屋に迷い込んでしもうた。そこにはほんにすばらしい、おまるのコレクションがあっての。もっと詳しく調べようと、もう一度行ってみると、その部屋は跡形もなかったのじゃ。しかし、わしは、これからも見逃さぬよう気をつけようと思うておる。もしかすると、朝の五時半にのみ近づけるのかもしれんて。さもなければ、上弦か下弦の月のときのみに現れるのか――いや、求めるものの膀胱《ぼうこう》が、ことさらに満ちているときかもしれんのう」

ハリーは食べかけのグラーシュシチューの皿に、プーッと吹き出してしまった。パーシーは顔をしかめたが、まちがいなく――とハリーは思った――ダンブルドアがハリーに向かってちょこんとウィンクした。

一方、フラー・デラクールはロジャー・デイビースに向かって、ホグワーツの飾りつけを貶《けな》していた。

「こんなの、なーんでもありませーん」大広間の輝く壁をぐるりと見回し、軽蔑したようにフラーが言った。「ボーバトンの宮殿では、クリースマスに、お食事のあいーだ、まわりには、ぐるーりと氷の彫刻が立ちまーす。もちろーん、彫刻は、融けませーん……まるでおーきなダイヤモンドの彫刻のようで、ピーカピカ輝いて、あたりを照らしていまーす。そして、お食事は、とーてもすばらしいでーす。そして、森の精霊《ニンフ》の聖歌隊がいて、お食事の間、歌を奏でまーす。こんな、見苦しーい鎧《よろい》など、わたーしたちの廊下にはありませーん。もしーも、ポルターガイストがボーバトンにまぎれ込むようなことがあーれば、追い出されまーす。コムサ《こんなふうに》！」

フラーはがまんならないとばかりに、テーブルをピシャリとたたいた。

ロジャー・デイビースは、魂を抜かれたような顔で、フラーが話すのを見つめていた。口に運んだはずのフォークも、頬に当たってばかりいる。デイビースはフラーの顔を見つめるのに忙しくて、フラーの話など一言もわかっていないのではないかと、ハリーは思った。

「そのとおりだ」デイビースはあわててそう言うと、フラーのまねをしてテーブルをピシャリとたたいた。「コムサ！　うん」

ハリーは大広間を見回した。ハグリッドが教職員テーブルの一つに座っている。以前に着たことがある、あの野暮ったい毛のもこもこした茶色の背広をまた着込んでいる。そして、こちらの審査員テーブルをじっと見つめていた。ハグリッドが小さく手を振るのが見えたので、ハリーはあたりを見回した。マダム・マクシームが手を振り返している。指のオパールが蠟燭《ろうそく》の光にきらめいた。

ハーマイオニーが、今度はクラムに自分の名前の正しい発音を教えていた。クラムは「ハーミイ－オウン」と呼び続けていたのだ。

「ハー－マイ－オ－ニー」ハーマイオニーがゆっくり、はっきり発音した。

「ハーム－オウン－ニニー」

「まあまあね」ハリーが見ているのに気づいて、ハーマイオニーがにこっとしながら言った。

食事を食べ尽くしてしまうと、ダンブルドアが立ち上がり、生徒たちにも立ち上がるように促した。そして、杖《つえ》を一振りすると、テーブルはズイーッと壁際に退《しりぞ》き、広いスペースができた。それから、ダンブルドアは右手の壁に沿ってステージを立ち上げ、ドラム一式、ギター数本、リュート、チェロ、バグパイプがそこに設置された。

いよいよ「妖女《ようじょ》シスターズ」が、熱狂的な拍手に迎えられてドヤドヤとステージに上がった。全員異常に毛深く、着ている黒いローブは、芸術的に破いたり、引き裂いたりしてあった。それぞれが楽器を取り上げた。夢中でシスターズに見入っていたハリーは、これからすることをほとんど忘れていた。突然テーブルのランタンがいっせいに消え、ほかの代表選手たちがパートナーと一緒に立ち上がった。

「さあ！」パーバティが声を殺して促した。「わたしたち、踊らないと！」

ハリーは立ち上がりざま、自分のローブの裾《すそ》を踏んづけた。「妖女《ようじょ》シスターズ」は、スローな物悲しい曲を奏ではじめた。ハリーは、だれの目も見ないようにしながら、煌々《こうこう》と照らされたダンスフロアに歩み出た（シェーマスとディーンがハリーに手を振り、からかうように笑っているのが見えた）。次の瞬間、パーバティがハリーの両手をつかむやいなや、片方の手を自分の腰に回し、もう一方の手をしっかりにぎりしめた。

その場でスローなターンをしながら（パーバティがリードしていた）、恐れていたほどひどくはないな、とハリーは思った。ハリーは観客の頭の上のほうを見つめ続けた。まもなく、まわりの観客も大勢ダンスフロアに出てきたので、代表選手はもう注目の的ではなくなった。ネビルとジニーがすぐそばで踊っていた——ネビルが足を踏むので、ジニーが始終痛そうにすくむのが見えた——ダンブルドアはマダム・マクシームとワルツを踊っている。まるで大人と子供。ダンブルドアの三角帽子の先が、やっとマダム・マクシームの顎《あご》をくすぐる程度だった。しかし、マダム・マクシームは巨大な体格の割に、とても優雅な動きだ。マッド-アイ・ムーディは、シニストラ先生と、ぎごちなく二拍子のステップを踏んでいたが、シニストラ先生は義足に踏まれないよう神経質になっていた。

「いい靴下だな、ポッター」ムーディがすれちがいながら、「魔法の目」でハリーのローブを透視し、うなるように言った。

「あ――ええ、屋敷妖精のドビーが編んでくれたんです」ハリーが苦笑いした。

「あの人、気味が悪い！」ムーディがコツコツ遠ざかってから、パーバティがひそひそ声で言った。「あの目は、許されるべきじゃないと思うわ！」

バグパイプが最後の音を震わせるのを聞いて、ハリーはほっとした。「妖女シスターズ」が演奏を終え、大広間はふたたび拍手に包まれた。ハリーはパーバティをさっと放した。

「座ろうか？」

「あら――でも――これ、とってもいい曲よ！」パーバティが言った。「妖女シスターズ」がずっと速いテンポの新しい曲を演奏しはじめていた。

「僕は好きじゃない」ハリーは嘘をついてパーバティをフロアから連れ出し、フレッドとアンジェリーナの横を通って――この二人は元気を爆発させて踊っていたので、けがをさせられてはかなわないとだれもが遠巻きにしていた――ロンとパドマの座っているテーブルに行った。

「調子はどうだい？」テーブルに着きバタービールの栓を抜きながら、ハリーがロンに聞いた。

ロンは答えない。近くで踊っているハーマイオニーとクラムをぎらぎらと睨《にら》んでいた。パドマは腕組みし足を組んで座っていたが、片方の足が音楽に合わせてひょいひょい拍子を取っていた。ときどきふて腐れてロンを見たが、ロンはまったくパドマを無視していた。パーバティもハリーの隣に座ったが、こっちも腕と足を組んだ。しかし、まもなくボーバトンの男子がパーバティにダンスを申し込みにきた。

「かまわないかしら？　ハリー？」パーバティが聞いた。

「え？」ハリーはそのとき、チョウとセドリックを見ていた。

「なんでもないわ」パーバティはぷいとそう言うと、ボーバトンの男子生徒と行ってしまった。曲が終わっても、パーバティはもどってこなかった。

ハーマイオニーがやってきて、パーバティが去ったあとの席に座った。ダンスのせいで、仄《ほの》かに紅潮していた。

「やあ」ハリーが言った。ロンはなにも言わなかった。

「暑くない？」ハーマイオニーは手で顔を扇ぎながら言った。「ビクトールが飲み物を取りにいったところよ」

ロンが、じろりとハーマイオニーを睨《ね》めつけた。

「ビクトール？」ロンが言った。「ビッキーって呼んでくれって、まだ言わないのか？」

ハーマイオニーは驚いてロンを見た。

「どうかしたの？」ハーマイオニーが聞いた。

「そっちがわからないって言うんなら」ロンが辛辣《しんらつ》な口調で言った。「こっちが教えるつもりはないね」

ハーマイオニーはロンをまじまじと見た。それからハリーを見た。ハリーは肩をすくめた。

「ロン、なにが――？」

「あいつは、ダームストラングだ！」ロンが吐《は》き棄《す》てるように言った。「ハリーと張り合ってる！ ホグワーツの敵だ！ 君――君は――」ロンは、明らかにハーマイオニーの罪の重さを十分言い表す言葉を探していた。「敵とべたべたしている。君のやってることはそれだ！」

ハーマイオニーはぽかんと口を開けた。

「ばか言わないで！」しばらくしてハーマイオニーが言った。「敵ですって！ まったく――あの人が到着したとき、あんなに大騒ぎしてたのはどこのどなたさん？ サインを欲しがったのはだれなの？ 寮にあの人のミニチュア人形を持ってる人はどなた？」

ロンは無視を決め込んだ。

「二人で図書室にいるときにでも、お誘いがあったんだろうね？」

「ええ、誘われたわ」ハーマイオニーのピンクの頬が、ますます紅くなった。「それがどうしたって言うの？」

「なにがあったんだ？——あいつを『反吐《へど》』に入れようとでもしたのか？」

「そんなことしないわ！　本気で知りたいなら言うけど、あの人——あの人、毎日図書室にきていたのは、私と話がしたいからだったと言ったの。だけど、そうする勇気がなかったって！」ハーマイオニーはこれだけを一気に言い終えると、ますます真っ赤になり、パーバティのローブと同じ色になった。

「へえ、そうかい——それがやつの言い方ってわけだ」ロンがねちっこく言った。

「それって、どういう意味？」

「見え見えだろ？　あいつはカルカロフの生徒じゃないか？　君がだれといつも一緒か、知ってる……あいつはハリーに近づこうとしてるだけだ——ハリーの内部情報をつかもうとしてるか——それとも、ハリーに十分近づいて呪いをかけようと——」

ハーマイオニーは、ロンに平手打ちを食らったような顔をした。口を開いたとき、声が震えていた。

「言っとくけど、あの人は、私にただの一言もハリーのことを聞いたりしなかったわ。一言も——」

ロンは電光石火、矛先《ほこさき》を変えた。

「それじゃあいつは、あの卵の謎を解くのに、君の助けを借りたいと思ってるんだ！　図書室でいちゃいちゃしてる際中に、君たち、知恵を出し合ってたんじゃないのか――」

「私、あの人が卵の謎を考える手助けなんか、絶対にしないわ！」ハーマイオニーは烈火のごとく怒った。「絶対によ！　よくもそんなことが言えるわね――私、ハリーに試合に勝って欲しいのよ。そのことは、ハリーが知ってるわ。そうでしょう、ハリー？」

「それにしちゃ、おかしなやり方で応援してるじゃないか」ロンが嘲《あざけ》った。

「そもそもこの試合は、外国の魔法使いと知り合いになって、友達になることが目的のはずよ！」ハーマイオニーが激しい口調で言った。

「ちがうね！」ロンがさけんだ。「勝つことが目的さ！」

周囲の目が集まりはじめた。

「ロン」ハリーが静かに言った。「ハーマイオニーがクラムと一緒にきたこと、僕、なんとも思っちゃいないよ――」

しかし、ロンはハリーの言うことも無視した。

「行けよ。ビッキーを探しにさ。君がどこにいるか、あいつ、探してるぜ」ロンが言った。

「あの人をビッキーなんて呼ばないで！」ハーマイオニーはパッと立ち上がり、憤然とダンスフロアを横切り、人込みの中に消えた。

ロンはハーマイオニーの後ろ姿を、怒りと満足の入り交じった顔で見つめていた。

「わたしとダンスする気があるの？」パドマがロンに聞いた。

「ない」ロンは、ハーマイオニーの行ったあとをまだ睨《にら》みつけていた。

「そう」パドマは憤然として言うと、立ち上がってパーバティのところに行った。パーバティと一緒にいたボーバトンの男子は、あっという間に友達を一人調達してきた。その早業といったら、これは疑いようもなく「呼び寄せ呪文」で現れたにちがいない、とハリーは思った。

「ハーム‐オウン‐ニニーはどこ？」声がした。

クラムがバタービールを二つつかんで、ハリーたちのテーブルに現れたところだった。

「さあね」ロンがクラムを見上げながら、取りつく島もない言い方をした。「見失ったのかい？」

クラムはいつものむっつりした表情になった。

「でヴぁ《は》、もし見かけたら、ヴぉくが飲み物を持っていると言ってください」そう言うと、クラムは背中を丸めて立ち去った。

「ビクトール・クラムと友達になったのか？　ロン？」パーシーが揉《も》み手をしながら、いかにももったいぶった様子で、せかせかとやってきた。「結構！　そう、それが大事なんだよ――国際魔法協力が！」

ハリーの迷惑をよそに、パーシーはパドマの空いた席にさっと座った。審査員テーブルはいまやだれもいない。ダンブルドア校長はスプラウト先生と、ルード・バグマンはマクゴナガル先生と踊っていた。マダム・マクシームはハグリッドと二人、生徒たちの間をワルツで踊り抜け、ダンスフロアに幅広く通り道を刻んでいた。カルカロフはどこにも見当たらない。曲が終わると、みながまた拍手した。ルード・バグマンがマクゴナガル先生の手にキスをして、人込みをかき分けながらもどってくる。そのとき、フレッドとジョージがバグマンに近づいて声をかけるのが見えた。

「あいつらなにをやってるんだ？　魔法省の高官に、ご迷惑なのに」パーシーはフレッドとジョージを訝《いぶか》しげに眺めながら、歯噛《はが》みした。「敬意のかけらも……」ルード・バグマンは、しかし、まもなくフレッドとジョージを振りはらい、ハリーを見つけると手を振って、テーブルにやってきた。

「弟たちがお邪魔をしませんでしたでしょうか、バグマンさん？」パーシーが間髪《かんはつ》を入れずに言った。

「え？　ああ、いやいや！」バグマンが言った。「いやなに、あの子たちはただ、自分たちが作った『だまし杖《づえ》』についてちょっと話してただけだ。販売方法についてわたしの助言がもらえないかとね。『ゾンコ悪戯《いたずら》専門店』のわたしの知り合いに、紹介しようとあの子たちに約束したが……」

パーシーはこれがまったく気に入らない様子だった。家に帰ったらすぐさまウィーズリーおばさんに言いつけるだろう。絶対そうする、とハリーは思った。一般市場に売り出すというのなら、フレッドとジョージの計画はどうやら、最近ますます大がかりになっているようだ。

バグマンはハリーになにか聞こうと口を開きかけたが、パーシーが横合いから口を出した。「バグマンさん、対校試合はどんな具合でしょう？　私どもの部では、かなり満足しております――『炎のゴブレット』のちょっとしたミスは」――パーシーはハリーをちらりと見た――「もちろん、やや残念ではありますが、しかし、それ以後はとても順調だと思いますが、いかがですか？」

「ああ、そうだね」バグマンは楽しげに言った。「これまでとてもおもしろかった。バーティ殿はどうしているかね？　こられないとは残念至極」

「ああ、クラウチさんはすぐにも復帰なさると思いますよ」パーシーはもったいぶって言った。「まあ、それまでの間の穴埋めを、私が喜んで務めるつもりです。もちろん、ダンスパーティに出席するだけのことではありませんがね――」

パーシーは陽気に笑った。「いやいや、それどころか、クラウチさんのお留守中、いろんなことが持ち上がりましてね。それを全部処理しなければならなかったのですよ――アリ・バシールが空飛ぶ絨毯《じゅうたん》を密輸入しようとして捕まったのはお聞き及びでしょう？　それに、トランシルバニア国に『国際決闘禁止条約』への署名をするよう説得を続けていますしね。年明けには向こうの『魔法協力部長』との会合がありますし――」

「ちょっと歩こうか」ロンがハリーにぼそぼそっと言った。「いまのうちにパーシーから離れよう……」

飲み物を取りにいくふりをしてハリーとロンはテーブルを離れ、ダンスフロアの端を歩き、玄関ホールに抜け出した。正面の扉が開けっぱなしになっていた。正面の石段を下りていくと、バラの園に飛び回る妖精の光が、瞬き、きらめいた。階段を下りると、そこは潅木《かんぼく》の茂みに囲まれ、くねくねとした散歩道がいくつも延び、大きな石の彫刻が立ち並んでいた。ハリーの耳に、噴水のような水音が聞こえてきた。あちらこちらに彫刻を施したベンチが置かれ、人が座っていた。ハリーとロンはバラ園に延びる小道の一つを歩き出したが、あまり歩かないうちに、聞き覚えのある不快な声が聞こえてきた。

「……我輩《わがはい》はなにも騒ぐ必要はないと思うが、イゴール」

「セブルス、なにも起こっていないふりをすることはできまい！」カルカロフが盗み聞きを恐れるかのように、不安げな押し殺した声で言った。「この数か月の間に、ますますはっきりしてきている。わたしは真剣に心配しているのだ。否定できることではない――」

「なら、逃げろ」スネイプが素気なく言った。「逃げろ。我輩が言い訳を考えてやる。しかし、我輩はホグワーツに残る」

スネイプとカルカロフが曲り角にさしかかった。スネイプは杖《つえ》を取り出していた。意地の悪い表情をむき出しにして、スネイプはバラの茂みをバラバラに吹き飛ばしていた。あちこちの茂みから悲鳴が上がり、黒い影が飛び出してきた。

「ハッフルパフ、一〇点減点だ、フォーセット！」スネイプがうなった。女の子がスネイプの横を走り抜けていくところだった。「さらに、レイブンクローも一〇点減点、ステビンズ！」男の子が女の子のあとを追って駆けていくところだった。

「ところでおまえたち二人はなにをしているのだ？」小道の先にハリーとロンの姿を見つけたスネイプが聞いた。二人がそこに立っているのを見て、カルカロフがわずかに動揺したのを、ハリーは見逃さなかった。カルカロフの手が神経質に山羊《やぎ》ひげに伸び、指に巻きつけはじめた。

「歩いています」ロンが短く答えた。「規則違反ではありませんね？」

「なら、歩き続けろ！」スネイプはうなるように言うと、二人の横をさっと通り過ぎていった。後ろ姿に長い黒マントが翻《ひるがえ》っていた。カルカロフは急いでスネイプのあとに続いた。ハリーとロンは小道を歩き続けた。

「カルカロフはなんであんなに心配なんだ？」ロンがつぶやいた。

「それに、いつからあの二人は、イゴール、セブルスなんて、名前で呼び合うほど親しくなったんだ？」ハリーが訝《いぶか》った。

二人は大きなトナカイの石像の前に出た。その向こうに、噴水が水しぶきを輝かせて高々と上がっているのが見える。石のベンチに、二つの巨大なシルエットがあった。月明かりに噴水を眺めている。そして、ハリーはハグリッドの声を聞いた。

「あなたを見たとたん、おれにはわかった」ハグリッドの声は変にかすれていた。

ハリーとロンはその場に立ちすくんだ。邪魔をしてはいけない場面のような気がする、なんとなく……。ハリーは小道を振り返った。すると、近くのバラの茂みに半分隠された形で、フラー・デラクールとロジャー・デイビースが立っているのが見えた。ハリーはロンの肩を突ついて、顎《あご》で二人のほうを指した。その方向からなら、気づかれずにこっそり立ち去れるという意味だ（ハリーには、フラーとデイビースはお取り込み中のように見えた）。しかし、フラーの姿にロンは恐怖で目を見開き、頭をぶるぶるっと振って、ハリーをトナカイの後ろの暗がりに引っ張り込んだ。

「なにがわかったの。アグリッド《ハ》?」マダム・マクシームの低い声には、はっきりと甘えた響きがあった。

ハリーは絶対に聞きたくなかった。こんな状況を盗み聞きされたら、ハグリッドがいやがるに決まっている(僕なら絶対いやだもの)――できることなら、指で耳栓をして大声で鼻歌を歌いたい。しかし、それはとうていできない相談だ。代わりにハリーは、石のトナカイの背中を這《は》っているコガネムシに意識を集中しようとした。しかし、コガネムシは、ハグリッドの次の言葉が耳に入らなくなるほどおもしろいものではなかった。

「わかったんだ……あなたがおれとおんなじだって……あなたはおふくろさんですかい? 親父さんですかい?」

「わたくし――わたくし、なんのことかわかりませんわ、アグリッド《ハ》」

「おれの場合はお袋だ」ハグリッドは静かに言った。「お袋は、イギリスで最後の一人だった。もちろん、お袋のこたぁ、あんまりよく覚えてはいねえが……。いなくなっちまったんだ。おれが三つぐれえのとき。あんまり母親らしくはなかった。まあ……あの連中はそういう性質《たち》ではねえんだろう。お袋がどうなったのか、わからねぇ……死んじまったのかもしれねえし……」

マダム・マクシームはなにも言わない。そしてハリーは、思わずコガネムシから目を離し、トナカイの角《つの》の向こう側を見た。耳を傾けて……。ハリーはハグリッドが子供のころの話をするのを聞いたことがなかった。

「おれの親父は、お袋がいなくなると、胸が張り裂けっちまってなあ。ちっぽけな親父だった。おれが六つになるころにゃ、もう、親父がおれにうるさく言ったりすっと、親父を持ち上げて、箪笥《たんす》のてっぺんに載っけることができた。そうすっと、親父はいつも笑ったもんだ……」

ハグリッドの太い声がくぐもった。マダム・マクシームは身じろぎもせず聞いていた。銀色の噴水をじっと見つめているのだろう。

「親父がおれを育ててくれた……でも死んじまったよ。ああ。おれが学校に入ってまもなくだった。それからは、おれひとりでなんとかやっていかにゃならんかった。ダンブルドアが、ほんによーくしてくれた。ああ。おれに親切になあ……」ハグリッドは大きな水玉の絹のハンカチを取り出し、ブーッと鼻をかんだ。「そんで……とにかく……おれのことはいい。あなたはどうなんですかい？ どっち方《かた》なんで？」

しかし、マダム・マクシームは突然立ち上がった。

「冷えるわ」と言った――しかし、天気がどうであれ、マダム・マクシームの声ほど冷たくはなかった。「わたくし、もう、中にあ《は》いります」

「は？」ハグリッドが放心したように言った。「いや、行かねえでくれ！　おれは――おれはこれまでおれと同類の人に会ったことがねえ！」

「同類のいったいなんだと言いたいのでーすか？」マダム・マクシームは氷のような声だ。

ハリーはハグリッドに答えないほうがいいと伝えたかった。むりな願いだとわかっていても、言わないでと心でさけびながらハリーは暗がりに突っ立ったままだった――願いはやはり通じなかった。

「同類の半巨人だ。そうだとも！」ハグリッドが言った。

「おお、なんということを！」マダム・マクシームがさけんだ。穏やかな夜の空気を破り、その声は霧笛のように響き渡った。背後で、フラーとロジャーがバラの茂みから飛び上がる音が聞こえた。「こーんなに侮辱されたことは、あ《は》じめてでーす！　あん《半》巨人！　わたくしが？　わたくしは――わたくしはお《ほ》ねが太いだけでーす！」

マダム・マクシームは荒々しく去っていった。怒って茂みをかき分けながら歩き去ったあとには、色とりどりの妖精の群れがわっと空中に立ち昇った。ハグリッドはその跡を目で追いながらベンチに座ったままだった。ハグリッドの表情を見るには、あたりがあまりに暗かった。それから、一分ほども経ったろうか。ハグリッドは立ち上がり、大股に歩き去った。城のほうにではなく、真っ暗な校庭を自分の小屋のほうに向かって。

「行こう」ハリーはロンに向かってそっと言った。「さあ、行こう……」

しかし、ロンは動こうとしない。

「どうしたの？」ハリーはロンを見た。深刻な表情だった。

ロンは振り返ってハリーを見た。

「知ってたか？」ロンがささやいた。「ハグリッドが半巨人だってこと？」

「ううん」ハリーは肩をすくめた。「それがどうかした？」

ロンの表情から、ハリーは自分がどんなに魔法界のことに無知なのかを、あらためて思い知らされた。ダーズリー一家に育てられたせいで、魔法使いなら当たり前のことでも、ハリーには驚くようなことがたくさんあった。そうした驚きも、学校で一年一年を過ごすうちに少なくなってきていた。ところが、いままた、友達の母親が巨人だと知ったとき、ふつうの魔法使いなら「それがどうかした？」などとは言わないのだとわかった。

「中に入って説明するよ」ロンが静かに言った。「行こうか……」

フラーとロジャー・デイビースはいなくなっていた。もっと二人きりになれる茂みに移動したのだろう。ハリーとロンは大広間にもどった。パーバティとパドマはボーバトンの男子たちに囲まれて、いまはもう遠くのテーブルに座っていた。ハーマイオニーも、クラムともう一度ダンスをしていた。ハリーとロンはダンスフロアからずっと離れたテーブルに座った。

「それで?」ハリーがロンを促した。「巨人のどこが問題なの?」

「そりゃ、連中は……連中は……」言葉に詰まってもたもたしたあと、「あんまりよくない」

ロンは中途半端な言い方をした。

「気にすることないだろ?」ハリーが言った。「ハグリッドはなんにも悪くない!」

「それはわかってる。でも……驚いたなあ……ハグリッドが黙っていたのもむりないよ」ロンが首を振りながら言った。「僕、ハグリッドが子供のとき、たまたま悪質な『肥《ふと》らせ呪文』に当たるかなんかしたんじゃないかって、そう思ってた。僕、そのこと言いたくなかったんだけど……」

「だけど、ハグリッドの母さんが巨人だとなにが問題なの?」ハリーが聞いた。

「うーん……ハグリッドのことを知ってる人にはどうでもいいんだけど。だって、ハグリッドは危険じゃないって知ってるから」ロンが考えながら話した。「だけど……ハリー、連中は、巨人は狂暴なんだ。ハグリッドも言ってたけど、そういう性質《たち》なんだ。トロールと同じで……とにかく殺すのが好きでさ。それはみんな知ってる。ただ、もうイギリスにはいないけど」

「どうなったわけ？」

「うん。いずれにしても絶滅しつつあったんだけど、それに『闇祓《やみばら》い』にずいぶん殺されたし。でも、外国には巨人がいるらしい……だいたい山に隠れて……」

「マクシームは、いったいだれをごまかすつもりなのかなぁ」審査員のテーブルに一人つくねんと、醒《さ》めた表情で座っているマダム・マクシームを見ながら、ハリーが言った。「ハグリッドが半巨人なら、あの人も絶対そうだ。骨太だって……あの人より骨が太いのは恐竜ぐらいなもんだよ」

二人だけの片隅で、ハリーとロンはそれからパーティが終わるまでずっと巨人について語り合った。二人ともダンスをする気分にはなれなかった。ハリーはチョウとセドリックのほうをあまり見ないようにした。見ればなにかを蹴飛ばしたい気分に駆られるからだ。

「妖女《ようじょ》シスターズ」が演奏を終えたのは真夜中だった。みなが最後に盛大な拍手を送り、玄関ホールへの道をたどりはじめた。ダンスパーティがもっと続けばいいのにという声があちらこちらから聞こえたが、ハリーはベッドに行けるのがとてもうれしかった。ハリーにとっては、今夜はあまり楽しい宵《よい》ではなかった。

二人が玄関ホールに出ると、ダームストラングの船にもどるクラムに、ハーマイオニーがおやすみなさいを言っているのが見えた。ハーマイオニーはロンにひやりと冷たい視線を浴びせ、一言も言わずにロンのそばを通り過ぎ、大理石の階段を上っていった。ハリーとロンはそのあとをついていったが、階段の途中でだれかがハリーを呼ぶ声を聞いた。

「おーい、ハリー！」セドリック・ディゴリーだった。チョウが階段下の玄関ホールでセドリックを待っていた。

「うん？」ハリーのほうに駆け上がってくるセドリックに、ハリーは冷たい返事をした。

セドリックはなにか言いたそうだったが、ロンのいるところでは言いたくないように見えた。ロンは機嫌の悪い顔で、肩をすくめ、一人で階段を上っていった。

「いいか……」セドリックはロンがいなくなると、声を落として言った。「君にはドラゴンのことを教えてもらった借りがある。あの金の卵だけど、開けたとき、君の卵は咽《むせ》び泣くか？」

「ああ」ハリーが答えた。

「そうか……風呂に入れ、いいか？」

「えっ？」

「風呂に入れ。そして――えーと――卵を持っていけ。そして――えーと――とにかくお湯の中でじっくり考えるんだ。そうすれば考える助けになる……信じてくれ」

ハリーはセドリックをまじまじと見た。

「こうしたらいい」セドリックが続けた。「監督生《かんとくせい》の風呂場がある。六階の『ボケのボリス』の像の左側、四つ目のドアだ。合言葉は『パイン・フレッシュ、松の香爽《かさわ》やか』だ。もう行かなきゃ……おやすみを言いたいからね――」

セドリックはハリーににこっと笑い、急いで階段を下りてチョウのところにもどった。

ハリーはグリフィンドール塔に一人で向かった。とっても変な助言だった。風呂がなんで泣き卵の謎を解く助けになるんだろう？　セドリックはからかっているんだろうか？　チョウが、僕と比較してセドリックをさらに好きになるように、僕をまぬけに見せようとしているのだろうか？

「太った婦人《レディ》」と友達のバイが穴の前の肖像画の中で寝息を立てていた。ハリーは二人を起こすため、「フェアリー・ライト　豆電球！」とさけばなければならなかった。起こされた二人は、相当お冠《かんむり》だ。談話室に上がっていくと、ロンとハーマイオニーが火花を散らして口論中だった。間を三メートルも空けて立ち、双方真っ赤な顔でさけび合っている。

「ええ、ええ、お気に召さないんでしたら、解決法はおわかりでしょう？」ハーマイオニーがさけんだ。優雅なシニョンはいまや垂れ下がり、怒りで顔が歪《ゆが》んでいる。

「ああ、そうかい？」ロンがさけび返した。「言えよ。なんだい」

「今度ダンスパーティがあったら、ほかのだれかが私を誘う前に申し込みなさいよ。最後の手段じゃなくって！」

ハーマイオニーが踵《きびす》を返し、女子寮の階段を荒々しく上っていく間、ロンは水から上がった金魚のように、口をぱくぱくさせていた。ロンが振り返ってハリーを見た。

「まあ」ロンは雷に打たれたような顔でブツブツ言った。「つまり――要するにだ――まったく的外れもいいとこだ――」

ハリーはなにも言わなかった。正直に言うことで、せっかく元通りになった大切なロンとの仲を壊したくはなかった――しかし、ハリーにはなぜか、ハーマイオニーのほうが、ロンより的を射ているように思えた。

第24章　リータ・スキーターの特ダネ

クリスマスの翌日は、みな朝寝坊をし、グリフィンドールの談話室もこれまでとは打って変わって静かで、気だるい会話もあくびで途切れがちだ。ハーマイオニーの髪はまた元通りのボサボリにもどっている。ダンスパーティのために「スリーク・イージーの直毛薬」を大量に使ったのだと、ハーマイオニーはハリーに打ち明けた。

「だけど、面倒くさくって、とても毎日やる気にならないわ」

ゴロゴロ喉《のど》を鳴らしているクルックシャンクスの耳の後ろをカリカリ掻《か》きながら、ハーマイオニーは事もなげに言った。

ロンとハーマイオニーは、二人の争点には触れないと暗黙の了解に達したようだ。互いにばか丁寧だったが、仲良くしていた。ハリーとロンは、偶然耳にしたマダム・マクシームとハグリッドの会話を、すぐさまハーマイオニーに話して聞かせた。しかしハーマイオニーは、ハグリッドが半巨人だというニュースに、ロンほどショックを受けてはいなかった。

「まあね、そうだろうと思っていたわ」ハーマイオニーは肩をすくめた。「もちろん、純巨人でないことはわかってたわ。だって、ほんとの巨人なら、身長六メートルはあるもの。だけど、巨人のことになるとヒステリーになるなんて、どうかしてるわ。全部が全部恐ろしいわけでもないのに……狼人間に対する偏見と同じことね……単なる思い込みだわ」

ロンはなにか痛烈に反撃したそうな顔をしたが、ハーマイオニーとまた一悶着《ひともんちゃく》起こすのはごめんだと思ったらしく、ハーマイオニーが見ていないときに、「付き合い切れないよ」と頭を振るだけで満足したようだった。

休暇が始まってから一週間無視し続けていた宿題を、思い出すときがきた。クリスマスが終わったいま、だれもが気の抜けた時間の中にいた――ハリー以外は。ハリーは（これで二度目だが）少し不安になりはじめていた。

困ったことに、クリスマスを境に二月二十四日はぐっと間近に迫って感じた。それなのに、ハリーはまだなにも金の卵の謎を解き明かす努力をしていない。寮の寝室に上がるたびに、ハリーはトランクから卵を取り出して開け、なにかわかるのではないかと願いながら一心にその音を聞くことにした。三十丁の鋸楽器《のこぎりがっき》が奏でる音以外になにか思いつかないかと必死で考えたが、こんな音はいままで聞いたことがない。

ハリーは卵を閉じ、勢いよく振ってから音に変化はないかとまた開けてみるのだが、なんの変化もない。卵に質問してみたり、泣き声に負けないくらい大声を出してみたりしたが、これもなにも起こらない。ついには卵を部屋の向こうに放り投げた――それでどうにかなると思ったわけではないけれど――。

セドリックがくれたヒントを忘れたわけではなかった。しかし、いまはセドリックに対して打ち解けない気持ちだ。できればセドリックの助けは借りたくないという思いが強かった。セドリックが本気でハリーに手を貸したいのなら、もっとはっきり教えてくれたはずだ。僕は、セドリックに第一の課題そのものずばりを教えたじゃないか――セドリックの考える公正なお返しは、僕に「風呂に入れ」と言うだけなのか。いいとも。そんなくだらない助けなら僕は要らない――どっちにしろ、チョウと手をつないで廊下を歩いているやつの手助けなんか、要るもんか。

そうこうするうちに、新学期の第一日目が始まり、ハリーは授業に出かけた。教科書や羊皮紙《ようひし》、羽根ペンはいつものように重かったが、そればかりでなく、気がかりな卵が胃に重くのしかかり、まるで卵までもを持ち歩いているようだった。

校庭はまだ深々と雪に覆われ、「薬草学」の温室の窓はびっしりと結露して、授業中に外を見ることはできなかった。こんな天気に「魔法生物飼育学」の授業を受けるのは、だれも気が進まなかった。しかし、ロンの言うとおり、スクリュートのお陰でみな十分に暖かくなれるかもしれない。スクリュートに追いかけられるとか、激烈な爆発でハグリッドの小屋が火事になるとか。

ハグリッドの小屋にたどり着いてみると、白髪を短く刈り込み、顎《あご》が突き出た老魔女が戸口に立っていた。

「さあ、お急ぎ。鐘はもう五分前に鳴ってるよ」雪道でなかなか先に進まない生徒たちに、魔女が大声で呼びかけた。

「あなたはどなたですか？」ロンが魔女を見つめた。「ハグリッドはどこ？」

「わたしゃ、グラブリー－プランク先生」魔女は元気よく答えた。「『魔法生物飼育学』の代用教師だよ」

「ハグリッドはどこなの？」ハリーも大声で同じことを聞いた。

「あの人は気分が悪くてね」魔女はそれしか言わなかった。

低い不愉快な笑い声がハリーの耳に入ってきた。振り返ると、ドラコ・マルフォイとスリザリン生が到着していた。どの顔も上機嫌で、グラブリー－プランク先生を見てもだれも驚いていない。

「こっちへおいで」

グラブリー－プランク先生は、ボーバトンの巨大な馬たちが震えている囲い地に沿ってずんずん歩いていく。ハリー、ロン、ハーマイオニーは、魔女について歩きながらハグリッドの小屋を振り返った。カーテンが全部閉まっている。ハグリッドは病気で、たった一人であそこにいるのだろうか？

「ハグリッドはどこが悪いのですか？」ハリーは急いでグラブリー - プランク先生に追いついて、聞いた。

「気にしなくていいよ」余計なお世話だとでも言いたげな答えだ。

「でも気になります」ハリーの声に熱がこもった。「いったいどうしたのですか？」

グラブリー - プランク先生は聞こえないふりをした。ボーバトンの馬が寒さに身を寄せ合って立っている囲い地を過ぎ、禁じられた森の端《はた》に立つ一本の木のところへ先生はみなを連れてきた。その木には、大きな美しい一角獣《ユニコーン》が繋《つな》がれていた。

「おおおおおー！」一角獣を見ると、大勢の女子生徒が思わず声を上げた。

「まあ、なんてきれいなんでしょう！」ラベンダー・ブラウンがささやくように言った。「あの先生、どうやって手に入れたのかしら？　捕まえるのはとっても難しいはずよ！」

一角獣の輝くような白さに、まわりの雪さえも灰色に見えるほどだった。一角獣は金色の蹄《ひづめ》で神経質に地をかき、角《つの》のある頭をのけ反らせていた。

「男の子は下がって！」グラブリー - プランク先生は腕をさっと伸ばし、ハリーの胸のあたりでがっしり行く手を遮《さえぎ》り、大声で言った。「一角獣は女性の感触のほうがいいんだよ。女の子は前へ。気をつけて近づくように。さあ、ゆっくりと……」

先生も女子生徒もゆっくりと一角獣《ユニコーン》に近づき、男子は囲い地の柵《さく》のそばに立って眺めていた。

グラブリー - プランク先生にこちらの声が届かなくなるとすぐ、ハリーがロンに言った。

「ハグリッドはどこが悪いんだと思う？　まさかスクリュートに――？」

「襲われたと思ってるなら、ポッター、そうじゃないよ」マルフォイがねっとりと言った。「ただ、恥ずかしくて、あのでかい醜い顔が出せないだけさ」

「なにが言いたいんだ？」ハリーが鋭い声で聞き返した。

マルフォイはローブのポケットに手を突っ込み、折りたたんだ新聞を一枚引っ張り出した。

「ほら」マルフォイが笑いを含めた声で言った。「こんなことを君に知らせたくはないんだけどね、ポッター……」

ハリーが新聞をひったくり、広げて読むのを、マルフォイはにたにたしながら見ていた。ロン、シェーマス、ディーン、ネビルはハリーの後ろから新聞を覗き込んで一緒に読んだ。新聞記事の冒頭に、いかにも胡散《うさん》くさそうに見えるハグリッドの写真が載っている。

ダンブルドアの「巨大な」過ち

本紙の特派員リータ・スキーターは、「ホグワーツ魔法魔術学校の変人校長アルバス・ダンブルドアは、常に、教職員にあえて問題のある人選をしてきた」との記事を寄せた。

本年九月、校長は、「マッド-アイ」と呼ばれる、呪い好きで悪名高い元「闇《やみ》祓《ばら》い」のアラスター・ムーディを、「闇の魔術に対する防衛術」の教師として迎えた。この人選は、魔法省の多くの役人の眉《まゆ》をひそめさせた。ムーディは身近で急に動く者があれば、だれかれ見境なく攻撃する習性があるからだ。そのマッド-アイ・ムーディでさえ、ダンブルドアが「魔法生物飼育学」の教師に任命した半ヒトに比べれば、まだ責任感のあるやさしい人に見える。

自らが三年生のときにホグワーツを退校処分になったと認めるルビウス・ハグリッドは、それ以来ダンブルドアが確保してくれた森番としての職を享受《きょうじゅ》してきた。ところが、昨年、ハグリッドは、校長に対する不可思議な影響力を行使し、あまたの適任候補を尻目に、「魔法生物飼育学」の教師という座まで射止めてしまった。

危険を感じさせるまでに巨大で、獰猛《どうもう》な顔つきのハグリッドは、新たに手にした権力を利用して恐ろしい生物を次々と繰り出し、自分が担当する生徒を脅している。ダンブルドアの見て見ぬふりをよいことに、ハグリッドは多くの生徒が「怖いのなんの」と認めるところの授業で、何人かの生徒を負傷させている。「僕はヒッポグリフに襲われましたし、友達のビンセント・クラッブは、レタス喰い虫にひどく噛《か》まれました」四年生のドラコ・マルフォイはそう言う。「僕たちはみんな、ハグリッドをとても嫌っています。でも怖くてなにも言えないのです」とも語った。

しかし、ハグリッドは威嚇《いかく》作戦の手を緩める気はさらさらない。先月、「日刊《にっかん》予言者新聞《よげんしゃしんぶん》」の記者の取材に答えてハグリッドは、「尻尾《しっぽ》爆発スクリュート」と自ら命名したマンティコアと火蟹《ひがに》とをかけ合わせた危険きわまりない生物を飼育していると認めた。魔法生物の新種を創り出すことは、周知のとおり「魔法生物規制管理部」が常日ごろ厳しく監視《かんし》している行為だ。どうやらハグリッドは、そんな些細《ささい》な規制など自分にはかかわりなしと考えているらしい。

「おれはただちょいと楽しんでいるだけだ」ハグリッドはそう言って、あわてて話題を変えた。

「日刊予言者新聞」は、さらにきわめつきのある事実をつかんでいる。ハグリッドは、純血の魔法使い――そのふりをしてきたが――ではなかった。しかも、純粋のヒトですらない。本紙のみがつかんだところによれば、母親はなんと女巨人のフリドウルファで、その所在はいま現在不明である。

血に飢えた狂暴な巨人たちは、前世紀に仲間内の戦争で互いに殺し合い、絶滅寸前となった。生き残ったほんのひとにぎりの巨人たちは、「名前を言ってはいけないあの人」に与《くみ》し、恐怖支配時代に起きたマグル大量殺戮《さつりく》事件の中でも最悪の事件にかかわっている。

「名前を言ってはいけないあの人」に仕えた巨人の多くは、暗黒の勢力と対決した「闇祓《やみばら》い」たちに殺されたが、フリドウルファはその中にはいなかった。海外の山岳地帯にいまなお残る、巨人の集落に逃れたとも考えられる。「魔法生物飼育学」の授業での奇行がなにかを語っているとすれば、フリドウルファの息子は、母親の狂暴な性質を受け継いでいるということである。

運命のいたずらかハグリッドは、「例のあの人」を失墜させ、自分の母親を含む「例のあの人」の支持者たちを日陰の身に追いやった、あの男の子との親交を深めてきたとの評判である。おそらく、ハリー・ポッターは、巨大な友人に関する、不愉快な真実を知らないのだろう――しかし、アルバス・ダンブルドアは、ハリー・ポッターならびにそのほかの生徒たちに、半巨人と交わることの危険性について警告する義務があることは明白だ。

記事を読み終えたハリーは、ロンを見上げた。ロンはぽかんと口を開けていた。

「なんでわかったんだろう？」ロンがささやいた。

ハリーが気にしていたのは、そのことではなかった。

『僕たちはみんな、ハグリッドをとても嫌っています』だって？　どういうつもりだ？」

ハリーはマルフォイに向かって吐《は》き棄《す》てるように言った。

「こいつが――」ハリーはクラッブを指さしながら言った。「――レタス喰い虫にひどく噛《か》まれた？　デタラメだ。あいつらには歯なんかないのに！」

クラッブはいかにも得意げに、にたにた笑っていた。

「まあ、これでやっと、あのデカブツの教師生命もおしまいだな」マルフォイの目がぎらぎら光っていた。「半巨人か……それなのに僕なんか、あいつが小さいときに『骨生え薬』を一瓶《ひとびん》飲み干したのかと思っていた……どこの親だって、これは絶対気に入らないだろうな……やつが子供たちを食ってしまうかもと心配するだろうよ。ハ、ハ、ハ……」

「よくも――」

「そこの男子、ちゃんと聞いてるの？」グラブリー‐プランク先生の声が、男子生徒に飛んできた。

女子たちは、みな一角獣《ユニコーン》のまわりに集まってなでていた。ハリーは一角獣のほうに目を向けたが、なにも見てはいなかった。怒りのあまり、「日刊予言者新聞《にっかんよげんしゃしんぶん》」を持つ両手が震えている。グラブリー‐プランク先生は、遠くの男子生徒にも聞こえるように大声で、一角獣のさまざまな魔法特性を列挙しているところだった。

「あの女の先生にずっといて欲しいわ！」授業が終わり、昼食をとりにみなで城に向かう途中、パーバティ・パチルが言った。「『魔法生物飼育学』はこんな感じだろうって、わたしが思っていた授業に近いもの……一角獣のようなちゃんとした生物で、怪物なんかじゃなくって……」

「ハグリッドはどうなるんだい？」城への石段を上りながら、ハリーが怒った。

「どうなるかですって？」パーバティが声を荒らげた。「森番に変わりないでしょう？」

ダンスパーティ以来、パーバティはハリーにいやに冷淡だった。ハリーは、パーバティのことをもう少し気にかけてやるべきだったと思ったが、どっちにしろパーバティは楽しくやっていたようだ。この次の週末にホグズミードに行くときには、ボーバトンの男の子と会う約束になっているのよと、チャンスさえあればだれかれなく吹《ふい》聴《ちょう》していたのは確かだ。

「とってもいい授業だったわ」大広間に入るとき、ハーマイオニーが言った。「一角《ユニコ》獣《ーン》について、私、グラブリー - プランク先生の教えてくださったことの半分も知らなかっ――」

「これ、見て！」うなるようにそう言うと、ハリーは「日刊予言者新聞《にっかんよげんしゃしんぶん》」をハーマイオニーの鼻先に突きつけた。

記事を読みながら、ハーマイオニーはあんぐりと口をあけた。ロンの反応とそっくり同じだった。

「あのスキーターっていやな女、なんでわかったのかしら？　ハグリッドがあの女に話したと思う？」

「思わない」ハリーは先に立ってグリフィンドールのテーブルへとどんどん進み、怒りにまかせてドサッと腰を下ろした。

「僕たちにだって一度も話さなかったろ？　さんざん僕の悪口を聞きたかったのにハグリッドが言わなかったから、腹を立ててハグリッドに仕返しするつもりで嗅《か》ぎ回っていたんだろうな」

「ダンスパーティで、ハグリッドがマダム・マクシームに話しているのを聞いたのかもしれない」ハーマイオニーが静かに言った。

「それだったら、僕たちがあの庭でスキーターを見てるはずだよ！」ロンが言った。

「とにかく、スキーターは、もう学校には入れないことになってるはずだ。ハグリッドが言ってた。ダンブルドアが禁止したって……」

「スキーターは『透明マント』を持ってるのかもしれない」ハリーが言った。チキン・キャセロールを鍋《なべ》から自分の皿に取り分けながら、ハリーは怒りで手が震え、そこら中にこぼした。

「あの女のやりそうなことだ。草むらに隠れて盗み聞きするなんて」

「あなたやロンがやったと同じように？」ハーマイオニーが言った。

「僕らは盗み聞きしようと思ったわけじゃない！」ロンが憤慨した。「ほかにどうしようもなかっただけだ！　ばかだよ、まったく。だれが聞いているかわからないのに、自分の母親が巨人だなんて話すなんて！」

「ハグリッドに会いにいかなくちゃ！」ハリーが言った。「今夜、『占い学』のあとだ。もどってきて欲しいって、ハグリッドに言うんだ……。君もハグリッドにもどって欲しいって、そう思うだろう？」

ハリーはキッとなってハーマイオニーを見た。

「私──そりゃ、はじめてきちんとした『魔法生物飼育学』らしい授業を受けて、新鮮に感じたことは確かだわ──でも、ハグリッドにもどって欲しい。もちろん、そう思うわ！」

ハリーの激しい怒りの視線にたじろぎ、ハーマイオニーはあわてて最後の言葉をつけ加えた。

そこで、その日の夕食後、三人はまた城を出て、凍《い》てつく校庭をハグリッドの小屋へと向かった。小屋の戸をノックすると、ファングの轟《とどろ》くような吠え声が応えた。

「ハグリッド、僕たちだよ！」ハリーはドンドンと戸をたたきながらさけんだ。「開けてよ！」

ハグリッドの応えはない。ファングが哀れっぽく鼻を鳴らしながら、戸をガリガリ引っかく音が聞こえるだけだ。戸は開かない。それから十分ほど、三人は戸をガンガンたたいた。ロンは小屋を回り込んで、窓もバンバンたたいた。それでもなんの反応もない。

「どうして私たちを避けるの？」ついにあきらめて城に向かってもどる道々、ハーマイオニーが言った。「ハグリッドが半巨人だってこと、まさかハグリッドったら、私たちがそれを気にしてると思ってるわけじゃないでしょうね？」

しかし、ハグリッドはそれを気にしているようだった。その週、ハグリッドの姿はどこにも見当たらなかった。食事のときも教職員テーブルに姿を見せず、校庭で森番の仕事をしている様子もなかった。「魔法生物飼育学」は、グラブリー‐プランク先生が続けて教えた。マルフォイは、事あるごとに満足げにほくそえんだ。

「混血の仲良しがいなくて寂しいのか？」マルフォイは、ハリーが反撃できないように、だれか先生が近くにいるときを狙ってはハリーにささやいた。「エレファントマンに会いたいだろう？」

一月半ばにホグズミード行きが許されたので、ハリーが行くつもりだと言ったので、ハーマイオニーは驚いた。

「せっかく談話室が静かになるのよ。このチャンスを利用したらいいのにと思って」ハーマイオニーが言った。「あの卵に真剣に取り組むチャンスよ」

「ああ。僕──僕、あれがどういうことなのか、もう相当いいとこまでわかってるんだ」

ハリーは嘘をついた。

「ほんと？」ハーマイオニーは感心したように言った。「すごいわ！」

ハリーは罪悪感で内臓がよじれる思いだったが、あえて押し殺した。なんといっても、卵のヒントを解く時間はまだ五週間もある。まだまだ先だ……それに、ホグズミードに行けば、ハグリッドにばったり出会って、もどってくれるように説得するチャンスがあるかもしれない。

土曜日がきた。ハリーはロン、ハーマイオニーと連れ立って城を出て、冷たい湿った校庭を校門へと歩いた。湖に停留しているダームストラングの船のそばを通ると、ビクトール・クラムがデッキに現れるのが見えた。水泳パンツ一枚の姿だ。やせてはいるが、見かけよりずっとタフらしい。船の縁《へり》によじ登り、両腕を伸ばしたかと思うと、まっすぐ湖に飛び込んだ。

「狂ってる！」クラムの黒い頭髪が湖の中央に浮き沈みするのを見つめながら、ハリーが言った。「凍えちゃう。一月だよ！」

「あの人はもっと寒いところからきているの」ハーマイオニーが言った。「あれでも結構暖かいと感じてるんじゃないかしら」

「ああ、だけど、その上、大イカもいるしね」

ロンの声は、ちっとも心配そうではなかった――むしろ、なにかを期待しているようだった。ハーマイオニーはそれに気づいて顔をしかめた。

「あの人、ほんとにいい人よ」ハーマイオニーが言った。「ダームストラング生だけど、あなたが考えているような人とはまったくちがうわ。ここのほうがずっと好きだって、私にそう言ったの」

ロンはなんにも言わなかった。ダンスパーティ以来、ロンはビクトール・クラムの名を一度も口にしなかったが、クリスマスの翌日にハリーは、ベッドの下に転がっている小さな人形の腕を見つけた。ポッキリ折れた腕は、どう見ても、ブルガリアのクィディッチ・ユニフォームを着たミニチュア人形の腕だった。

雪でぬかるんだハイストリート通りを、ハリーは目を凝らしてハグリッドの姿を探しながら歩いた。どの店にもハグリッドがいないことがわかると、ハリーは「三本の箒《ほうき》」に行こうと提案した。

パブは相変わらず込み合っていた。しかし、テーブルをひとわたりざっと見回しただけで、ハグリッドの姿がないことがわかった。ハリーはすっかり意気消沈して、ロン、ハーマイオニーと一緒にカウンターに行き、マダム・ロスメルタにバタービールを注文した。こんなことなら、寮に残って卵の泣きわめく声を聞いていたほうがましだったと、ハリーは暗い気持ちになった。

「あの人、いったいいつ、お役所で仕事をしてるの？」突然、ハーマイオニーがひそひそ声で言った。「見て！」

ハーマイオニーはカウンターの後ろにある鏡を指さしていた。ハリーが覗くと、ルード・バグマンが映っていた。大勢の小鬼に囲まれて、薄暗い隅のほうに座っている。バグマンは小鬼に向かって、低い声で早口にまくしたてている。小鬼は全員腕組みして、なにやら恐ろしげな雰囲気だ。

たしかにおかしい、とハリーは思った。今週は三校対抗試合がないから審査の必要もないのに、週末にバグマンが「三本の箒《ほうき》」にいる。ハリーは鏡のバグマンを見つめた。バグマンはまた緊張している。あの夜、森に「闇《やみ》の印《しるし》」が現れる直前に見た、バグマンのあの緊張ぶりと同じだ。しかしそのとき、ちらりとカウンターに目を向けたバグマンが、ハリーを見つけて立ち上がった。

「すぐだ。すぐだから！」

ハリーは、バグマンが小鬼に向かってぶっきらぼうに言うのを聞いた。そして、バグマンは急いでハリーのほうにやってきた。少年のような笑顔がもどっていた。

「ハリー！」バグマンが声をかけた。「元気か？　君にばったり会えるといいと思っていたよ！　すべて順調かね？」

「はい。ありがとうございます」ハリーが答えた。

「ちょっと、二人だけで話したいんだが、どうかね、ハリー？」バグマンが頼み込んだ。「君たち、お二人さん、ちょっとだけ外してくれるかな？」

「あ――オッケーです」

ロンはそう言うと、ハーマイオニーと二人でテーブルを探しにいった。

バグマンは、マダム・ロスメルタから一番遠いカウンターの隅に、ハリーを引っ張っていった。

「さあて、ハリー、ホーンテールとの対決は見事だった。まずはもう一度おめでとうだ」バグマンが言った。「実にすばらしかった」

「ありがとうございます」

バグマンが単に祝いを言いたかったのでないことは、ハリーにもわかっている。そんなことだったら、ロンやハーマイオニーの前でもかまわないはずだ。しかし、バグマンはとくに急いで手の内を明かすような気配ではなかった。カウンターの奥の鏡をちらりと覗いて、小鬼を見ているようだ。小鬼は全員、目尻の吊り上がった暗い目で、黙ってバグマンとハリーを見つめていた。

「まったく悪夢だ」

ハリーが小鬼を見つめているのに気づいたバグマンが声をひそめて言った。

「連中の言葉ときたら、お粗末で……クィディッチ・ワールドカップでのブルガリア勢を思い出してしまうよ……しかしブルガリア勢のほうは、少なくともほかのヒト類にわかるような手話を使った。こいつらは、ちんぷんかんぷんのゴブルディグック語でべらべらまくし立てる……わたしの知っているゴブルディグック語は『ブラドヴァック』の一語だけだ。『つるはし』だがね。連中の前でこの単語は使いたくない。脅迫していると思われると困るからね」

バグマンは低音の効いた声で短く笑った。

「小鬼はいったいなにが望みなんですか？」小鬼がまだバグマンを睨《にら》み続けている

のに気づいて、ハリーが聞いた。

「あー――それはだ……」バグマンは急にそわそわし出した。「あいつらは……あー……バーティ・クラウチを探しているんだ」

「どうしてこんなところで探すんですか？」ハリーが聞いた。「クラウチさんは、ロンドンの魔法省でしょう？」

「あー……実は、どこにいるか、わたしにはわからんのだ」バグマンが言った。「なんと言うか……仕事に出てこなくなったのだ。もう二、三週間欠勤している。助手のパーシーという若者は、病気だと言うんだがね。ふくろう便で指示を送ってくるらしいが。だが、このことは、ハリー、だれにも言わないでくれるかな？　なにしろ、リータ・スキーターがまだあっちこっち嗅《か》ぎ回っているんでね。バーティの病気のことを知ったら、まちがいなくなにか不吉な記事にでっち上げる。バーティがバーサ・ジョーキンズと同じに行方不明だとかなんとか」

「バーサ・ジョーキンズのことは、なにかわかったのですか？」ハリーが聞いた。

「いや」バグマンはまた強《こわ》ばった顔をした。「もちろん捜索させているが……」（遅いぐらいだ、とハリーは思った）「しかし、不思議なこともあるものだ。バーサはたしかにアルバニアに到着している。なにせ、そこでまたいとこに会っている。それから、またいとこの家を出て、おばさんに会いに南に向かった……そしてその途中、影も形もなく消えた。なにが起こったやらさっぱりわからん……駆け落ちするタイプには見えないんだが。たとえばの話だよ……いや、しかし……なんだい、こりゃ？　小鬼とバーサの話などして。わたしが聞きたかったのは」バグマンは声を落とした。「金の卵はどうしてるかね？」

「あの……まあまあです」ハリーは言葉を濁した。

バグマンはハリーのごまかしを見抜いたようだった。

「いいかい、ハリー」バグマンは声を低めたまま言った。「わたしはなにもかも気の毒だと思っている……君はこの試合に引きずり込まれた。自分から望んだわけでもないのに……もし、（バグマンの声がさらに低くなり、ハリーは耳を近づけないと聞き取れなかった）……もしわたしになにかできるなら……君をちょっとだけ後押ししてやれたら……わたしは君が気に入ってね……あのドラゴンとの対決はどうだい！……さあ、一言言ってくれたら」

ハリーはバグマンのバラ色の丸顔や、大きい赤ん坊のような青い目を見上げた。

「自分ひとりの力で謎を解くことになっているんでしょう？」

ハリーは、「魔法ゲーム・スポーツ部」の部長がルールを破っていると非難がましく聞こえないように気を配り、何気ない調子で言った。

「いや……それはそうだが」バグマンが焦《じ》れったそうに言った。「しかし――いいじゃないか、ハリー――みんなホグワーツに勝たせたいと思っているんだから」

「セドリックにも援助を申し出られましたか？」ハリーが聞いた。

バグマンのつやつやした顔が、かすかに歪《ゆが》んだ。

「いいや」バグマンが言った。「わたしは――ほら、さっきも言ったように、君が気に入ったんだ。だからちょっと助けてやりたいと……」

「ええ、ありがとうございます」ハリーが言った。「でも、僕、卵のことはほとんどわかりました……あと二、三日あれば、解決です」

なぜバグマンの申し出を断るのか、ハリーにはよくわからなかった。ただ、バグマンはハリーにとって、まったく赤の他人と言ってもよい。だから、バグマンの助けを受けるのは、ロンやハーマイオニー、シリウスの忠告を聞くことよりずっと八百長に近い気がしただけだ。

バグマンは、ほとんど侮辱されたような顔をした。しかし、そのときフレッドとジョージが現れたので、それ以上なにも言えなくなった。

「こんにちは、バグマンさん」フレッドが明るい声で挨拶した。「僕たちからなにかお飲み物を差し上げたいのですが？」

「あー……いや」バグマンは残念そうな目つきで、もう一度ハリーを見た。「せっかくだが、お二人さん」

バグマンは、手ひどく振られたような顔でハリーを眺めていたが、フレッドとジョージも、バグマンと同じくらい残念そうな顔をしていた。

「さて、急いで行かないと」バグマンが言った。「それじゃあ。ハリー、がんばれよ」

バグマンは急いでパブを出ていった。小鬼は全員椅子からするりと下りて、バグマンのあとを追った。ハリーはロンとハーマイオニーのところへもどった。

「なんの用だったんだい？」ハリーが椅子に座るやいなや、ロンが聞いた。

「金の卵のことで、助けたいって言った」ハリーが答えた。

「そんなことしちゃいけないのに！」ハーマイオニーはショックを受けたような顔をした。「審査員の一人じゃない！　どっちにしろハリー、あなたもうわかったんでしょう？——そうでしょう？」

「あ……まあね」ハリーが言った。

「バグマンが、あなたに八百長を勧めてたなんて、ダンブルドアが知ったら、きっと気に入らないと思うわ！」ハーマイオニーはまだ、絶対に納得できないという顔をしていた。「バグマンが、セドリックもおんなじように助けたいって思っているならいいんだけど！」

「それが、ちがうんだ。僕も質問した」ハリーが言う。

「ディゴリーが援助を受けているかいないかなんて、どうでもいいだろ?」

ロンが口を挟んだ。ハリーも内心そう思った。

「あの小鬼たち、あんまり和気藹々《わきあいあい》って感じじゃなかったわね」バタービールをすりながら、ハーマイオニーが話題を変えた。「こんなところで、なにをしていたのかしら?」

「クラウチを探してる。バグマンはそう言ったけど」ハリーが答えた。「クラウチはまだ病気らしい。仕事にきてないんだって」

「パーシーが一服盛ってるんじゃないか」ロンが雑《ま》ぜっ返した。「もしかしたら、クラウチが消えれば、自分が『国際魔法協力部』の部長に任命されるって思ってるかもしれない」

ハーマイオニーが、「そんなこと、冗談にも言うもんじゃないわ」という目つきでロンを睨《にら》んだ。

「変ね。小鬼がクラウチさんを探すなんて……普通ならあの連中は『魔法生物規制管理部』の管轄でしょうに」

「でも、クラウチはいろんな言葉がしゃべれるし」ハリーが言った。「たぶん、通訳が必要なんだろう」

「今度はかわいそうな『小鬼ちゃん』の心配かい?」ロンがハーマイオニーに言っ

た。「エス・ピー・ユー・ジーかなにか始めるのかい？　醜い小鬼を守る会とか？」

「お・あ・い・に・く」ハーマイオニーが皮肉たっぷりに返した。「小鬼には保護は要りません。ビンズ先生のおっしゃったことを聞いていなかったの？　小鬼の反乱のこと？」

「聞いてない」ハリーとロンが同時に答えた。

「つまり、小鬼たちは魔法使いに太刀打ちできる能力があるのよ」ハーマイオニーがまた一口バタービールをすすった。「あの連中はとっても賢いの。自分たちのために立ち上がろうとしない屋敷しもべ妖精とはちがってね」

「お、わ」ロンが入口を見つめて声を上げた。

リータ・スキーターが入ってきたところだった。今日はバナナ色のローブを着て、長い爪をショッキング・ピンクに染め、いつもの腹の出たカメラマンを従えている。飲み物を買い、カメラマンと二人でほかの客をかき分け、近くのテーブルにやってきた。近づいてくるリータ・スキーターを、ハリー、ロン、ハーマイオニーがぎらぎらと睨みつけた。

スキーターはなにかとても満足げに、早口でしゃべっている。

「……あたしたちとあんまり話したくないようだったわねえ、ボゾ？　さあて、どうしてか、あんた、わかる？　あんなにぞろぞろ小鬼を引き連れて、なにしてたんざんしょ？　観光案内だとさ……ばか言ってるわ……あいつはまったく嘘が下手《へた》なんだから。なにか臭わない？　ちょっとほじくってみようか？『魔法ゲーム・スポーツ部、失脚した元部長、ルード・バグマンの不名誉』……なかなか切れのいい見出しじゃないか、ボゾ――あとは、見出しに合う話を見つけるだけざんす――」

「まただれかを破滅させるつもりか？」ハリーが大声を出した。

何人かが声のほうを振り返った。リータ・スキーターは、声の主を見つけると、宝石縁のメガネの奥で目を見開いた。

「ハリー！」リータ・スキーターがにっこりした。「すてきざんすわ！　こっちにきて一緒に――」

「おまえなんか、いっさいかかわりたくない。三メートルの箒《ほうき》を中に挟んだっていやだ」

ハリーはカンカンに怒っていた。

「いったいなんのために、ハグリッドにあんなことをしたんだ？」

リータ・スキーターは、眉《まゆ》ペンシルでどぎつく描いた眉を吊り上げた。

「読者には真実を知る権利があるのよ。ハリー、あたくしはただ自分の役目を――」

「ハグリッドが半巨人だからって、それがどうだっていうんだ？」ハリーがさけんだ。「ハグリッドはなんにも悪くないのに！」

酒場中がしんとなっていた。マダム・ロスメルタがカウンターの向こうで目を凝らしている。注いでいる蜂蜜酒が大だるま瓶《びん》からあふれているのにも気づいていないらしい。

リータ・スキーターの笑顔がわずかに動揺したが、たちまち取り繕《つくろ》って笑顔にもどった。ワニ革バッグの留め金をパチンと開き、自動速記羽根ペンＱＱＱを取り出し、リータ・スキーターはこう言った。

「ハリー、君の知っているハグリッドについてインタビューさせてくれない？　『筋肉隆々に隠された顔』ってのはどうざんす？　君の意外な友情とその裏の事情についてざんすけど。君はハグリッドが父親代わりだと思う？」

突然ハーマイオニーが立ち上がった。手にしたバタービールのジョッキを手榴弾《しゅりゅうだん》のようににぎりしめている。

「あなたって、最低の女よ」ハーマイオニーは歯を食いしばって言った。「記事のためなら、なんにも気にしないのね。だれがどうなろうと。たとえルード・バグマンだって――」

「お座りよ。ばかな小娘のくせして。わかりもしないのに、わかったような口をきくんじゃない」ハーマイオニーを睨《にら》みつけ、リータ・スキーターは冷たく言い放った。「ルード・バグマンについちゃ、あたしゃね、あんたの髪の毛が縮み上がるようなことをつかんでいるんだ……もっとも、もう縮み上がっているようざんすけど——ね」

ハーマイオニーのボサボサ頭をちらりと見て、リータ・スキーターが捨て台詞を吐《は》いた。

「行きましょう」ハーマイオニーが言った。「さあ、ハリー——ロン……」

三人は席を立った。大勢の目が、三人の出ていくのを見つめていた。出口に近づいたとき、ハリーはちらっと振り返った。リータ・スキーターの自動速記羽根ペンQQQが取り出され、テーブルに置かれた羊皮紙《ようひし》の上を、飛ぶように往《い》ったり来たりしていた。

「ハーマイオニー、あいつ、きっと次は君を狙うぜ」急ぎ足で帰る道々、ロンが心配そうに低い声で言った。

「やるならやってみろだわ！」ハーマイオニーは怒りに震えながら、挑むように言った。「目にもの見せてやる！　ばかな小娘？　私が？　絶対にやっつけてやる。最初はハリー、次にハグリッド……」

「ねえ、リータ・スキーターを刺激するなよ」ロンが心配そうに言った。「ハーマイオニー、僕、本気で言ってるんだ。あの女、君の弱みを突いてくるぜ——」

「私の両親は『日刊予言者新聞《にっかんよげんしゃしんぶん》』を読まないから、私は、あんな女に脅されて隠れたりしないわ！」

ハーマイオニーがどんどん早足で歩くので、ハリーとロンはついていくだけでやっとだった。ハーマイオニーがこんなに怒ったのを見るのは、ドラコ・マルフォイの横面をピシャリと張ったとき以来だ。

「それに、ハグリッドはもう逃げ隠れしてちゃだめ！ あんな、ヒトのできそこないみたいな女のことでおたおたするなんて、絶対だめ！ さあ、行くわよ！」

ハーマイオニーは突然走り出した。二人を従え、帰り道を走り続け、羽の生えたイノシシ像が一対立っている校門を駆け抜け、校庭を突き抜けて、ハグリッドの小屋へと走った。

小屋のカーテンはまだ閉まったままだった。三人が近づいたので、ファングが吠える声が聞こえる。

「ハグリッド！」玄関の戸をガンガンたたきながら、ハーマイオニーがさけんだ。「ハグリッド、いいかげんにして！ そこにいることはわかってるわ！ あなたのお母さんが巨人だろうとなんだろうと、だぁれも気にしてないわ、ハグリッド！ リータみたいな腐った女にやられてちゃだめ！ ハグリッド、ここから出るのよ。こんなことしてちゃ――」

ドアが開いた。ハーマイオニーは「ああ、やっと！」と言いかけて、突然口をつぐんだ。ハーマイオニーの目の前に立っているのはハグリッドではなかった。アルバス・ダンブルドアだった。

「こんにちは」ダンブルドアは三人にほほえみかけながら、心地よく言った。

「私たち——あの——ハグリッドに会いたくて」ハーマイオニーの声が小さくなった。

「おお、わしもそうじゃろうと思いましたぞ」ダンブルドアは目をキラキラさせながら言った。「さあ、お入り」

「あ……あの……はい」ハーマイオニーが言った。

ハーマイオニー、ロン、ハリーの三人は、小屋に入った。ハリーが入るなり、ファングが飛びついて、メチャメチャ吠えながらハリーの耳をなめようとした。ハリーはファングを受け止めながら、あたりを見回した。

ハグリッドは、大きなマグカップが二つ置かれたテーブルの前に座っていた。ひどかった。泣きすぎて顔はブチになり、両目は腫《は》れ上がり、髪の毛にいたっては、これまでの極端から反対の極端へと移り、なでつけるどころか、いまやからみ合った針金のカツラのように見えた。

「やあ、ハグリッド」ハリーが挨拶した。

ハグリッドは目を上げた。

「よう」ハグリッドはしゃがれた声を出した。

「もっと紅茶が必要じゃの」

ダンブルドアは三人が入ったあとで戸を閉め、杖《つえ》を取り出してくるくるっと回した。空中に、紅茶を乗せた回転テーブルが現れ、ケーキを載せた皿も現れた。ダンブルドアはテーブルの上に回転テーブルを載せ、みなはテーブルに着いた。ちょっと間を置いてから、ダンブルドアが言った。

「ハグリッド、ひょっとして、ミス・グレンジャーがさけんでいたことが聞こえなかったのかね？」

ハーマイオニーはちょっと赤くなったが、ダンブルドアはハーマイオニーにほほえみかけて言葉を続けた。

「ハーマイオニーもハリーもロンも、ドアを破りそうなあの勢いから察するに、いまでもおまえと親しくしたいと思っているようじゃ」

「もちろん、僕たち、いまでもハグリッドと友達でいたいと思ってるよ！」ハリーがハグリッドを見つめながら言った。「あんなブスのスキーターばばあの言うことなんか——すみません。先生」

ハリーはあわてて謝り、ダンブルドアの顔を見た。

「急に耳が聞こえなくなってのう、ハリー、いまなんと言うたかさっぱりわからん」

ダンブルドアは天井を見つめ、手を組んで親指をくるくるもてあそびながら言った。

「あの――えーと――」ハリーはおずおずと言った。「僕が言いたかったのは――ハグリッド、あんな――女が――ハグリッドのことをなんて書こうと、僕たちが気にするわけないだろう？」

黄金虫《こがねむし》のような真っ黒なハグリッドの目から、大粒の涙が二粒あふれ、もじゃもじゃひげをゆっくりと伝って落ちた。

「わしが言ったことの生きた証拠じゃな、ハグリッド」ダンブルドアはまだじっと天井を見上げたまま言った。「生徒の親たちから届いた、数え切れないほどの手紙を見せたじゃろう？　自分たちが学校にいたころのおまえのことをちゃんと覚えていて、もし、わしがおまえをクビにしたら、一言言わせてもらうと、はっきりそう書いてよこした――」

「全部が全部じゃねえです」ハグリッドの声はかすれていた。「みんながみんな、おれが残ることを望んではいねえです」

「それはの、ハグリッド、世界中の人に好かれようと思うのなら、残念ながらこの小屋にずっと長いこと閉じこもっているほかあるまい」ダンブルドアは半月メガネの上から、今度は厳しい目を向けていた。「わしが校長になってから、学校運営のことで、少なくとも週に一度はふくろう便が苦情を運んでくる。かといって、わしはどうすればよいのじゃ？　校長室に立てこもって、だれとも話さんことにするかの？」

「そんでも――先生は半巨人じゃねえ！」ハグリッドがしゃがれた声で言った。

「ハグリッド。じゃ、僕の親戚はどうなんだい！」ハリーが怒った。「ダーズリー一家なんだよ！」

「よいところに気づいた」ダンブルドア校長が言った。「わしの兄弟のアバーフォースは、ヤギに不適切な呪文をかけた咎《とが》で起訴されての。あらゆる新聞に大きく出た。しかしアバーフォースが逃げ隠れしたかの？　いや、しなかった。頭をしゃんと上げ、いつもどおりに仕事をした！　もっとも、字が読めるのかどうか定かではない。したがって、勇気があったということにはならんかもしれんがのう……」

「もどってきて教えてよ、ハグリッド」ハーマイオニーが静かに言った。「お願いだから、もどってきて。ハグリッドがいないと、私たちほんとに寂しいわ」

ハグリッドがゴクッと喉《のど》を鳴らした。涙がぼろぼろと頬を伝い、もじゃもじゃのひげを伝った。

「辞表は受け取れぬぞ、ハグリッド。月曜日には授業にもどるのじゃ」ダンブルドアが立ち上がった。

アが言った。「明日の朝八時半に、大広間でわしと一緒に朝食じゃ。言い訳は許さぬぞ。それではみな、元気での」

ダンブルドアは、ファングの耳をカリカリするのにちょっと立ち止まり、小屋を出ていった。その姿を見送り、戸が閉まると、ハグリッドはゴミバケツのふたほどもある両手に顔を埋《うず》めてすすり泣きはじめた。ハーマイオニーはハグリッドの腕を軽くたたいて慰めた。やっと顔を上げたハグリッドは、目を真っ赤にして言った。

「偉大なお方だ。ダンブルドアは……偉大なお方だ……」

「うん、そうだね」ロンが言った。「ハグリッド、このケーキ、一つ食べてもいいかい？」

「ああ、やってくれ」ハグリッドは手の甲で涙を拭《ぬぐ》った。「ん。あのお方が正しい。そうだとも──おまえさんら、みんな正しい……おれはばかだった……おれの父ちゃんは、おれがこんなことをしてるのを見たら、恥ずかしいと思うにちげえねえ……」

またしても涙があふれ出たが、ハグリッドはさっきよりきっぱりと涙を拭った。

「父ちゃんの写真を見せたことがなかったな？　どれ……」

ハグリッドは立ち上がって洋服簞笥《だんす》のところへ行き、引き出しを開けて写真を取り出した。ハグリッドと同じくくしゃくしゃっとした真っ黒な目の、小柄な魔法使いが、ハグリッドの肩に乗っかってにこにこしていた。そばのりんごの木から判断して、ハグリッドは優に二メートル豊かだが、顔にはひげがなく、若くて丸くてつるつるだった──せいぜい十歳くらいだろう。

「ホグワーツに入学してすぐに撮ったやつだ」ハグリッドはしゃがれ声で言った。「親父は大喜びでなあ……おれが魔法使いじゃねえかもしれんと思ってたからな。ほれ、お袋のことがあるし……うん、まあ、もちろん、おれはあんまり魔法がうまくはなかったな。うん……しかし、少なくとも、親父はおれが退学になるのを見ねえですんだ。死んじまったからな。二年生んときに……」

「親父が死んでから、おれを支えてくれなさったのがダンブルドアだ。森番の仕事をくださった……人をお信じなさる、あの方は。だれにでもやりなおしのチャンスをくださる……そこが、ダンブルドアとほかの校長とのちがうとこだ。才能さえあれば、ダンブルドアはだれでもホグワーツに受け入れなさる。みんなちゃんと育つってことを知ってなさる。たとえ家系が……その、なんだ……そんなに立派じゃねぇくてもだ。しかし、それが理解できねえやつもいる。生まれ育ちを盾《たて》にとって、批判するやつが必ずいるもんだ……骨が太いだけだなんて言うやつもいる――『自分は自分だ。恥ずかしくなんかねえ』ってきっぱり言って立ち上がるより、ごまかすんだ。『恥じることはないぞ』って、おれの父ちゃんはよく言ったもんだ。『そのことでおまえをたたくやつがいても、そんなやつはこっちが気にする価値もない』ってな。親父は正しかった。おれがばかだった。あの女のことも、もう気にせんぞ。約束する。骨が太いだと……よう言うわ」

ハリー、ロン、ハーマイオニーはそわそわと顔を見合わせた。ハグリッドがマダム・マクシームに話しているのを聞いてしまったと認めるくらいなら、ハリーは「尻《しっ》尾《ぽ》爆発スクリュート」五十四を散歩に連れていくほうがましだと思った。しかしハグリッドは、自分がいま変なことを口走ったことも気づかないらしく、しゃべり続けていた。

「ハリー、あのなあ」父親の写真から目を上げたハグリッドが言った。目がキラキラ輝いている。「おまえさんにはじめて会ったときなあ、昔のおれに似てると思った。父ちゃんも母ちゃんも死んで、おまえさんはホグワーツなんかでやっていけねえと思っちょった。覚えとるか？　そんな資格があるのかどうか、おまえさんは自信がなかったなあ……ところがハリー、どうだ！　学校の代表選手だ！」

ハグリッドはハリーをじっと見つめ、それから真顔で言った。

「ハリーよ、おれがいま心から願っちょるのがなんだかわかるか？　おまえさんに勝って欲しい。本当に勝って欲しい。みんなに見せてやれ……純血じゃなくてもできるんだってな。自分の生まれを恥じることはねえんだ。ダンブルドアが正しいんだっちゅうことを、みんなに見せてやれ。魔法ができる者ならだれでも入学させるのが正しいってな。ハリー、あの卵はどうなってる？」

「大丈夫」ハリーが言った。「ほんとに大丈夫さ」

ハグリッドのしょぼくれた顔が、パッと涙まみれの笑顔になった。

「それでこそ、おれのハリーだ……目にもの見せてやれ。ハリー、みんなに見せてやれ。みんなを負かしっちまえ」

ハグリッドに嘘をつくのは、ほかの人に嘘をつくのと同じではなかった。午後も遅くなって、ロン、ハーマイオニーと一緒に城にもどったハリーの目に、ハリーが試合で優勝する姿を想像したときに見せた、ひげもじゃハグリッドのあのうれしそうな顔が焼きついていた。その夜は、意味のわからない卵がハリーの良心に一段と重くのしかかった。ベッドに入るとき、ハリーの心は決まっていた――プライドを一時忘れ、セドリックのヒントが役に立つかどうかを試してみるときがきた。

第25章　玉子と目玉

金の卵の謎を解き明かすのに、どのくらい長く風呂に入る必要があるのか見当もつかないので、ハリーは好きなだけ時間が取れるよう夜になってから実行することにした。これ以上セドリックに借りを作るのは気が進まなかったけれど、ハリーは監督生《かんとくせい》用の浴室を使うことにした。かぎられた人しか入れないので、そこならだれかに邪魔されることも少ないはずだ。

浴室行きを、ハリーは綿密に計画した。前に一度、真夜中にベッドを抜け出して禁止区域で管理人のフィルチに捕まったことがある。もう二度とあの経験はしたくない。もちろん、「透明《とうめい》マント」は欠かせない。さらに、用心のため、「忍《しの》びの地図《ちず》」も持っていくことにした。ハリーの持っている規則破り用の道具の中では、透明マントの次に役立つのがこの地図だ。ホグワーツ全体の地図で、近道や秘密の抜け道も描いてある。さらに重要なのは、城内にいる人が廊下を動く小さな点で示され、それぞれの点に名前がついていることだ。だれかが浴室に近づけば、ハリーにはこれで前もってわかる。

木曜の夜、ハリーはこっそりベッドを抜け出し、透明マントをかぶり、そっと下に下りていった。ハグリッドがハリーにドラゴンを見せてくれたあの夜と同じように、ハリーは肖像画が開くのを内側で待った。今夜はロンが外側にいて、「太った婦人《レディ》」に合言葉（「バナナ・フリッター」）を言った。「がんばれよ」談話室に這《は》い上がりながら、ロンはすれちがいに出ていくハリーにささやいた。

透明マントを着ていると動きにくかった。今夜は、片腕に重い卵を抱え、もう一方の手で地図を目の前に掲げているからだ。しかし、月明かりに照らされた廊下は閑散としていて、要所要所で地図をチェックしたこともあって、出会いたくない人物に出会わずにすんだ。「ボケのボリス」の像――手袋の右左をまちがえて着けている、ぼうっとした魔法使いだ――にたどり着くと、ハリーはめざす扉を見つけ、近寄って寄りかかり、セドリックに教えてもらったとおり、「パイン・フレッシュ」と合言葉を唱えた。

ドアが軋《きし》みながら開いた。ハリーは中に滑り込んで内側から閂《かんぬき》をかけ、透明マントを脱いで周囲を見回した。

第一印象は、こんな浴室を使えるならそれだけで監督生になる価値がある、というものだった。蠟燭《ろうそく》の灯《とも》った豪華なシャンデリアが一つ、白い大理石造りの浴室を和らかく照らしている。床の真ん中に埋め込まれた長方形のプールのような浴槽も白大理石だ。浴槽の周囲に、百本ほどの金の蛇口があり、取っ手のところに一つひとつ色のちがう宝石がはめ込まれている。飛び込み台もあった。窓には真っ白なリンネルの長いカーテンがかけられ、浴室の隅にはふわふわの白いタオルが山のように積まれていた。壁には金の額縁の絵が一枚掛けてある。ブロンドの人魚の絵だ。岩の上でぐっすり眠っている。寝息を立てるたびに、長い髪がその顔の上でひらひら揺れていた。

ハリーはあたりを見回しながらさらに中に入った。足音が壁にこだまする。浴室はたしかにすばらしかったが——それに、蛇口をいくつかひねってみたい気持ちも強かったが——ここにきて、セドリックが自分を担いだのではないかという気持ちが抑え切れなくなった。これがいったいどうして卵の謎を解くのに役立つんだ？

それでも、ハリーは、ふわふわのタオルを一枚と、透明マント、地図、卵を水泳プールのような浴槽の横に置き、ひざまずいて蛇口を一本、二本とひねってみた。湯と一緒に、蛇口によってちがう種類の入浴剤の泡が出てきた。しかも、これまでハリーが経験したことがないような泡だった。ある蛇口からは、サッカーボールほどもあるピンクとブルーの泡が吹き出し、別の蛇口からは雪のように白い泡が出てきた。白い泡は細かくしっかりとしていて、試しにその上に乗ったら、体を支えて浮かしてくれそうだった。二本目の蛇口からは香りの強い紫の雲が出てきて、水面にたなびいた。ハリーは蛇口を開けたり閉めたりして、しばらく遊んだ。とりわけ、勢いよく噴出した湯が、水面を大きく弧を描いて飛び跳ねる蛇口が楽しかった。やがて、深い浴槽も湯と大小さまざまな泡で満たされた（これだけ大きい浴槽にしては、かなり短い時間で一杯になった）。ハリーは蛇口を全部閉め、ガウン、スリッパ、パジャマを脱ぎ、湯に浸かった。

浴槽は深く、足がやっと底に届くほどで、ハリーは浴槽の端から端まで二、三回泳ぎ、それから、浴槽の縁までもどって立ち泳ぎをしながら、卵をじっと見た。泡立った温かい湯の中を、立ち昇る色とりどりの湯気に囲まれて泳ぐのはすごく楽しかったが、抜き手を切っても頭は切れず、なんの閃《ひらめ》きも思いつきも出てこなかった。

ハリーは腕を伸ばして濡れた手で卵を持ち上げ、開けてみた。泣きわめくようなかん高い悲鳴が浴室全体に広がり大理石の壁に反響しただけで、相変わらずわけがわからない。それどころか、反響でよけいわかりにくかった。卵を閉じた。フィルチがこの音を聞きつけるのではないかと、心配になったのだ。もしかしたら、それがセドリックの狙いだったのでは――そのときだれかの声がした。ハリーは驚いて飛び上がり、その拍子に卵が手を離れて浴室の床をカンカンと転がっていった。

「わたしなら、それを水の中に入れてみるけど」

ハリーはショックで、しこたま泡を飲み込んでしまった。咳《せ》き込みながら立ち上がったハリーは、憂鬱な顔をした少女のゴーストが蛇口の上にあぐらをかいて座っているのを見た。いつもは、三階下のトイレの、S字パイプの中ですすり泣いている「嘆《なげ》きのマートル」だった。

「マートル！」ハリーは憤慨した。「ぼ――僕は、裸なんだよ！」

泡が厚く覆っていたので、それはあまり問題ではなかった。しかし、ハリーがここにきたときからずっと、マートルが蛇口の中からハリーの様子を窺《うかが》っていたのではないかと、いやな感じがしたのだ。

「あんたが浴槽に入るときは目をつぶってたわ」マートルは分厚いメガネの奥でハリーに向かって目を瞬《しばたた》かせた。「ずいぶん長いこと、会いにきてくれなかったじゃない」

「うん……まあ……」ハリーはマートルに頭以外は絶対なにも見えないように、少し膝《ひざ》を曲げた。「君のいるトイレには、僕、行けないだろ？　女子トイレだもの」

「前は、そんなこと気にしなかったじゃない」マートルが惨《みじ》めな声で言った。「しょっちゅうあそこにいたじゃない」

そのとおりだった。ただそれは、ハリー、ロン、ハーマイオニーが隠れて「ポリジュース薬」を煎じるのに、マートルのいる故障中のトイレが好都合だったからだ。

「ポリジュース薬」は禁じられた魔法薬で、ハリーとロンがそれを飲み、一時間だけクラッブとゴイルに変身してスリザリンの談話室に入り込むことができたのだ。

「あそこに行ったことで、叱られたんだよ」ハリーが言った。それも半分本当だった。ハリーがマートルのトイレから出てくるところを、パーシーに捕まったことがあった。「その後は、もうあそこに行かないほうがいいと思ったんだ」

「ふーん……そう」マートルはむっつりと顎《あご》のにきびをつぶした。「まあ……とにかく……卵は水の中で試すことだわね……セドリック・ディゴリーはそうやったわ」

「セドリックのことも覗き見してたのか？」ハリーは憤然と言った。「どういうつもりなんだ？　夜な夜なこっそりここにきて、監督生《かんとくせい》が風呂に入るところを見てるのか？」

「夜な夜なじゃないわ、ときどきよ」マートルがちょっと悪戯《いたずら》っぽく言った。「だけど、出てきて話をしたことはないわ」

「光栄だね」ハリーは不機嫌な声を出した。「目をつぶってて！」

マートルがメガネをさっちり覆うのを確認してから、ハリーは浴槽を出て、タオルをしっかり巻きつけて、卵を取りにいった。

ハリーが湯にもどると、マートルは指の間から覗いて「さあ、それじゃ……水の中で開けて」と言った。ハリーは泡だらけの湯の中に卵を沈めて、開けた……すると、聞こえてきたのは泣き声ではなかった。ゴボゴボという歌声だった。しかし水の中なので、ハリーには歌の文句が聞き取れない。

「あんたも頭を沈めるのよ！」マートルは命令するのが楽しくてたまらない様子だ。「さあ！」

ハリーは大きく息を吸って湯に潜った――すると今度は、泡がいっぱいの湯の中で、大理石の浴槽の底に座ったハリーの耳に、両手に持った卵から不思議な声のコーラスが聞こえてきた。

探しにおいで　声を頼りに
地上じゃ歌は　歌えない
探しながらも　考えよう
われらが捕らえし　大切なもの
探す時間は　一時間
取り返すべし　大切なもの
一時間のその後は――もはや望みはありえない
遅すぎたなら　そのものは　もはや二度とはもどらない

ハリーは浮上して泡だらけの水面から顔を出し、目にかかった髪を振りはらった。

「聞こえた?」マートルが聞いた。

「うん……『探しにおいで、声を頼りに……』そして、探しにいく理由は……待って。もう一度聞かなきゃ……」ハリーはまた潜った。

卵の歌をそれから三回水中で聞き、ハリーはやっと歌詞を覚えた。それからしばらく立ち泳ぎをしながら、ハリーは必死で考えた。マートルは腰掛けてハリーを眺めていた。

「地上では声が使えない人たちを探しにいかなくちゃならない……」ハリーはしゃべりながら考えていた。「うーん……だれなんだろう?」

「鈍いのね」こんなに楽しそうな「嘆きのマートル」を見るのははじめてだった。

「ポリジュース薬」ができ上がった日に、ハーマイオニーがそれを飲んで顔に毛が生え、猫の尻尾《しっぽ》が生えたときも、やはり楽しそうだったけれど。

ハリーは考えながら浴室を見回した……水の中でしか声が聞こえないのなら、水中の生物だと考えれば筋道が立つ。マートルにこの考えを話すと、マートルはハリーに向かってニヤッと笑った。

「そうね。ディゴリーもそう考えたわ。そこに横になって、長々とひとり言を言ってた。長々とね……もう泡がほとんど消えていたわ……」

「水中か……」ハリーは考えた。「マートル……湖にはなにが棲《す》んでる？　大イカのほかに」

「そりゃ、いろいろだわ」マートルが答えた。「わたし、ときどき行くんだ……しかたなく行くこともあるわ。うっかりしてるときに、急にだれかがトイレを流したりすると ね……」

「嘆きのマートル」がトイレの中身と一緒にパイプを通って湖に流されていく様子を想像しないようにしながら、ハリーが言った。

「そうだなあ、人の声を持っている生物がいるかい？　待てよ――」ハリーは絵の中で寝息を立てている人魚に目を止めた。「マートル、湖には水中人《マーピープル》がいるんだろう？」

「うぅぅ、やるじゃない」マートルの分厚いメガネがキラキラした。「ディゴリーはもっと長くかかったわ！　しかも、あの女が」――マートルは憂鬱な顔に大嫌いだという表情を浮かべて、人魚のほうをぐいと顎《あご》でしゃくった――「起きてるときだったんだ。クスクス笑ったり、見せびらかしたり、ひれをパタパタ振ったりしてさ……」

「そうなんだね？」ハリーは興奮した。「第二の課題は、湖に入って水中人を見つけて、そして……そして……」

ハリーは急に自分がなにを言っているのかに気づいた。すると、だれかが突然ハリーの胃袋の栓を引き抜いたかのように、興奮が一気に流れ去った。ハリーは水泳が得意ではない。あまり練習したことがなかったのだ。ダドリーは小さいときに水泳教室に行ったが、ペチュニアもバーノンも、ハリーには訓練を受けさせようとしなかった。まちがいなく、ハリーがいつか溺《おぼ》れればいいと願っていたのだろう。浴槽プールを二、三回往復するくらいならいい。しかし、あの湖はとても大きいし、とても深い……それに、水中人はさっと湖底に棲んでいるはずだ……。

「マートル」ハリーは考えながらしゃべっていた。「どうやって息をすればいいのかなあ?」

するとマートルの目に、またしても急に涙があふれた。

「ひどいわ!」マートルはハンカチを探してローブをまさぐりながらつぶやいた。

「なにが?」ハリーは当惑した。

「わたしの前で『息をする』なんて言うとは!」マートルのかん高い声が、浴室中にガンガン響いた。「わたしはできないのに……わたしは息をしてないのに……もう何年も……」

マートルはハンカチに顔を埋《うず》め、グスグス鼻をすすった。

ハリーは、マートルが自分の死んだことに対していつも敏感だったことを思い出した。しかし、ハリーが知っているほかのゴーストは、だれもそんな大騒ぎはしない。

「ごめんよ」ハリーはいらいらしながら言った。「そんなつもりじゃ――ちょっと忘れてただけだ……」

「ええ、そうよ。マートルが死んだことなんか、簡単に忘れるんだわ」マートルは喉《のど》をゴクンと鳴らし、泣き腫《は》らした目でハリーを見た。「生きてるときだって、何時間も何時間もわたしがいなくてもだれも寂しがらなかった。わたしの死体だって、何時間も気づかれずに放っておかれた――わたし知ってるわ。あそこに座ってみんなを待ってたんだもの。オリーブ・ホーンビーがトイレに入ってきたわ――『マートル、あんた、またここにいるの？　すねちゃって』そう言ったの。『ディペット先生が、あんたを探してきなさいっておっしゃるから――』そして、オリーブはわたしの死体を見たわ……うぅぅぅー、オリーブは死ぬまでそのことを忘れなかった。わたしが忘れさせなかったもの……取り憑《つ》いて、思い出させてやった。そうよ。オリーブの兄さんの結婚式のこと、覚えてるけど――」

しかし、ハリーは聞いていなかった。水中人《マーピープル》の歌のことをもう一度考えていたのだ。「われらが捕らえし　大切なもの」僕のものをなにか盗むように聞こえる。僕が取り返さなくちゃならないなにかを。いったいなにを盗むんだろう？

「――そして、もちろん、オリーブは魔法省に行って、わたしがストーカーするのをやめさせようとしたわ。だからわたしはここにもどって、トイレに棲《す》まなければならなくなったの」

「よかったね」ハリーは上の空の受け答えをした。「さあ、僕、さっきよりずいぶんいろいろわかった……また目を閉じてよ。出るから」

ハリーは浴槽の底から卵を取り上げ、浴槽から這《は》い出て体を拭《ふ》き、元通りパジャマとガウンを着た。

「いつかまた、わたしのトイレにきてくれる？」ハリーが透明マントを取り上げると、「嘆きのマートル」が悲しげに言った。

「ああ……できたらね」内心ハリーは、今度マートルのトイレに行くときは、城中のトイレが全部詰まったときだろうな、と考えていた。

「それじゃね、マートル……助けてくれてありがとう」

「バイバイ」マートルが憂鬱そうに言った。ハリーが透明マントを着ているとき、マートルが蛇口の中に入っていくのが見えた。

暗い廊下に出て、ハリーは「忍びの地図」を調べ、だれもいないかどうかをチェックした。大丈夫だ。フィルチとミセス・ノリスを示す点は、フィルチの部屋にあるので安全だ……上の階のトロフィー室を跳ね回っているピーブズ以外は、なにも動いている様子がない……ハリーがグリフィンドール塔にもどろうと、一歩踏み出したちょうどそのとき、地図上のなにかが目に止まった……とてもおかしななにかが。

動いているのはピーブズだけではなかった。左下の角の部屋で、一つの点があっちこっちと飛び回っている――スネイプの研究室だ。しかし、その点の名前は〝セブルス・スネイプ〟ではない……〝バーテミウス・クラウチ〟だ。

ハリーはその点を見つめた。クラウチ氏は、仕事にもクリスマス・ダンスパーティにもこられないほど病気が重いはずだ――なにをしているのだろう？ ホグワーツに忍び込んで、夜中の一時に？ 点があっちこっちで止まりながら部屋の中をぐるぐる動き回っているのを、ハリーはじっと見つめていた……。

ハリーは迷った。考えた……そして、ついに好奇心に勝てなかった。行き先を変え、ハリーは反対方向の一番近い階段へと進んだ。クラウチがなにをしているのかを見るつもりだ。

ハリーはできるだけ静かに階段を下りた。それでも、床板が軋《きし》む音やパジャマのこすれる音に、肖像画の顔がいくつか不思議そうに振り向いた。階下の廊下を忍び足で進み、真ん中あたりで壁のタペストリーをめくり、より狭い階段を下りた。二階下まで下りられる近道だ。ハリーは地図をちらちら見ながら、考え込んだ……クラウチ氏のような規則を遵守《じゅんしゅ》する品行方正な人が、こんな夜中に他人の部屋をこそこそ歩くのは、どう考えても腑《ふ》に落ちない……。

階段を半分ほど下りたそのとき、クラウチ氏の奇妙な行動にばかり気を取られ、自分のことが上の空だったハリーは、突然、だまし階段にズブリと片足を突っ込んでしまった。ネビルがいつも飛び越すのを忘れて引っかかる階段だ。ハリーはぶざまにグラッとよろけ、まだ風呂で濡れたままの金の卵が、抱えていた腕を滑り抜けた——ハリーは身を乗り出してなんとか取り押さえようとしたが遅かった。卵は長い階段を一段一段、バス・ドラムのような大音響を上げて落ちていった——透明マントがずり落ちた——ハリーがあわてて押さえたとたん、今度は「忍《しの》びの地図《ちず》」が手を離れ、六段下まで滑り落ちた。階段に膝上《ひざうえ》まで沈んだハリーには届かないところだ。

金の卵は階段下のタペストリーを突き抜けて廊下に落ち、パックリ開いて廊下中に響く大きな泣き声を上げた。ハリーは杖《つえ》を取り出し、なんとか「忍びの地図」に触れて白紙にもどそうとしたが、遠すぎて届かない——。

透明マントをきっちり巻きつけなおし、ハリーは身を起こして耳を澄ませた。ハリーの目は恐怖で引きつっていた……ほとんど間髪《かんはつ》を入れず——。

「ピーブズ！」まぎれもなく、管理人フィルチの狩《かり》の雄叫《おたけ》びだ。バタバタと駆けつけてくるフィルチの足音がだんだん近くなる。怒りでゼイゼイ声を張り上げている。

「この騒ぎはなんだ？　城中を起こそうっていうのか？　取っ捕まえてやる。ピーブズ。取っ捕まえてやる。おまえは……こりゃ、なんだ？」

フィルチの足音が止まった。金属と金属が触れ合うカチンという音がして、泣き声が止まった——フィルチが卵を拾って閉じたのだ。ハリーはじっとしていた。片足をだまし階段にがっちり挟まれたまま、聞き耳を立てた。いまにもフィルチが、タペストリーを押し開けて、ピーブズを探すだろう……そして、ピーブズはいないのだ……しかし、フィルチが階段を上がってくれば、「忍びの地図」が目に入る……透明マントだろうがなんだろうが、地図には「ハリー・ポッター」の名前が、まさにいまいる位置に示されている。

「卵？」階段の下で、フィルチが低い声で言った。「チビちゃん！」——ミセス・ノリスが一緒にいるにちがいない——「こりゃあ、三校対抗試合のヒントじゃないか！代表選手の所持品だ！」

ハリーは気分が悪くなった。心臓が早鐘《はやがね》を打っている——。

「ピーブズ！」フィルチがうれしそうに大声を上げた。「おまえは盗みを働いた！」

フィルチがタペストリーをめくり上げた。ぶくぶく弛《たる》んだフィルチの恐ろしい顔と飛び出た二つの薄青い目とが、だれもいない（ように見える）階段を睨《にら》んでいるのが見えた。

「隠れてるんだな」フィルチが低い声で言った。「さぁ、取っ捕まえてやるぞ、ピーブズ……三校対抗試合のヒントを盗みに入ったな、ピーブズ……これでダンブルドアはおまえを追い出すぞ。腐れこそ泥ポルターガイストめ……」

ガリガリにやせた汚れ色の飼い猫を足元に従え、フィルチは階段を上りはじめた。ミセス・ノリスのランプのような目が、飼い主そっくりのその目が、しっかりとハリーをとらえていた。ハリーは前にも、透明マントが猫には効かないのではないかと思ったことがある……古ぼけた、ネルのガウンを着たフィルチがだんだん近づいてくるのを、ハリーは不安で気分が悪くなりながら見つめていた――挟まれた足を必死で引っ張ってはみたが、かえって深く沈むばかりだった――もうすぐだ。フィルチが地図を見つけるか、僕にぶつかるのは――。

「フィルチか？　なにをしている？」

ハリーのところより数段下でフィルチは立ち止まり、振り返った。階段下に立っている姿は、ハリーのピンチをさらに悪化させることのできる唯一の人物――スネイプだ。長い灰色の寝巻きを着て、スネイプはひどく怒っていた。

「スネイプ教授、ピーブズです」フィルチが毒々しくささやいた。「あいつがこの卵を、階段の上から転がして落としたのです」

スネイプは急いで階段を上り、フィルチのそばで止まった。ハリーは歯を食いしばった。心臓のドキドキという大きな音が、いまにもハリーの居場所を教えてしまうにちがいない。

「ピーブズだと？」フィルチの手にした卵を見つめながら、スネイプが低い声で言った。「しかし、ピーブズは我輩《わがはい》の研究室に入れまい……」

「卵は教授の研究室にあったのでございますか？」

「もちろん、ちがう」スネイプが切り捨てるように言った。「バンバンという音と、泣きさけぶ声が聞こえたのだ——」

「はい、教授、それは卵が——」

「——我輩は調べにきたのだ——」

「——ピーブズめが投げたのです。教授——」

「——そして、研究室の前を通ったとき、松明《たいまつ》の火が点《とも》り、戸棚の扉が半開きになっているのを見つけたのだ！　だれかが引っかき回していった！」

「しかし、ピーブズめにはできないはずで——」

「そんなことはわかっておる！」スネイプがふたたび斬《き》り捨てた。「我輩の研究室は、呪文で封印してある。魔法使い以外は破れん！」スネイプはハリーの体をまっすぐに通り抜ける視線で階段を見上げた。それから下の廊下を見下ろした。「フィルチ、一緒にきて侵入者を捜索するのだ」

「わたくしは——はい、教授——しかし——」フィルチの目は、ハリーの体を通過して、未練たっぷりに階段を見上げた。ピーブズを追い詰めるチャンスを逃すのは無念だ、という顔だ。

「行け」とハリーは心の中でさけんだ。「スネイプと一緒に行け……行くんだ……」ミセス・ノリスがフィルチの足の間からじーっと見ている……ハリーの匂いを嗅《か》ぎつけたにちがいない……どうしてあんなにいっぱい香りつきの泡を風呂に入れてしまったんだろう？

「お言葉ですが、教授」フィルチは哀願するように言った。「校長は今度こそわたくしの言い分をお聞きくださるはずです。ピーブズが生徒の物を盗んだのです。今度こそ、あいつを城から永久に追い出すまたとないチャンスかもしれません――」

「フィルチ、あんな下劣なポルターガイストなどどうでもよい。問題は我輩の研究室だ――」

コツッ、コツッ、コツッ。

スネイプはぱたりと話をやめた。スネイプもフィルチも、階段の下を見下ろした。二人の頭の間のわずかな隙間から、マッド-アイ・ムーディが足を引きずりながら階段下に姿を現すのがハリーの目に入った。寝巻きの上に古ぼけた旅行マントを羽織り、いつものようにステッキにすがっている。

「パジャマパーティかね？」ムーディは上を見上げてうなった。

「スネイプ教授もわたしも、物音を聞きつけたのです。ムーディ教授」フィルチがすぐさま答えた。「ポルターガイストのピーブズめが、いつものように物を放り投げていて――それにスネイプ教授は、だれかが教授の研究室に押し入ったのを発見されて――」

「黙れ！」スネイプが歯を食いしばったままフィルチに言った。

ムーディは階段下へと一歩近づいた。ムーディの「魔法の目」がスネイプに移り、それから、まぎれもなくハリーに注がれた。

ハリーの心臓が激しく揺れた。ムーディは透明マントを見通す……ムーディだけがこの場の奇妙さを完全に見通せる……寝巻姿のスネイプ、フィルチは卵を抱え、そしてその二人より上の段に足を取られているハリー。ムーディの歪《ゆが》んだ裂け目のような口が、驚いてぱっくり開いた。数秒間、ムーディとハリーは互いをじっと見つめた。それからムーディは口を閉じ、青い「魔法の目」をふたたびスネイプに向けた。

「スネイプ、いまフィルチの言ったことは確かか？」ムーディが考えながらゆっくり聞いた。「だれかが君の研究室に押し入ったと？」

「大したことではない」スネイプが冷たく言った。

「いいや」ムーディがうなった。「大したことだ。君の研究室に押し入る動機があるのはだれだ？」

「おそらく、生徒のだれかだ」スネイプが答えた。スネイプのねっとりしたこめかみに、青筋がぴくぴく走るのをハリーは見た。「以前にもこういうことがあった。我《わが》輩《はい》の個人用の薬材棚から、魔法薬の材料がいくつか紛失した……生徒が何人か、禁じられた魔法薬を作ろうとしたにちがいない……」

「魔法薬の材料を探していたというんだな？　え？」ムーディが言った。「ほかになにか研究室に隠してはいないな？　え？」

ハリーは、スネイプの土気色《つちけいろ》の顔の縁が汚いレンガ色に変わり、こめかみの青筋がますます激しく痙攣《けいれん》するのを見た。

「我輩がなにも隠していないのは知ってのとおりだ、ムーディ」スネイプは低い、危険をはらんだ声で答えた。「君自身がかなり徹底的に調べたはずだ」

ムーディの顔がにやりと歪んだ。

「『闇祓《やみばら》い』の特権でね、スネイプ。ダンブルドアがわしに警戒せよと――」

「そのダンブルドアは、たまたま我輩を信用なさっているのですがね」スネイプは歯噛《はが》みした。「ダンブルドアが我輩の研究室を探れと命令したなどという話は、我輩には通じない！」

「それは、ダンブルドアのことだ。君を信用する」ムーディが言った。「人を信用する方だからな。やりなおしのチャンスを与える人だ。しかしわしは――洗っても落ちない染《し》みはあるものだというのが持論だ。けっして消えない染みというものがある。どういうことか、わかるはずだな？」

スネイプは突然奇妙な動きを見せた。発作的に右手で左の前腕をつかんだのだ。まるで左腕が痛むかのように。

「ベッドにもどれ、スネイプ」ムーディが笑い声を上げた。

「君にどこへ行けと命令される覚えはない」スネイプは歯噛《はが》みしたままそう言うと、自分に腹を立てるかのように右手を離した。「我輩《わがはい》にも、君と同様、暗くなってから校内を歩き回る権利がある！」

「勝手に歩き回るがよい」ムーディの声はたっぷりと脅しが効いていた。「そのうち、どこか暗い廊下で君と出会うのを楽しみにしている……ところで、なにか落し物だぞ……」

ムーディは、ハリーより六段下の階段に転がったままの「忍びの地図」を指していた。ハリーは恐怖でぐさりと刺し貫かれたような気がした。スネイプとフィルチが振り返って地図を見た。ハリーは慎重さをかなぐり捨て、ムーディの注意を引こうと、透明マントの下で両腕を上げ、懸命に振りながら声を出さずに言った。

「それ僕のです！　僕の！」

スネイプが地図に手を伸ばした。わかったぞ、という恐ろしい表情を浮かべている――。

「アクシオ！　羊皮紙《ようひし》よこい！」

羊皮紙は宙を飛び、スネイプが伸ばした指の間をかいくぐり、階段を舞い下り、ムーディの手に収まった。

「わしの勘違いだ」ムーディが静かに言った。「わしの物だった——前に落としたものらしい——」

しかし、スネイプの目は、フィルチの腕にある卵から、ムーディの手にある地図へと矢のように走った。ハリーにはわかった。スネイプは、スネイプにだけわかるやり方で二つを結びつけているのだ……。

「ポッターだ」スネイプが低い声で言った。

「なにかね?」地図をポケットにしまいながら、ムーディが静かに言った。

「ポッターだ!」スネイプが歯ぎしりした。そしてくるりと振り返り、突然ハリーが見えたかのように、ハリーのいる場所をはったと睨《にら》んだ。「その卵はポッターの物だ。羊皮紙もポッターのだ。以前に見たことがあるから我輩にはわかる! ポッターがいるぞ! ポッターだ。透明マントだ!」

スネイプは目が見えないかのように両腕を突き出し、階段を上りはじめた。スネイプの特大の鼻の穴が、ハリーを嗅《か》ぎ出そうとさらに大きくなっている——足を挟まれたままハリーは後ろにのけ反って、スネイプの指先に触れまいとした。しかし、もはや時間の問題だ——。

「そこにはなにもないぞ、スネイプ！」ムーディがさけんだ。「しかし、校長には謹《つつし》んで伝えておこう。君の考えが、いかにすばやくハリー・ポッターに飛躍したかを！」

「どういう意味だ？」スネイプがムーディを振り返ってうなった。スネイプが伸ばした両手は、ハリーの胸元からほんの数センチのところにあった。

「ダンブルドアは、だれがハリーに恨みを持っているのか、たいへん興味があるという意味だ！」ムーディが足を引きずりながら、さらに階段下に近づいた。「わしも興味があるぞ、スネイプ……大いにな……」松明《たいまつ》がムーディの傷だらけの顔をちらちらと照らし、傷痕《きずあと》も大きく削ぎ取られた鼻も、いっそう際立たせていた。

スネイプはムーディを見下ろした。ハリーからはスネイプの表情が見えなくなった。しばらくの間、だれも動かず、なにも言わなかった。それから、スネイプがゆっくりと手を下ろした。

「我輩《わがはい》はただ」スネイプが感情を抑え込んだ冷静な声で言った。「ポッターがまた夜遅く徘徊《はいかい》しているなら……それは、ポッターの嘆かわしい習慣だ……やめさせなければならんと思っただけだ。あの子の、あの子自身の――安全のためにだ」

「なるほど」ムーディが低い声で言った。「ポッターのためを思ったと、そういうわけだな？」

一瞬、間が空いた。スネイプとムーディはまだ睨《にら》み合ったままだ。ミセス・ノリスが大きくニャアと鳴いた。フィルチの足元からじーっと目を凝らし、風呂上がりの泡の匂いの源を嗅《か》ぎ出そうとしているようだ。

「我輩はベッドにもどろう」スネイプはそれだけを言った。

「今晩君が考えた中では、最高の考えだな」ムーディが言った。「さあ、フィルチ、その卵をわしに渡せ――」

「だめです！」卵がまるではじめて授かった自分の息子ででもあるかのように、フィルチは離さなかった。「ムーディ教授、これはピーブズの窃盗《せっとう》の証拠です！」

「その卵は、ピーブズに盗まれた代表選手のものだ」ムーディが言った。「さあ、渡すのだ」

スネイプはすばやく階段を下り、無言でムーディの横を通り過ぎた。フィルチはミセス・ノリスをチュッチュッと呼んだ。ミセス・ノリスはほんのしばらく、ハリーのほうをじっと見ていたが、踵《きびす》を返して主人のあとに従った。ハリーはまだ動悸《どうき》が治まらないまま、スネイプが廊下を立ち去る音を聞き、フィルチが卵をムーディに渡して姿を消すのを見ていた。フィルチがミセス・ノリスにボソボソと話しかけていた。

「いいんだよ、チビちゃん……朝になったらダンブルドアに会いにいこう……ピーブズがなにをやらかしたか、報告しよう……」

扉がバタンと閉まった。残されたハリーは、ムーディを見下ろしていた。ムーディはステッキを一番下の段に置き、体を引きずるように階段を上り、ハリーのほうにやってきた。一段置きに、コツッという鈍い音がした。

「危なかったな、ポッター」ムーディがつぶやくように言った。

「ええ……僕──あの……ありがとうございました」ハリーが力なく言った。

「これはなにかね？」ムーディがポケットから「忍びの地図」を引っ張り出して広げた。

「ホグワーツの地図です」ムーディが早く階段から引っ張り出してくれないかと思いながら、ハリーは答えた。足が強く痛み出していた。

「たまげた」地図を見つめて、ムーディがつぶやいた。「魔法の目」がぐるぐる回っている。

「これは……これは、ポッター、大した地図だ！」

「ええ、この地図……とても便利です」ハリーは痛みで涙が出てきた。「あの──ムーディ先生。助けていただけないでしょうか──？」

「なに？　おう！　ふむ……どうれ……」ムーディはハリーの腕を抱えて引っ張った。だまし階段から足が抜け、ハリーは一段上にもどった。

ムーディはまだ地図を眺めていた。

「ポッター……」ムーディがゆっくり口を開いた。「スネイプの研究室にだれが忍び込んだか、もしや、おまえ、見なんだか？　この地図の上でという意味だが？」

「え……あの、見ました……」ハリーは正直に言った。「クラウチさんでした」

ムーディの「魔法の日」が、地図の隅々まで飛ぶように眺めた。そして、突然警戒するような表情が浮かんだ。

「クラウチとな？　それは――それは確かか？　ポッター？」

「まちがいありません」ハリーが答えた。

「ふむ。やつはもうここにはいない」「魔法の目」を地図の上に走らせたまま、ムーディが言った。「クラウチ……それは、まっこと――まっこと、おもしろい……」

ムーディは地図を睨《にら》んだまま、それから一分ほどなにも言わなかった。ハリーは、このニュースがムーディにとってなにか特別な意味があるのだとわかった。それがなんなのか知りたくてたまらなかった。聞いてみようか？　ムーディはちょっと怖い……でも、たったいま、ムーディは僕をたいへんな危機から救ってくれた……。

「あの……ムーディ先生……クラウチさんは、どうしてスネイプの研究室を探し回っていたのでしょう？」

ムーディの「魔法の目」が地図から離れ、ぷるぷる揺れながらハリーを見据えた。

鋭く突き抜けるような視線だ。答えるべきかいなか、どの程度ハリーに話すべきなのか、ムーディはハリーの品定めをしているようだった。

「ポッター、つまり、こういうことだ」ムーディがやっとぼそりと口を開いた。「老いぼれマッド‐アイは闇の魔法使いを捕らえることに取り憑《つ》かれている、と人は言う……しかし、わしなどはまだ小者よ……まったくの小者よ……バーティ・クラウチに比べれば」

ムーディは地図を見つめたままだった。ハリーはもっと知りたくてうずうずした。

「ムーディ先生?」ハリーはまた聞いた。「もしかして……関係があるかどうか……クラウチさんは、なにかが起こりつつあると考えたのでは……」

「どんなことかね?」ムーディが鋭く聞いた。

ハリーはどこまで言うべきか迷った。ムーディに、ハリーにはホグワーツの外に情報源があると、悟られたくなかった。それがシリウスに関する質問に結びついたりすると、危険だ。

「わかりません」ハリーがつぶやいた。「最近変なことが起こっているでしょう?『日刊予言者新聞《にっかんよげんしゃしんぶん》』に載っています……ワールドカップでの『闇《やみ》の印《しるし》』とか、『死喰い人《デス・イーター》』とか……」

ムーディはちぐはぐな目を、両方とも見開いた。

「おまえは聡《さと》い子だ、ポッター」そう言うと、ムーディの「魔法の目」はまた「忍びの地図」にもどった。

「クラウチもその線を追っているのだろう」ムーディがゆっくりと言った。「たしかにそうかもしれない……最近奇妙な噂《うわさ》が飛び交っておる――リータ・スキーターがあおっていることも確かだが。どうも、人心が動揺しておる」

歪《ゆが》んだ口元にぞっとするような笑いが浮かんだ。

「いや、わしが一番憎いのは――」ムーディはハリーにというより、自分自身に言うようにつぶやいた。「魔法の目」が地図の左下に釘づけになっている。「野放しになっている『死喰い人《デス・イーター》』よ……」

ハリーはムーディを見つめた。ムーディが言ったことが、ハリーの考えるような意味だとしたら？

「さて、ポッター、今度はわしがおまえに聞く番だ」ムーディが感情抜きの言い方をした。

ハリーはドキリとした。こうなると思った。ムーディは、怪しげな魔法の品であるこの地図をどこで手に入れたか、と聞くにちがいない――どうしてハリーの手に入ったかの経緯《いきさつ》を話せば、ハリーばかりでなく、ハリーの父親も、フレッド、ジョージ・ウィーズリーも、去年「闇の魔術に対する防衛術」を教えたルーピン先生も巻き込むことになる。ムーディは地図をハリーの目の前で振った。ハリーは身構えた——。

「これを貸してくれるか？」

「は？」ハリーはこの地図が好きだった。しかし、ムーディが地図をどこで手に入れたかと聞かなかったことで、大いにほっとした。それに、ムーディに借りがあるのも確かだ。

「ええ、いいですよ」

「いい子だ」ムーディがうなった。「これはわしの役に立つ……これこそ、わしが求めていたものかもしれん……よし、ポッター、ベッドだ、さあ、行くか……」

二人で一緒に階段を上った。ムーディは、こんなお宝は見たことがないというふうに、まだ地図に見入っていた。ムーディの部屋の入口まで二人は黙って歩いた。部屋の前で、ムーディは目を上げてハリーを見た。

「ポッター、おまえ、『闇祓《やみばら》い』の仕事に就くことを、考えたことがあるか？」

「いいえ」ハリーはぎくりとした。

「考えてみろ」ムーディは一人うなずきながら、考え深げにハリーを見た。「うむ、まっこと……。ところで……おまえは、今夜、卵を散歩に連れ出したわけではあるまい？」

「あの——いいえ」ハリーはにやりとした。「ヒントを解こうとしていました」

ムーディはハリーにウインクした。「魔法の目」が、またぐるぐる回った。

「いいアイデアを思いつくには、夜の散歩ほどよいものはないからな、ポッター……。また明日会おう……」

ムーディはまたしても「忍びの地図」を眺めながら自分の部屋に入り、ドアを閉めた。

ハリーは想いにふけりながら、ゆっくりとグリフィンドール塔にもどった。スネイプのこと、クラウチのこと、それらがどういう意味を持つのだろう……。クラウチは、好きなときにホグワーツに入り込めるなら、どうして仮病を使うんだ？　スネイプの研究室に、なにが隠してあると思ったんだ？

それに、ムーディは僕が「闇祓《やみばら》い」になるべきだと考えた！　おもしろいかもしれない……。しかし、十分後、卵と透明マントを無事トランクにもどして、そっと四本柱のベッドに潜り込んでからハリーは考えなおした。自分の仕事にすべきかどうかは、ほかの「闇祓い」たちが、どのぐらい傷だらけかを調べてからにしよう。

本書は
単行本二〇〇二年十月　静山社刊
携帯版二〇〇六年九月　静山社刊
を三分冊にした2です。

装画　おとないちあき
装丁　坂川事務所

ハリー・ポッター文庫⑧
ハリー・ポッターと炎のゴブレット
〈新装版〉4 - 2
2022年7月5日　第1刷

作者　J.K.ローリング
訳者　松岡佑子

発行者　松岡佑子
発行所　株式会社静山社
〒102-0073　東京都千代田区九段北1-15-15
TEL 03(5210)7221
印刷・製本　中央精版印刷株式会社

ISBN 978-4-86389-687-1　printed in Japan

新装版

ハリー・ポッター

シリーズ7巻　全11冊

J.K. ローリング　松岡佑子＝訳　佐竹美保＝装画

1	ハリー・ポッターと賢者の石	1,980円
2	ハリー・ポッターと秘密の部屋	2,035円
3	ハリー・ポッターとアズカバンの囚人	2,145円
4-上	ハリー・ポッターと炎のゴブレット	2,090円
4-下	ハリー・ポッターと炎のゴブレット	2,090円
5-上	ハリー・ポッターと不死鳥の騎士団	2,145円
5-下	ハリー・ポッターと不死鳥の騎士団	2,200円
6-上	ハリー・ポッターと謎のプリンス	2,035円
6-下	ハリー・ポッターと謎のプリンス	2,035円
7-上	ハリー・ポッターと死の秘宝	2,090円
7-下	ハリー・ポッターと死の秘宝	2,090円

※定価は 10％税込